魯迅・明治日本・漱石
——影響と構造への総合的比較研究——

潘世聖著

汲古書院

序

日中両国の近代文学をそれぞれ代表する作家である、夏目漱石と魯迅についての研究はそれぞれの母国に於いては勿論のこと、相手国に於いても近年著しく進展しており、論文がすでに堆積していると言ってもよい程である。漱石文学は中国で愛読されていると聞くし、日本人にとって魯迅は親しみやすい作家の最たるものになっている。そして、漱石と魯迅との係わりを論じたものも決して少なくはないのである。それぞれの国の近代化の過程で両大人の果たした役割が似ていたこともあるし、一方では当時の両国のあまりの相違ゆえの違いもまた明らかであり、比較考察すべき問題は尽きないと思われる。

潘世聖君の学位論文「魯迅と近代日本――魯迅と漱石の比較論を中心に――」は、そうした状勢の中で、魯迅の留学生としての来日中の期間に焦点を当てて、医学生から文学志望へと方向転換を図った魯迅の青春期の内面に迫ったものであり、そこに夏目漱石の係わりを確認しようとしたものである。名を成した魯迅にとっては、むしろ秘めるべき部分であったかもしれない、中国での魯迅研究では未だ十分には鍬の入れられていない部分である。

潘君の論文は詳細に資料を集め、慎重に事実を追い、それらを積み重ねて真実に迫る方法で書かれたものであり、漱石及び魯迅の研究者は勿論のこと、彼等に関心を有する人の一読、そして熟読に十分値するものと確信するものである。

その力作論文がこの度上梓されることになったとの知らせを受け、心から祝辞を申し上げ、またよろこびを共にしたい。

君はこの論文で、平成十二年十二月に九州大学で学位を認定されていたが、中国の新進研究者である君にとって、日本の出版事情がそう甘くないことを納得してもらう他なかったのである。幸いこの度、汲古書院の方で出版を快諾してくれたとのことで、潘君と共に喜び合うと同時に、一種の緊張感を覚えている。上梓されることによって、多くの識者の批判を仰ぐ機会を得られることになったわけで、私たちには当然緊張を覚えるものがあるのである。しかし、君の学問的進展の為にも、また漱石・魯迅の研究に関わる人々の為にも大いなる刺激になることを期待したい。

平成十四年五月吉日　京都にて

九州大学名誉教授
京都女子大学教授
海老井　英次

目次

魯迅・明治日本・漱石

――影響と構造への総合的比較研究――

序章

一　なぜこの課題を選んだのか

本書は、「魯迅と明治日本――〈魯迅の形成〉における日本」と「魯迅と漱石――その思想と文学の構造的比較」という二部構成の形で取り組んでいく。「魯迅と明治日本」においては、主にこれまで中国における「魯迅と明治日本」に関する研究のなかで注意されてこなかった、あるいはさまざまな理由で避けられてきた問題をあえて真正面から取り上げ、魯迅と明治日本の関係、あるいは魯迅にとっての明治日本の意義を考えるものである。「魯迅と漱石」においては、比較文学的視点から、魯迅と漱石の現実の関係を明らかにし、構造的な次元において、二人の文学者の思想と文学を検証する。こうして総合的な見地からそれぞれの思想と文学の特質を捉え、特に同じ東洋人としての漱石の視点を獲得することによって、ほぼ固定化された「魯迅像」を見なおし、魯迅研究に新しい突破口を開こうとするものである。

二　魯迅における近代日本の意味

「魯迅と明治日本」について。

魯迅と近代日本という課題は決して新しいものではない。しかし、これまでの数多くの先行研究は、例えば魯迅の日本留学、日本文学翻訳、日本の文学者との付き合いなど具体的な事実を取り上げるのみで、魯迅の思想、文学の形成が如何に日本に関係しているか、あるいは日本からどのような影響を受けたのかについての研究は意外に少ない。さらには魯迅文学は日本から本質的な影響を受けなかったという意見さえ存在した。例えば日本においては、竹内好（一九一〇～一九七七）の見解が最も代表的で、今日までその影響が残っていると思われる。氏はかつて次のような見解を示した。

留学時代の魯迅の文学運動は、日本文学とは没交渉だった。当時は自然主義の全盛時代だが、かれは日本自然主義に興味を示さなかった。この点が、おなじ留学生の文学運動でありながら、十年後の「創造社」とはきわ立って対蹠的である。（「魯迅文集第一巻・解説」、『魯迅文集・第一巻』、筑摩書房、一九七七年二月、四四九頁）

八十年代中期から、日本の魯迅研究者は新しい問題意識を持ち、文学問題をはじめとして、日本留学時代の魯迅がいかに当時の日本文学の思潮から影響を受けたかの解明に努め、魯迅は文学のいわば骨格にかかわる部分について深い影響を近代日本文学から受け取ったのではないかという指摘[1]を行った。これは一定の反響を呼んだが、中国の研究界においては、「魯迅思想」の形成が彼が身を寄せた明治日本に如何に関わっていたのか、魯迅が如何に当時日本の思想界、文化界から栄養を取り入れたのかについては、ほとんど注意されてこなかった。本論文においては、何よりこの点に着目し、先行研究を踏まえ、魯迅の明治日本留学、「魯迅思想」の原型と日本、魯迅の思想と文学にわたる「国民性の改造」の志向と明治日本の関連及び魯迅の近代日本認識をめぐって、実証的な面から考察を行う。

「魯迅の明治日本留学」においては、魯迅の日本留学の全体的様子を描き出した上で、魯迅の日本留学の動機、弘文学院時代における「科学救国」の志向、仙台医専入学の経緯、医学から文芸への転換などの問題を重点に考察したいと思う。

「〝魯迅思想〟の原型と明治日本」においては、日本留学期に確立された魯迅思想の基本構造を進化論、個人主義とロマン主義的文学観という視点から、それぞれ明治日本との関係を明らかにした上で把握する。

「国民性の改造」の思想は魯迅の思想のなかでも高く評価されているものであるが、これまでこうした点が論じられる際、それは単なる魯迅思想の高度な到達点と解されるのみで、なぜ魯迅がそうした「思想」をすべて日本留学期に明確化したのか、日本という「場」が魯迅思想の形成の過程で如何に機能したのかがほとんど見落とされてきた。したがって、正しく魯迅思想を理解する鍵として、そうした思想における日本受容の様相を考えることが必要になるのである。

魯迅の近代日本認識も大いに検討に値する問題である。魯迅は日本で七年余りの青春時代を過ごした。当然日本と深い関わりがあり、そして帰国後も日本との関係を保っている。特に晩年には上海で内山完造（一八八五～一九五九）などの日本人と親交を結び、さまざまな形で日本の文壇に関心を示し、日本の文人たちとも付き合っていた。しかし、このような魯迅の日本留学時代の資料は魯迅の伝記資料の中で、一番乏しく、そして日本に関する「言説」も全体的に少ない。この点で後の日本留学生であった郭沫若（一八九二〜一九七八）、郁達夫（一八九六〜一九四五）などと鮮明な対照をなす。しかも、そうした「慎重」に口から出された「言説」に注目すると、意外に褒め言葉が多いのである。魯迅の時代はまさに中日両国にとっての「悲劇的」時代で、魯迅の日本留学数年前に、日清戦争が起こり、続いて日露戦争も中国の地で始まり、他にもさまざまな衝突が繰り返され、魯迅のなくなる五年前には「満州事変」が作意的に起こされたのであるが、魯迅の日本に関する発言をよく吟味すると、そこには近代日本への高い評価が存在しており、近代日本を高く評価すること自体が彼の近代日本認識の基本であったことが分かる。こうしたことが一つの理由となるのかもしれないが、膨大な魯迅研究の中で魯迅の日本認識についての研究はほとんど行われなかったとも言える。研究者のこの問題に対する回避にはやはり微妙な感情的な要素が作用しているではないか。こうした現状を直視し、今回、魯迅の日本認識を正面から取り上げることにした。

三　発想の基礎的共通点

次に、魯迅と漱石に関する比較論について述べる。

魯迅及び漱石を今日改めて研究対象として取り上げることは困難を伴う。なぜなら、今日まで積み重ねられてきた日中両国における研究の蓄積があまりにも膨大であるためである。魯迅研究及び漱石研究の壁は厚く高い。したがって、こうした二人の文学者を比較研究するにあたって、いかにして先行研究の壁を乗り越え、独自な角度から新しい問題を見出し、新味を有するものを提供するのか、ということが、まず直面しなければならない問いになる。

しかし、一方、魯迅と漱石はそれぞれの国を代表する文学者として、その思想と文学には深い内容と多層的な価値構造が内包されており、かつ、近代日本、近代中国のさまざまな問題にも関連しており、二人の文学者を取り上げ論ずることは単純な作家研究以上の大きな問題を掘り下げるきっかけとなる可能性を有しており、そこには大きな魅力と価値がある。したがって、魯迅についても、漱石についても、汗牛充棟の先行研究があるとはいえ、視点、方法、資料を改めて検討することによって、価値のある研究成果を出すことはなお可能であり、挑戦と試みの機会はまだ残っているのである。これこそが本書の研究テーマを魯迅と漱石にした所以である。

これまでの「魯迅と漱石」に対する比較研究は他の分野と比べると、それほど膨大なものではないが、すでに四種類の研究書、四十本ほどの研究論文が存在する。[2] 例えば、魯迅の漱石翻訳紹介、「藤野先生」（一九二六・十二）という回想文をめぐっての魯迅と漱石における留学問題の検討、魯迅と漱石の一般的な対比などはある程度行われてきた。しかしながら、一般に知られた資料を使用することはもちろん、徹底的に直接資料を吟味し、さらに間接的な周辺資料も収集し、細かく実証すること、具体的な作品を押さえよく吟味した上で作品相互を具体的に比較すること、新しい問題意識をもって比較研究を行い、これまでにない見解を提示すること、即ち全体的に研究の質を向上させることは、これまで十分に行われてきたとは言えず、今後の課題である。

上述のことを充分に意識しながら先行研究を踏まえ、魯迅と漱石との比較に取り組むことにする。論の第一部分では、まず、後の「本論」の理解に資するように、魯迅と漱石のそれぞれの全体像を比較対照する形で浮き彫りにする。具体的には、魯迅と漱石の伝記における主な類似点と相違点を概略的に考察する。次は、魯迅と漱石の実際の関わり――あるいは魯迅の漱石受容と言っても良いが――を明らかにする。この問題についての一番の難点は資料の収集にある。もちろん、漱石についてもそうであると思われるが、魯迅に関する資料収集は全体的にほぼ限界に達しており、全く新しい資料の掘りおこしはほぼ不可能な状況にあると言えるが、周辺資料、特に日本に関する資料の収集はなお一定の余地が残されている。今回の作業中、日本留学時代に魯迅が触れた書物、雑誌などを調べ、特に同じ日本留学経験のある同時代作家を詳しく調査し、いくつかの関連資料を入手することができた。今後、これらの資料を綿密に整理し、伝記的視点から魯迅の漱石受容の全貌を明らかにしたい。この他、中国と日本における「魯迅と漱石」研究に対する史的考察を行い、先行研究の資料使用、理論認識の到達点、現在の研究の状況を十分に把握することにも努める。

第二部分では、魯迅と漱石の思想の様相を比較する。思想問題あるいは具体的な文学作品を扱う際、まず考えなければならない問題の一つに近代中国と近代日本の社会状況の「差」ということがある。即ち西洋的な「近代」を取り入れる点で中国は日本にはるかに遅れていたという歴史的事実である。かつて五十年代の半ばごろ、日本で魯迅ブームが起こった。ある日本文学者は次のような見解を示した。即ち近代化不足の中国文学は近代化過剰の日本文学にとって、むしろそれほど価値のある文学ではないという見方である（荒正人「魯迅が生きていたならば——或る種の否定面について」、『文学』〈岩波書店〉一九五六年十月号）[3]。当時、こうした見解は中国文学者竹内好などの反発を招いた（「魯迅の思想と文学——近代理解への手がかりとして——」、『学燈』一九五六年十二月号）。今日の立場から見ると、双方の見解にはともにある程度感情的側面からくる過激な面が存在しているようであるが、そこから少なくとも次のことが指摘される。即ち西洋的近代を取り入れる面で中国と日本の間に確かに「差」があり、それによって、思想や文学の面にさまざまな相違がもたらされたという事実である。しかし、そうした「差」をそのままそれぞれの思想、文学の価値を判定する基準とするという考えかたは必ずしも正しいとは言えない。異なった時代、異なった社会に生きた二人の優れた文学者が卓抜した思想、洞察力によってともに高度な到達点に達したということは決して考えられないことではない。こうした観点に立って、「民族的反省」、主体的意識の構造、近代化についての思想などの諸問題について、魯迅と漱石の類似性に注目しながら、漱石を一つの鏡として、魯迅を見なおすことにする。

四　作品から作家把握へ

作品論による魯迅と漱石の比較は、おそらくこれまでの先行研究の中で最も薄弱な分野であったと思われる。それは作品比較という方法に存在する特有な困難さ、即ち双方の作品に対しての、最も表層の言葉から出発し、深層の意味構造まで読み取ることが要求されるという作品論の有する基本的な前提に関連しているからである。

従来、中国における魯迅と漱石の作品の比較研究と言えば、散文詩集『野草』（北新書局、一九二七年七月）と『夢十夜』（東京・大阪『朝日新聞』明治四十一年七月二十五日～八月五日）を対象としたもの以外、ほとんどなかった。その一番の理由は中国の魯迅研究者の日本文学、特に漱石文学に対する理解不足にあると思う。日本の場合、数は少ないとはいえ、五十年代から成果が着実に蓄積され、八十年代以降、魯迅と漱石の比較に直接に携わる日本文学者も現われ、新味のある研究がいくつか生み出された。しかし、如何に比較対象に対する通説化した評価の無条件的「使用」を乗り超え、徹底的に作品を分析した上で、斬新な結論を出すのかはなお検討に値する問題である。

本論文中の魯迅と漱石の作品についての比較論には、こうした「認識」に基づき、確認可能な「影響関係」を論じる外、主として構造的な比較という方法による作品分析を重点とし、次のいくつかの問題を取り上げる。『阿Q正伝』（『晨報副刊』一九二一年十二月四日～一九二二年二月十二日）と『我輩は猫である』（『ホトトギス』明治三十八年一月～同三十九年八月）については、魯迅の弟周作人（一八八五～一九六七）[4]の『阿Q正伝』における「嘲諷中の軽妙な筆致は実に漱石の影響を相当に強く受けたもの」だ（「関於魯迅之二」、『宇宙風』、一九三六年第二期。松枝茂夫訳）という発言が固定化され、ほとんど通説とされている。しかし、魯迅が外国語としての『吾輩は猫である』の特有な言語的表現をどのぐらい理解できたか、そしてどれほどのものを摂取したかについては筆者はかなりの疑いを抱いている。当時、文学を利用して中国社会、国民の精神を救おうとした、魯迅の「啓蒙者」的な「心境」から考えれば、漱石文学の言語表現の面より自分の求めるものにより近い「思想」の面で漱石へ接近した可能性の方がはるかに大きいのではないかという理解に基づいて、「文明批判」の視点から両作品の構造を比較し、魯迅の漱石受容の方向を正しく把握するよう努力したい。

魯迅については、代表作『狂人日記』（『新青年』第四巻第五号、一九一八年五月）、『阿Q正伝』などによってもたらされた思想的社会的作家のイメージがあまりに強かったからかもしれないが、彼の小説における個人的側面・日常性の側面が長い間見落とされてきた。実際には、魯迅の小説全体を見ると、個人的生活を描写したり、自己の情緒を訴えたり、さらにそれによって人間の深層心理の世界――心の世界を表現しようとした小説がむしろ作品の多数を占めている。こうした傾向はある意味で漱石の文学に類似していると言って良い。したがって、漱石との比較は魯迅文学の本質を再考する際の重要な視点となるであろう。

魯迅と漱石の作品中において、「知識人」が作品の主人公になるケースが多い。それぞれの小説に登場する知識人がどのように生きたか、どのように社会ないし自己と戦ったかについて、魯迅の『故郷』（『新青年』第九巻第一号、一九二一年五月）と漱石の『こころ』（東京・大阪『朝日新聞』、大正三年四月二十日～八月十一日）とを比べ、検証する。また、文学以外のことにも広く関係するものとして、魯迅と漱石の文学における方法という問題がある。そこには、両者にはっきりした相違点が存在し、そのむこう側にそれぞれの所属する民族の美意識、哲学、倫理、ものの考え方が凝縮して存在していると思われる。本書は、両者の小説方法についての考察を糸口として、大きく中日文化の構造上の差異の一端を見ようとするものである。

このような角度からの魯迅という問題群への考察、特に漱石文学との対比による考察は、最終的に魯迅の思想と文学についての既存の解釈を大幅に変更することになるかもしれない。同様に、こうして読み直された魯迅という視点から漱石を正しくかつ柔軟に理解することが、この研究の大きな目標でもある。

注

(1) そうした研究の中で、伊藤虎丸『魯迅と日本人――アジアの近代と「個」の思想』(朝日新聞社、一九八三年四月)は最も重要なものだと思われる。他には、伊藤虎丸・祖父江昭二・丸山昇編『近代文学における中国と日本――共同研究・日中文学交流史――』(汲古書院、昭和六十一年十月)は一つの重要な成果として挙げられる。本論文集には、魯迅、魯迅と近代日本に関する論文が五本ほど収められており、いずれも参考になる。その五本の論文の題目を記しておく。北岡正子「『摩羅詩力説』の構成――魯迅に於ける救亡の詩」、木山英雄「正岡子規と魯迅、周作人」、米田利昭「『草枕』と『故郷』――楽園喪失をめぐって――(付録)『ぼっちゃん』と『阿Q正伝』」、丸山昇「日本における魯迅」、釜屋修「魯迅・モラエス・白鳥・野口――日中文学交流(一九三五年)点描――」。

(2) 対象期間は一九九九年一月まで。

(3) 荒正人の「魯迅が生きていたならば――或る種の否定面について」(『文学』一九五六年十月号)、「民族主義と伝統について――東欧の動揺におもう」(『朝日新聞』一九五六年十月三十日)を参照。今日の立場から見ると、著者はいくつかの問題、例えば、西洋文明における技術と文化の関係及び価値、中国近代文学、特に魯迅文学と近代日本文学との相違点、五十年代当時の日本における魯迅研究の問題点などについて、示唆的な見解を提示している。しかし、魯迅の精神が即ち西洋近代への対抗であったという判断は魯迅の思想構造の実際にあわない。端的に言えば、魯迅の主張はむしろ近代西洋の物質文明だけでなく、その物質文明を支える近代的精神、文化を学ばなければならないというものであったと言うべきなのである。

（4）周作人（一八八五〜一九六七）、魯迅の弟、散文作家、翻訳家。一九〇六年日本に留学、法政大学、立教大学を経て、日本人女性と恋愛結婚。一九一二年帰国。後に新文化運動に参加し、新文学の形成に大きな貢献を果たした。一九〇六年、兄の魯迅に連れられ東京に来てから一九〇九年魯迅の帰国まで、兄弟は起居を共にし、一緒に雑誌を出したり、翻訳をしたりなどしており、互いにその文学生活をよく知っていた。魯迅の日本留学時代を知る上で、周作人の証言はまたとない資料である。ここに挙げた『魯迅的故家』、『魯迅小説裏的人物』などは、のちに魯迅研究資料としてまとめられ、信頼性の高いものとされている。

第Ⅰ部　魯迅と明治日本——「魯迅の形成」における日本

第一章　魯迅の明治日本留学——若干の史実問題についての再考察

はじめに

中国及び日本における魯迅研究は長い歴史を有し、魯迅の日本留学に関する研究については、資料的に出尽くした感もある。また、先行研究についても他の魯迅研究の分野には及ばないが、かなりの量の業績が蓄積されてきた。魯迅に関する資料の中で、日本留学期のものは最も乏しいと言って良く、日本留学時代の魯迅を一番よく知っている弟周作人でさえ「魯迅の生涯の中で、早年の研究資料が最も不足している。現在入手しうるのは彼自身の『朝花夕拾』一冊だけだ……。他人の書いた回想もあまり多くはない」（『魯迅小説裏的人物』、上海出版公司、一九五三年四月、二四一頁。筆者訳）と述べている。しかし、改めて資料調査を行うことを通じて、いくつかの分野、特に背景としての明治日本に関する資料の分析により、従来の見方を修正し、資料を新しい観点から再把握することのできる可能性があることが判明した。したがって、本章は次のような「原則」に従って魯迅の明治日本留学を考察する。具体的には、魯迅の日本留学の全体的な様子を描き出した後、疑義の存在するこれまでの「定見」に対して重点的な見なおしを行い、より客観的合理的な解釈を行う。またいくつかの実証不充分と思われる問題に対して、修正あるいは補足を試みる。

一　なぜ日本へ

日本留学前の魯迅の経歴を簡潔に説明すると、以下のとおりである。一八八一（明治十四）年に中国南方の浙江省紹興に生まれる。一八八七年に本家の家塾に入り、中国古典を中心とした啓蒙教育を受ける。一八九二年、「三味書屋」という塾に入って、古典の勉強を続ける。一八九八年、初めて「新式」の学校である南京の江南水師学堂（海軍学校）に入学。一八九九年、江南陸師学堂附設鉱務鉄路学堂に転学、一九〇二年一月同校を卒業、三月、官費留学生として、南京を旅立ち日本へと出発する。四月四日、横浜に上陸。

魯迅の日本留学の動機について、これまでの研究はほとんどが新しい知識や救国の道を求めてのものと一様に解釈しており、いわば「彼は救国と維新への希望をもって日本にやってきた」（王士菁「『魯迅早期五篇論文注訳』訳後記」、『魯迅早期五篇論文注訳』、天津人民出版社、一九七八年八月。筆者訳）[1]と言われてきた。大づかみに言えば、こうした説明も間違いではないが、具体的な情況、経緯などについてはより一層の考察を必要とする。かつて魯迅自身は、いくつかの文章の中で自らの日本留学の動機についても触れたことがあり、それと他の関連資料を合わせて考えてみると、魯迅の日本留学の動機には次のいくつかの要素が指摘される。

まず、時代的風潮からの影響が一つの重要な要素であった。一言でいえば、魯迅の少年、青年期は、中国という国家自体がその存立さえ問題になる危機に直面する時代であった。当時、中国はアヘン戦争（一八四〇）以来、繰り返しヨーロッパ列強から攻められ、一八九五年の「日清戦争」では日本に破れ、国土を失うに至って、国中に危機感があふれ、先駆的な知識人をはじめとして、一般の人々までが、中国人自ら立ち上がり、外国に学び「維新」を図り、

「自強保種」（自国を強くし、中国人という種族を守る）するように訴え、憂国の雰囲気が蔓延していた。周作人の回想には、このようなことが記されている。「あれは多分甲午（一八九四）の秋から冬にかけての頃で、左寶貴（日清戦役の勇将、平壌の戦いに戦死を遂げた）の戦死の後であったろう。彼（魯迅の父親）は又こう言ったことがある。今息子が四人いるから、将来一人は西洋へ、一人は東洋〈日本〉へやって学問をさせられる」（周作人著、松枝茂夫・今村与志雄訳『魯迅の故家』、筑摩書房、昭和三十年三月、六〇頁）。この文章から国家存亡の憂患意識が民衆まで浸透していたことが窺える。そうした危機感から、外国へ留学に行き、外国の良いものを学ぶことによって、中国を救おうということが多くの人々に意識されていたのである。例えば、一九〇三年、東京に留学する浙江省出身の留学生たちは、故郷の親たちへの書簡の中で、次のように呼びかけている。

今や、中国は年老い朽ちはててしまった。その中国を新しくすることは、決して一人の人間によってできることでなく、明らかに多数の青年子弟が海外へ留学に行かなければならないのである。（「敬上郷先生請令子弟出洋遊学並籌集公款派遣学生書」、『浙江潮』（浙江同郷会）第七期、明治三十六年十月。筆者訳）

一八九八年、康有為（一八五八～一九二七）、梁啓超（一八七三～一九二九）などは皇帝の支持を得、日本の明治維新を真似た「戊戌変法」（制度改革）を起こしたが、百日で失敗した。一九〇一年一月二十九日、清朝政府はいわゆる「親政運動」の国政改革を行った。内容は主に官制と学制の改革であった。学制においては、一八九八年に創立された、初めての大学「京師大学堂」（今の北京大学）のほか、各省にも洋式学校を設置し、留学生を派遣せよとの命令が下された。こうして、数多くの青年が外国に留学生として派遣され、急速に留学ブームが高まった。魯迅の留学もこの大きな背景に当然関わっている。魯迅自らも当時の留学を語っており、「政府は又外国の政治法律や学問技術も取るべき處があるものとした。自分の日本へ留学する事を熱望したのもその時である」（「現代支那における孔子様」〈日本語〉、『改造』月刊〈日本〉一九三五年六月号。今村与志雄訳）という。

次に留学は、魯迅個人の新しい世界、新しい人間を求めようという強烈な願望の実現でもあった。十八歳まで、魯迅はずっと故郷の塾で伝統的な古典教育を受けていた。その旧式の勉強や保守的沈滞的な環境に強い不満を抱き、「故郷」を脱出し、活気のある、新しい天地を求めようとしていた。そのため、魯迅は当時一般的に認められていた「科挙」試験を受け役人になるという考えを捨て、思いきって近代的な知識を教える学校に入った。

私がN学堂（江南水師学堂――筆者）に入ろうと思ったのも、異なった道に進み、異なった土地に逃れて、別の人々を探そうと思ったからだったようだ。……当時は学問をして役人の試験を受けるのが正道であり、洋学の勉強などというのは、世間では、行きどころのない人間が、しかたなく魂を毛唐に売るもの、大いに軽蔑し排斥してしかるべきだ、と思われていた……。この学校で、はじめて世の中には、物理化学、数学、地理、歴史、製図、体操というものもあるのだ、ということを知った。（「吶喊・自序」。丸山昇訳）

このように積極的に新世界、新人生、新知識に情熱を燃しつつ、魯迅は「一等第三名」という優秀な成績で鉱務鉄路学堂を卒業した。そして、官費留学生として日本に派遣される。このことは当時の新聞記事にも取り扱われた。一九〇二年二月十八日の『中外日報』には、「記江寧興学事宜」というタイトルの下で、「陸師学堂兪恪士観察前奉江督札委赴日本考察各学堂章程、現聞定於二月初旬首途、併携帯学生若干名出洋遊学（陸師学堂の兪恪士観察が両江総督の命を受け、日本へ赴き各学校の組織や規則を視察することについては、今、二月初旬に出発し、ならびに留学する学生を若干名連れて行くことに決まったという――筆者訳）」と記されている。魯迅自身の文章の中で「熱望」という語を使っているように、魯迅は日本留学に尋常ならぬ情熱を傾けていた。しかし、その時点で、日本に行き、具体的に何を学び何を目指すかについてはなお明確ではない。医学か文芸かあるいは思想啓蒙かという問題はすべて日本に来てさまざまなことに触発され、最終的に決定されたもので、それは結局文芸をもって国民の精神を変えようという形に定着した。しかし、明治維新から迅速に発展を遂げてきた日本社会に接して、母国にない、先進的なものを学んで祖国への貢献を果たし、自分の理想を実現させようという熱烈な願望がやはり魯迅の日本留学の大きな目的であったであろう。それはこの時代の青年たちが共有した「愛国」の志向でもあった。魯迅たちが日本へ出発する前、親しい学友である胡韻仙から次のような送別詩が送られており、魯迅を含め当時の青年たちの思いがそこに窺われる。

英雄大志総難侔、夸向東瀛作遠遊、極目中原深暮色、回天責任在君流。
乗風破浪気豪哉？上国文光異地開、旧域江山幾破砕、勧君更展済時才。(2)

二　科学による精神的啓蒙の志向

一九〇二年三月二十四日、魯迅一行は日本の船「大貞丸」で南京を立った後、上海で「神戸丸」に乗り換え、四月四日に横浜に到着、四月七日東京に着いた。(3)同月、周作人宛の書簡の中で、「二十六日（旧暦――筆者）、横浜に到着、現在、東京市麹町区（現在の千代田区――筆者）平河町四丁目三橋旅館に宿泊している。近日中、成城学校に入学の予定」（『魯迅小説裏的人物』二七一頁。筆者訳）と述べている。しかし、当時留学生向けの陸軍士官予備学校である成城学校に入るには、中国留学生陸軍監督の審査が必要であった。ところが、魯迅の学んだのが鉱務だったため、結局、成城学校への入学はできず、四月二十日に弘文学院に入学した。このように、当時の中国人留学生の一部が軍事学校へ入学できなかったことについて、郭廷以『近代中国史日誌・第二冊清季』（正中書局、中華民国五十二年三月）の「一九〇二年七月二十八日」項には、次のように記されている。「二十六人の私費留学生が駐日大臣に対して陸軍学堂（成城学校）への推薦を要求したが、応じてもらえなかった」（筆者訳）[4]。入学した弘文学院に関しては、周作人への手紙には、「弘文学院に入学した。牛込区西五軒町三十四番地にある。校長は嘉納治五郎先生、学監は大久保高明先生、教師は江口先生といい、漢文に熟達しているが、会話は出来ない」（『魯迅小説裏的人物』二七一～二七二頁。筆者訳）としている。

弘文学院は十九世紀末から二十世紀初頭までの中国人の日本留学ブームに応じて創立された普通の私立予備学校に過ぎなかったためか、日本での一般の教育関係資料の中にはほとんど取り上げられていない。しかし、文学者魯迅だけでなく、有名な政治家黄興（一八七九～一九一六）、陳独秀（一八七九～一九四二）などもみな弘文学院で学んだことがあり、中国人にとっては弘文学院は格別の意義を有している。弘文学院については、実藤恵秀の『中国人日本留学史』（くろしお出版、一九六〇年三月初版、一九七〇年十月、増補版が出版される。中国語訳本もある）に記述があり、細野浩二「境界の上の魯迅――日本留学の軌跡を追って」（『朝日アジアレビュー』通巻第二十八号、一九七六年第四号）にも、関連資料が網羅されている。ここでは、この二種類の資料に基づき、他の関連資料[5]も参考にしながら、弘文学院の概況を整理しておく。

弘文学院の前身は「亦楽書院」であった。一八九六（明治二十九）年、清朝政府ははじめて十三人の留学生を選抜し、日本に派遣した。そこから近代における中国人の日本留学がスタートした。当時、中国駐日公使の裕庚が留学生の入学の件で、外務大臣兼文部大臣の西園寺公望（一八四九〜一九四〇）に依頼している。西園寺公望はまた東京高等師範学校校長の嘉納治五郎（一八六〇〜一九三八）に委託した。しかし、嘉納治五郎はこれらの留学生が日本語を知らず、そして近代的な科学教育も受けていないため、高等師範学校入学は困難だと判断した。そのため、神田区三崎町二番地に一戸を借り入れ、学校兼寄宿舎とし、日本語や普通科の教育を行うようにした。一八九九年、この最初の留学生たちは三年間の勉学を終え、卒業した。同年十月、嘉納はこの「塾」を「亦楽書院」と名づけて、引き続き中国人留学生に対して教育を行った。一九〇二年一月、魯迅の日本留学の二ヶ月前、亦楽書院は校名を弘文学院と改め、牛込区西五軒町で開校した。この年、嘉納は中国へ教育視察のために渡り、多数の中国高官を歴訪して、意見の交換を行ったので、彼の帰国後、弘文学院に入学する学生は、ますます多くなった。以後、いくつかの分校校舎を増設したが、一九〇五年に「清国留学生取締規則」事件で多数の留学生が帰国したため、学生数が減り始めた。さらに中国内においても新式の学校が盛んに設立され、普通教育が普及してきたため、清朝政府は一九〇六年に赴日速成学生（短期留学生）の派遣を中止した。以上のような一連の理由で速成科志望者は大幅に減少した。こうして一九〇九年、ちょうど魯迅が日本留学を終え帰国した年、弘文学院は閉校した。実藤恵秀『中国人日本留学史』の統計によれば、閉校までに弘文学院への入学を許可された者は七一九二人、卒業した者は三八一〇人であった。

一九〇二年、つまり日本留学の一年目、魯迅は弘文学院で日本語や普通課程の勉学に全力を尽くしていた。当時の同級生は「当時、魯迅の弘文での日本語の勉強はかなりすごいもので」、「普段は毎日深夜まで懸命に勉強し、驚く程の意志力であった」（沈瓞民「回憶魯迅早年在弘文学院的片断」、『文彙報』一九六一年九月二十三日。筆者訳）と、魯迅の生活ぶりを語っている。勉強の外、よく神田の古本屋及び南江堂、丸善へ行き、限られた金を書籍雑誌の購入に使っていた。ちなみに、当時魯迅の「官費」は月三十六円であったのに対して、弘文学院の年間授業料及び寄宿費は三百円であった[6]。

一九〇三年、弘文学院での二年目以降、魯迅の活動は学校の勉学の範囲を超え、さまざまな面にまで及び始めた。このとき彼の生涯にわたる中国人への精神啓蒙・思想啓蒙・科学啓蒙の活動が始まり、祖国の危機と中国人の精神を救うために自らの力を捧げるという信念が固まった。一九〇三年、よく研究者に引用される「自題小像」（自ら小像に題す）という詩を書いた。「霊台無計逃神矢、風雨如盤闇故園。寄意寒星荃不察、我以我血薦軒轅」（霊台　神矢より逃るるに計無く／風雨は磐の如く　故園は闇し／意を寒星に寄するも荃は察らず／我は我が血を以て軒轅に薦めん）。壮烈な愛国意識を鮮明に反映している。そして、同じ浙江省紹興出身の留学生と一緒に故郷の人々へ「紹興同郷公函」という手紙を送って、故郷の青年が日本へ留学に来ることを呼びかけている。そこには「宇宙に向かって知識を求め、世界に向かって学問を探る」ことを通じて、「我が国民を目覚めさせ、我が国民の精神を喚起せよ」（筆者訳[7]）という一文があり、これはまさに当時の魯迅の思いとぴったり一致している。

魯迅はまず「宇宙に向かって知識を求め、世界に向かって学問を探る」ということを実践した。当時の日本は文明開化の流れに乗って、ヨーロッパの文明を懸命に取り入れ、まさに近代ヨーロッパの様々な思想・思潮の流行・実験の「場」になっていた。魯迅はそうした思想的文化的な条件を有効に利用し、日本、日本語を通じてヨーロッパの新しい思想学説に接触した。南京の江南路鉱学堂時代、魯迅はすでに新知識、新思想を宣伝する雑誌新聞に触れ始めていたが、しかし周作人の言うごとく、「魯迅がより広範囲に新しい書物や新聞雑誌に接したのは、やはり壬寅（一九〇二）年二月、日本に来てからのことであった」（『魯迅的青年時代』、中国青年出版社、一九五七年三月、七二頁。筆者訳）。

弘文学院の同級生許寿裳（一八八二～一九四八）も「弘文学院にいたとき、魯迅はすでにかなりの日本語書籍を購入して机の引き出しに入れていた。例えばバイロンの詩やニーチェの伝記やギリシャ神話やローマ神話などがあった」（『亡友魯迅印象記』五頁。筆者訳）。魯迅は「読書に強い興味を持っており、決して大部分の人のように教科書だけを読むことはなく、書籍の購入の幅もとても広かった」（『我所認識的魯迅』、人民文学出版社、一九五二年六月、二一頁。筆者訳）と証言している。もう一人の同級生も弘文学院時代に「魯迅はすでに長期間欧米と日本の書籍を渉猟しており、日本語を学びながら翻訳をしていた」（沈瓞民「回憶魯迅早年在弘文学院的片断」）と語っている。また近代ヨーロッパ哲学著作の中国語訳本もよく目にしていた。梁啓超らの主宰した新聞雑誌『新民叢報』（一九〇二～一九〇七）『新小説』（一九〇二～一九〇六）及び留学生の編集した雑誌『浙江潮』（一九〇三）『江蘇』（一九〇三～一九〇四）『訳書彙編』（一九〇〇～一九〇四）なども講読し、その内容に強い関心を示していた。また、浙江省出身の留学生と一緒に編集した浙江省留学生「同郷会」の雑誌である『浙江潮』に何回も投稿したこともある。この時期、魯迅はさまざまな知識や思想を積極的に摂取し、数多くの情報を手に入れ、「新しい世界」への認識を深めるとともに、中国の改革の必要性、中国人に対する近代的啓蒙の必要性を切実に感じるようになっていた。

一九〇三年、魯迅が最初に着手したのは、やはり科学知識の紹介、科学思想の啓蒙と科学小説の翻訳であった。一九〇四年三月に弘文学院を卒業した時点まで、時間的順序をおって主な「作品」を列挙すれば、以下のとおりである。

「スパルタ魂」（翻訳）、月刊『浙江潮』第五、九号、一九〇三年六、十一月。
『月界旅行』（翻訳）、東京進化社、一九〇三年十月。
「ラジウムについて」（論文）、月刊『浙江潮』第八号、一九〇三年十一月。
「中国地質略論」（論文）、月刊『浙江潮』第八号、一九〇三年十一月。

「地底旅行」（翻訳）、月刊『浙江潮』第十号、一九〇三年十二月。
『世界史』（翻訳）、原著者不詳、未発見。
『北極探検記』（翻訳）、原著者不詳、未発見。
『物理新詮』（翻訳）、原著者不詳、未発見。

一九〇三年五月二日東京の『時事新報』に、「ロシアの現在の政策は、断乎、東三省を取ってロシアの版図に入れようとするものである」というロシア公使の談話が掲載された。これにより、留学生たちは強いショックを受け、義勇隊を組織し、政府に対しロシアに対抗することを提議した。一九〇三年五月出版の『浙江潮』第四号を調べた結果、当号の「留学界記事」欄には、「拒俄事件」を題とした記事があり、留学生の抗議活動、演説などが記されている。こうした背景の下、魯迅はギリシアの勇士スパルタが侵略者に抵抗した物語を翻訳して、自分の愛国意識を表したのである。「中国地質略論」は中国の地質、鉱産情況を紹介しているが、自国の科学の遅れによる危機、外国が中国の分割を図り、その鉱産資源を狙っていることを強調している。地質科学の紹介より、むしろ国民に向かって、「亡国」の危機が目の前にあることを伝えようとしている。

『月界旅行』と「地底旅行」の翻訳は明らかに明治日本における科学小説の流行と関わっている。周作人はこう言っている。当時日本で、「影響の大きな作家はジュール・ヴェルヌであり、彼の『十五少年』や『海底旅行』は雑誌で最も人気を集めた作品で、当時魯迅が『月界旅行』の翻訳を決意したのもこのためである」[8]。両書はともに日本語訳からの重訳で、『月界旅行』（一八六五）は井上勤訳『九十七時二十分間　月世界旅行』（東京自由閣、一八八六年九月）、「地底旅行」（一八六八）は三木愛華・高須治助訳『拍案驚奇　地底旅行』（一八八五年）にそれぞれ拠っている。魯迅の来日当時、ヴェルヌ・ブームはその最盛期を過ぎていたが、ヴェルヌの小説はすでに一定の評価を得ていた[9]。やはりこのような日本でのヴェルヌ人気が魯迅の翻訳の動機に作用していたと言えよう。

魯迅がこうした科学小説を翻訳した究極の目的は、科学小説の紹介を通じて、中国と中国人の進歩に寄与することにある。彼自身が「解説」の中で書いているように、科学小説を通じて、「一斑の知識を得、遺伝された迷信を打ち破り、思想を改良し、文明を補うことができる。その力の大きさたるや、このほどのものなのである。」「その意味でもし現代翻訳界の欠点を補い、中国の群衆を導いて前進させようとするならば、かならずや科学小説より始めるべきなのである」(「『月界旅行』解説」。藤井省三訳)。富田仁は、明治期におけるヴェルヌ小説受容の背景を「ヴェルヌの小説に盛りこまれていた科学万能思想と功利思想が近代国家として急速に発展していかなくてはならなかった当時の日本の社会ではきわめて魅力的なものに受け止められたようである」(『ジュール・ヴェルヌと日本』、花林書房、一九八四年)と説くが、これは魯迅にも十分にあてはまるものであろう。

弘文学院における翻訳をはじめとした活動から見れば、この時期の魯迅は自然科学に大いに関心を持ち、「科学の振興」が祖国を救う道の一つだと考えている。つまり、魯迅の本意は単純な科学知識の普及ではなく、人々を科学研究に導いていくことでもなく、科学啓蒙を通じて、人々が「一斑の知識を得、遺伝された迷信を打ち破り、思想を改良し、文明を補うこと」なのである。そして、こうした危機から祖国を救い出そうという基本的な意識は後に自然科学を捨て、文芸で自分の使命を果たすという人生方向の転換にも繋がっている。

三　仙台医専入学の背景

一九〇四年四月、魯迅は弘文学院での二年間の勉学を終え卒業し、六月に仙台医学専門学校入学の手続きをとる。

九月、仙台医専に入学し、一九〇六年三月、仙台医専を退学するまで、一年半の医専学生生活を送った。しかし、魯迅が仙台医専に在学していた当時、外国人は全校で彼一人しかいなかったからかもしれないが、この時期の魯迅の伝記資料は他の時期と比べても極めて少ない。こうした状況は長期間続いたが、一九七八年二月、東北大学の研究者を中心としたグループによって、仙台における魯迅に関する資料を細かく調査整理した、四百頁余りにわたる『仙台における魯迅の記録』（仙台における魯迅の記録調査会編、平凡社、一九七八年二月）が出版された。この資料集は魯迅留学当時の仙台の歴史的社会的日常生活的な情況を背景として、丹念に調査を行い、多くの周辺資料を掘り起こした。そのすぐれた研究によって、仙台医専時代における魯迅伝記資料上の空白が大いに埋められたと言えるが、しかし、魯迅自身のことに直接に関係した資料は依然として少ない。

例えば、魯迅の仙台医専入学を考える場合、いくつかの疑問が浮かび上がってくる。第一点は、魯迅がなぜ大学（当時の帝国大学）でなく、専門学校に入ったのか、第二点は、魯迅は本来中国で「鉱務」、即ち地質採鉱を専攻し、弘文学院でも日本語と自然科学を中心とした科目を学んだのだが、なぜ後に「鉱務」とまったく関係のない医学を選んだのか、第三点は、なぜ東京を離れわざわざ都会ではない仙台の医学専門学校に入ったのかという疑問である。

三つの問題については、第一点はこれまで研究者から注意さえも払われてこなかった。第二点と第三点も正面から究明されることはなく、ただ魯迅自身の書いたものの中のほんのわずかの記述に依拠して問題は片付けられている。確かに、魯迅は自著の中で自分が南京の新式の学校で近代的な知識を学びはじめたことを述べた後、続いて次のように言う。

それに翻訳された歴史を通じて、日本の維新が多くの部分、西洋医学に端を発している事実も知った。

こういった幼稚な知識のせいで、やがて私の学籍は、日本のいなかのある医学専門学校に置かれることになった。私の夢はばら色だった。卒業して帰ったら、父のようなめにあっている病人の苦しみを救おう、戦争のときには軍医になろう、そして一方では、国民の維新への信念を強めよう、というつもりだった。（「吶喊・自序」。丸山昇訳）

魯迅のこの文章はしばしば研究者に引用され、すでに魯迅が医学を選択したことに対する「公式」の解釈になっている。もちろん魯迅本人は複数の個所で同じようなことを言っているため、それが一つの原因だということは間違いない。しかし、魯迅の以上の発言はいずれもそれぞれの背景を有し、強調の置き方も異なるものであるため、それに頼って簡単に問題を片付けることは明らかに説得力不足と思われる。故に、ここにおいては、当時魯迅が弘文学院を卒業した頃の周辺情況を調べ、魯迅の友人の証言などもよく吟味して、問題を検討する。

当初、魯迅たちを日本へ派遣した両江総督劉坤一は、魯迅たちが弘文学院で補習を受けた後、東京帝国大学工科大学所属の採鉱冶金学科に入り[10]、引き続き南京で学んだ専攻を勉強することを望んでいた。しかし、実際にはそれはまったく不可能なことであった。というのは、いわゆる帝国大学（東京帝国大学と京都帝国大学しかなかった）に入学するには、まず帝国大学の予備教育機関としての高等学校（うち三年制の大学予科課程が設けられる）に入らなければならないのである。これに関して、当時の留学生による記録なども残されている。『浙江潮』（一九〇三年二～十一月）第七号の「通信欄」に掲載された浙江省日本留学生同仁名義の「敬上郷先生請令弟子出洋遊学並籌集公款派遣学生書」には、次のような記載があり、例えば、「工学」を目指す場合、「中学校、師範学校卒業程度なら、東京高等工業学校あるいは実業教員養成所に入る」。また同等資格で「試験に合格なら、高等学校に入り、三年間の勉強を経、大学校に入る」

（筆者訳）ということである。しかし、当時、東京帝国大学と京都帝国大学入学希望者が多かったため、上は文部省から下は高等学校に及ぶまで中国人留学生の受け入れにたいへん慎重な対応を取っていた。魯迅は明治三十七年に弘文学院を卒業したが、翌三十八年には文部省から東京の第一高等学校にこうした「通牒」が下された。

清国人ニシテ近来貴校に入学ヲ志願スルモノ少ナカラサル義ト存候処両帝国大学ハ現在ノ高等学校生徒ヲ収容スルニサヘ困難ヲ感シ居候次第ニ付清国人ニシテ貴校ヲ卒業スルモ将来帝国大学ニ進入スルコト能ハサルカ如キ結果ト可相成就テハ本省ニ於テモ目下右収容方法ニ付計画中ニ有之候ヘトモ当分第一部ノ外外国人ノ入学ヲ許可セントスルトキハ前以テ本官ニ御内議相成度依命此段申進候也。（第一高等学校編『第一高等学校六十年史』、昭和十四年三月、四九八頁）

つまり、魯迅が弘文学院を卒業した明治三十七年の時点で、中国人留学生の一高入学はかなり困難であり、帝国大学入学はさらに厳しいものであった。こうした状況は翌三十八年になって、大きく変わった。十一月、文部省第十九号令をもって清国人を入学させる公私立学校に関する規程が定められた。その前の八月、文部省普通学務局長よりの通牒があり、民間における中国人留学生教育の施設としての弘文学院及び東京同文書院を卒業した留学生に対して、「相当の学力を有するものと認め」、一高への入学を許可し、成績優良のものの無試験入学も認められた[11]。それ以降、留学生の一高入学の厳しい状況は一変した。

しかし、三十七年の時点では、状況は異なっていた。その理由からか、弘文学院の江口という先生は、魯迅ら南京からの留学生に「中国駐日公使が全力で文部省と交渉しても、江南路鉱学堂からの学生をすべて一高に入れることは無理だろう」（筆者訳）と、帝国大学進学の厳しさを語っている。そして、江口先生は魯迅らに専門を医学の方に変更し、医学専門学校に入るように勧めた。その理由は、日本の医学はかなり進んでおり、ドイツとあまり変わらない。むしろイギリス、アメリカ、フランスより進んでいる。また、工科、農科学校より、医学学校の方が数が多くて留学生に対する規制もないので、入りやすいという利点があることを挙げたという。(12) 実際の情況を調べてみると、魯迅の日本留学前の年、即ち明治三十四年、文部省令第八号が発され、各高等学校の医学部を独立させ、医学専門学校とするよう定められ、千葉医専（一高）、仙台医専（二高）、岡山医専（三高）、金沢医専（四高）、長崎医専（五高）ができた。明治三十六年の専門学校令によって、以上の五校は官立医学専門学校となった。他に、東京、京都、愛知、大阪、熊本に公立私立の五校が認められ、十校に達している。(13) こうして、魯迅は高等学校の専門部と同格の専門学校に入学したわけである。医専の場合、修業年限が他の専門より一年長く、大学と同じ四年間で、医者にもなれる。ただ、医学士の学位をもらえないだけであった。

当時、中国留学生の大部分は東京、横浜に集中しており、医学専門学校も官立の千葉医専と私立の東京慈恵医専があり、魯迅と同時に卒業して専門を医学に決めた留学生はほとんど東京近辺を離れなかった。(14) 一方、魯迅は中国人留学生から距離を置きたいと考えていたので、当時金沢医専に在学中の中国人留学生王立才から、東北地方の仙台医専は都会から遠く離れ、中国人留学生がいないということを聞き、仙台医専に入学申請を出し、九月に仙台医専の学生になって、東京を去った。

それでは、魯迅はなぜ中国人留学生から距離を置きたかったのかと言うと、周作人の述べているように、「魯迅は東京で清国留学生を見て嫌っていたので、東京を離れて日本の東北地方にある仙台医専に入ろうと決意した」（『魯迅小説裏的人物』二三〇頁。筆者訳）のである。魯迅は「藤野先生」の中で皮肉な口調で「清国留学生」の姿を描いている。

東京も同じことだった。上野の桜が満開になったところを遠くから眺めれば、たしかに紅の霞たなびく感があったが、その花の下のあちこちには、きまって速成班の「清国留学生」連中がたむろしていて、長い辮髪を頭上にまとめてとぐろを巻かせ、学生帽の天辺をこんもりと盛り上げて、富士山にしているのだった。また辮髪を解き、平らにまとめている者もいたが、帽子をとれば髪油でテカテカで、小娘のまげさながら、そのうえ、今にも首をかしげて科を作らんばかりの風情は、なんともはやお見事なものであった。

中国留学生会館の門衛室ではちょっとした本が手に入ったので、ときどき顔を出してみるだけのことはあった。午前中なら、奥のいくつかの洋間で休むことも出来た。だが、夕方になると、あるひと間の床がきまってドスンドスンと鳴り出し、そのうえ部屋中にもうもうたる埃が立ちこめるのである。消息通に尋ねてみると、「なあに、ダンスの練習をやっているんですよ」とのことだった。

よその土地に行ってみたら、どうだろう。

（「藤野先生」。立間祥介訳）

魯迅は同じ中国人留学生の俗物性に嫌悪感を生じ、憂鬱や孤独を感じていた。結局、個人では変えられない現実に直面し、避けるしかなかったのである。そこで、留学生のいない、北の町仙台に行こうと決意した。仙台に行くという行為の裏には、魯迅の寂しく悲しい心が秘められている。

しかし、仙台に行ったとしても、憂鬱や孤独から解放されることはなかった。確かに生涯敬愛することになる藤野先生に出会い、多くの日本人から暖かい待遇を受けたこともあったが、しかし、悲劇的な時代に弱小国からやってきた留学生の一人として、魯迅もさまざまな刺激ないし屈辱を感じざるを得なかった。例えば、「藤野先生」に記述される日本人学生によるいやがらせ事件[15]及び有名な「幻灯事件」は典型的な例だと言える。「中国は弱国であるから、中国人は当然低能児であり、六十点以上の成績は自分の能力を超えたものであったという訳で、彼らが不審を抱いたのも当然と言えた」という言葉から魯迅がたいへんな衝撃を受け、耐えがたい屈辱にうちのめされたことが想像できるだろう。もともと魯迅個人の性格にきわめて敏感な面があり、少年時代家庭が貧窮に陥っていた際に、何度も「侮蔑」を体験したという魯迅の語りから彼のこういう性格がよく窺える。[16]したがって、日本の研究者の考えているように、このいやがらせ事件による「屈辱感はおそらくなまやさしいものではなかったであろう」（片山智行『魯迅』、中央公論社、一九九六年二月、六七頁）。

当初、東京にいる同胞たちを避け、仙台に逃げてきた魯迅ではあるが、しかし、実際に仙台に来たことで、またもう一種の寂しさを感じるようになった。仙台に来てから、友人への手紙の中で、「自分の影法師とでは話にもならず、無聊をかこっており」「はるかに故郷を思うと、やはり長く寂莫たる思いが消えません」（「蔣抑卮宛、一九〇四年十月」、中島長文訳）と、自分の心境を語っている。

ところで、周知の通り、仙台での学生生活はわずか一年半しか続かなかった。一九〇六年三月、魯迅は突然仙台医専を退学し、医学を捨て文学に転向しようと決意した。この医学から文学への転換について、魯迅自身は「幻灯事件[17]」を契機として国民の精神を救おうと考えたことを述べている。中国の研究者は基本的に魯迅自らの説明にしたがってこの問題を理解している。しかし、日本では、早く竹内好からこの説に反対する意見が出され、近年でもなお論議を呼んでいる。筆者も、以前よりこのことに対して関心を抱いており、以下関連資料及び筆者の個人的見解を整理してみたい。

戦後日本の魯迅研究に決定的な影響を与えた竹内好は、「幻灯事件」を契機とした魯迅の文学への転向という有名な「挿話」について「伝説化」されたものであり、「その真実性に疑いを抱く」（『魯迅』、未来社、一九六一年五月、六五頁）と述べている。

> 彼は、同胞の精神的貧困を文学で救済するなどという景気のいい志望を抱いて仙台を去ったのではない。恐らく屈辱を嚙むようにして彼は仙台を後にしたと私は思う。医学では駄目だから文学にしてやれなどという余裕のある気持ではなかったろうと思う。（中略）ともかく、幻灯事件と文学志望とは直接の関係がないというのが私の判断である。（竹内好『魯迅』創元社、昭和二十七年九月、六八頁）

それ以降、幻灯事件の真偽に関しては、さまざまな議論がなされ、若い世代の研究者も迷いを持ちながら、魯迅の文章の芸術性、つまり虚構性から問題を解釈し、「幻灯事件とは、この長い歳月を経て魯迅の胸中に形成された〈物語〉であ」った（藤井省三『ロシアの影――夏目漱石と魯迅』、平凡社、一九八五年四月、一一五頁）と、「幻灯事件」の「伝説化説」に近い見解を示している。ただ、『藤野先生』のような、実在の人物、過去の出来事を語る回想文は真実性がその基本的な性格であると一般に考えられるため、意識的に虚構化する可能性が低いと考えられる。また、自分の人生の転換にとってきわめて重大で意味がある事件であるから、覚え間違った可能性もないと言って良いだろう。

魯迅の医学から文学への転換を絶対化あるいは単純化する見解には賛成できない。魯迅の転換は単に一つの幻灯事件によるものではなく、それは彼の内外のさまざまな要素の総合作用、積み重ねによって生じた結果であると言いたい。仙台での生活が孤独で寂しいものであり、更にそうした中にあって、日本人学生によるいやがらせ事件の発生は、魯迅に大きな衝撃や屈辱を与えた。そういう意味で、魯迅が仙台を後にした行動は彼の悲憤や抗議の反応であり、同時に彼の性格の論理的なあらわれだったと考えられる。それでは、医学を捨て、何をするのかという問いも当然出てくる。前々からずっと国民の精神の覚醒が何よりも大事であると考え、そして国民の精神を覚醒させる最も有力な武器が文芸だという信念を有していたので、今回の「幻灯事件」がちょうどそうした思いをよみがえらせ、医学をやめるきっかけとなり、文学によって人間の精神を変えるという作家としての道が現実となったのである。偶然の機会によって、必然的な転換が一九〇六年の仙台で現実となったのである。

四　東京での文学的出発

仙台での医学生生活を中止し、一九〇六年三月、魯迅は東京に戻って、比較的自由に文芸活動、思想啓蒙活動を始めた。初め、魯迅は自分の学籍を東京独逸学会ドイツ語学校に入れておき、引き続き官費を受領していた。しかし、実際に魯迅はあまり学校に通わず、久しぶりに自分の好きなことをやり始めた。最初の数ヶ月間に魯迅は弘文学院時代に友達と着手した『中国鉱産誌』と『中国鉱産全図』を完成させ、一九〇六年五月に上海の普及書店から出版した。七月には、三版まで出され、好評を得ている。夏、母親の意に従って、嫁を迎えるために帰国、四日後、日本へ留学することになった弟の周作人をともなって日本に戻ってきた(18)。

弘文学院時代と異なり、二度目の東京生活は前よりずいぶん楽になったようで、「一番自由で無拘束だった(19)」と言われる。最初、本郷区湯島二町目にある「伏見館」に下宿した。周作人の話によると、家賃がわりと安く、食事つきで、月十円だったが、毎月三十六円の官費なので、少し余裕が出てきている。朝はパン、バター、牛乳で、昼食、夕食も満足していたようだ[20]。普段から日本風な日常生活をして、意識的に日本の生活を体験しよう、日本の社会、文化を深く理解しようとしていた[21]。周作人は多くの回想文の中で次のように語っている。この頃、魯迅の服は「すべて和服だけで押し通した」、「平常はどこへ行く場合でも、帽子は鳥打帽で、和服に袴という服装であった。」「彼の風采は日本の貧乏な学生に似ていた[22]」。その理由は、当然日本の習慣に従ったためであり、もう一つは、当時中国を支配していた満洲族王朝への対抗意識のあらわれでもあった。つまり、清王朝の満洲族の服装は「民国以前にはみな胡の服と見なし、東京でそんな衣服を着るのはつまり奴隷の表示だとしていた」ので、「和服をもいいものだと思ってよく着た[23]」ということであった。他にも、周作人の回想しているように、「魯迅は東京における数年間、衣食住すべて簡単にしていた。彼は洋服を着ず、テーブルや椅子を使用しなかった。留学生たちが寝台のないのに閉口して、押入れの上段を寝床にしているのを、彼は非常に嘲笑していた。彼自身は畳の上に坐臥することに少しも不自由を感じなかった[24]」。

日常生活の中で、もう一つの重要な内容は古本屋をまわって古本を手に入れることであった。それは弘文学院時代からの習慣で、「留学時代には教科書の授業を受け、教科書と同じ講義をノートする以外に、当然楽しみがあるもので、私の場合、神田区一帯の古本屋をのぞいて回るのがその一つであった」（『小さなヨハネス』序文」。藤井省三訳）。周作人はより詳しい「記録」を残している。「新書や古書を買う快楽で、日本橋、神田、本郷一帯の洋書和書の新本屋、古本屋、雑誌店、夜店を日夜ひやかし廻って疲れることを知らなかったものだ[25]」。当時魯迅と周作人のよく行った洋書店は南江堂、郁文堂及び南陽堂で、和書を求める際、本郷区真砂町にある相模本屋をよく利用していた。魯迅兄弟は主人の小沢民三郎とよく知った仲になり、小沢がかつて丸善で働いたことがあるため、ドイツの本を入手したい時、よく彼を通じて丸善に頼んで購入してもらった。晩年にも、何回も丸善を通じ欧文雑誌を注文した。魯迅兄弟はともにこの丸善と関わりがあり、好感を有していた。晩年の魯迅は友人の増田渉（一九〇三～一九七七）に対して、もし日本に行く機会があれば、まず母校の仙台医学専門学校を訪ねて、次は丸善書店を再訪したいと言っていたようだ。[26]周作人も同じような思いを抱いており、こう書いている。「東京の本屋といえば第一に思い出すのは何といっても丸善（Maruzen）である。」「私が丸善から本を買うのは足掛け既に三十年にもなり、まず老顧客といってよかろう、もっともその取引は極めて小さく、その後また和書と中国の古書とを買うことになって、財力がいよいよ分散した、しかしその僅かばかりの洋書こそ私にとって極めて大きな影響を与えたのである、だから丸善は一個の法人ではあるが私にとっては実に師友の誼みがあるといえるものである」[27]。

こうした生活の中で、自分の念願の文芸活動を始めようとしていた。まず同じように文芸志向を持っている同志を集めなければならない。しかし、「東京の留学生には法律政治、物理化学さらに警察、工業を学ぶものはたくさんいたが、文学や芸術をやる者はいなかった。しかし、冷淡な空気のなかでも、さいわい、数人の同志が見つかり、そのほか、なくてはならぬ数人も集まった。相談のすえ、第一歩としては当然雑誌を出すことになった。誌名は〈新しい生命〉の意味をとり、私たちは当時、みないくらか復古に傾いていたから、単に『新生』と呼んだ。」（「吶喊・自序」。丸山昇訳）しかし、人材や財政的理由で、結局計画の途中で失敗することになった。以後、魯迅は資料収集、読書、翻訳活動に力を注ぎ入れた。

さまざまな活動を経た後、一九〇七年から一九〇八年にかけて、魯迅は当時日本で流行しているさまざまな思潮に触れ、それを十分に摂取した上で、思想的、文化的、科学啓蒙的な論文を書いた。いわば青年期の「魯迅思想」の基本的な形を作り上げ、その様相を世の中に提示したのである。同時に、そこには自らの思想と明治日本との関係、彼自身の外国思想文化への対処方法もよく現れている。日本留学期の思想的結晶としての論文は、主に河南省出身の留学生による『河南』（月刊、東京において、第九号まで出版された）に掲載された以下の五篇である。

人の歴史、『河南』第一号、一九〇七年十二月。

魔羅詩力説、『河南』第二、三号、一九〇八年二、三月。

科学史教篇、『河南』第五号、一九〇八年六月。

文化偏至論、『河南』第七号、一九〇八年八月。

破悪声論、『河南』第八号、一九〇八年十二月。

以上の論文は日本語に翻訳すると、四百字詰原稿用紙になおして二百五十枚にも及ぶ分量となる。こうした論文からは当時魯迅がいかに勤勉に読書し、執筆していたかが見て取れるが、さらに魯迅の関心、日本の流行思潮との接触、彼自身の思考の方向など、いろいろな情報を読み取ることも可能で、そうした意味で日本留学期における魯迅の思想を解く鍵だと言える。この問題については、別に考察する予定である。

一九〇八年秋、魯迅兄弟を含む五人は夏目漱石の住んでいた本郷区西片町十番地ろの七号住居に引っ越した。十ヶ月後、また引越をする。それから一九〇九年十月の帰国まで、魯迅は外国文学の紹介翻訳に全力を尽くした。当時彼は自分の祖国に対して強い危機意識を持っており、そして文芸をもって人間の精神を改造し、中国の社会を改造しようという一貫した信念から、まず目をアジアや東欧のいわゆる被圧迫民族の文学、すなわち愛国者の文学に向けた。後に魯迅は当時の状況をこう語っている。「日本に留学していたころ、私たちはある漠然とした希望を持っていた──文学によって人間性を変革し、社会を改革できると思ったのである。この考えによって、自然に外国の新文学紹介という一事に思いいたった」（「域外小説集・序」。藤井省三訳）。周作人も当時のことをよく覚えている。「実際私達の喜んでいたのは被圧迫民族の文学に他ならなかった」。しかし当時日本でこのような作品が「書店にまだ極く少なく蒐求は極めて容易でなく、幾種の露佛の小説が手に入る外は、東欧北欧のものは一見することさえ困難で」、結局「書名を書き出して、丸善に託して注文し、多くの根気と時間とを費やしてやっと波蘭、ブルガリヤ、ボスニヤ、芬蘭、匈加利、新希臘の作品を幾種か手に入れることが出来た」[28]。

こうして、魯迅兄弟は東欧の弱小民族の作品を中心として、翻訳を始め、『域外小説集』と題して、第一冊を一九〇九年四月に、第二冊を一九〇九年七月に出版した。イギリスのワイルド、アメリカのポー、フランスのモーパッサンそれぞれ一篇、ロシアのガルシン、アンドレーエフなど四人七篇、ポーランドのシェンキェヴィッチ三篇、ボスニア人作家二篇、フィンランド人作家一篇、合計十作家十六篇をその内容とする。この作品集において、いわゆる純粋な弱小民族の作品はほぼ四割を占めている。『域外小説集』の特徴について、周作人は、「スラブ系統」及び「被圧迫民族」に重点に置いたことをあげ[29]、特に被圧迫民族に注目したのは、「みな植民地政策の下で反抗している民族であったから」であり、ロシアは「独立した強国であったが、人民は自由のために奮闘し、革命を起こそうとしていたので重点を置いて紹介しようとした」[30]。語学力の問題もあったが、翻訳の多くは周作人の手によったもので、魯迅が訳したのは、アンドレーエフの『嘘』と『沈黙』、及びガルシンの『四日間』のみであった。

『域外小説集』の出版は日本で関係者の注意を引き、第一冊出版後まもなく一九〇九年五月の雑誌『日本及日本人』第五〇八号には、次のような記事が載った。

日本などでは、欧州小説が盛んに購買される方であるが、支那人も、夫れにカブれた訳でもなからうが、青年の間には、矢張りちよい〳〵読まれている。本郷に居る周何がしと云ふ、未だ二十五六才の支那人兄弟などは、盛んに英独両語の泰西作物を読む。そして『域外小説集』といった三十銭ばかりの本を東京で拵えて、本国へ売り付ける計画を立て、すでに第一編は出た、勿論訳文は支那語であるが、一般清国留学生の好んで読むのは、露国の革命的虚無的作物で、続いては、独逸、波蘭あたりのもの、単独な仏蘭西物などは、余り持て囃されぬさうぢや。（『日本及日本人』第五〇八号「文芸雑事欄」、明治四十二（一九〇九）年五月一日）[31]

しかし、当時の人々の関心はおおむね欧米文学に集中しており、この東欧文学を中心とした『域外小説集』はなかなか受け入れられず、半年で百冊しか売れなかった。結局残った本と版型も火事で焼けてしまった。こうして、魯迅の文学による人間と社会を改造する選択あるいは理念は最初からたいへん難しい局面に立たされたのである。

魯迅は日本に来てからずっとドイツ語を習い続け、日本からドイツへ留学しようと計画していたが、結局うまく行かなかった。そして国内にいる母親や妻が魯迅からの経済的援助を希望したため、一九〇九年夏、魯迅は帰国、浙江省両級師範学堂の生理と化学の教員になった。

おわりに

七年余りの日本留学はさまざまな意味で後の魯迅の出発点となり、彼の思想と文学の骨格はこの時期に作り上げられた。帰国後、二十年近く、日本留学で得たものを生かして、公務員、教員という職についたが、国民の精神を変えることによって国を変えるという信念が一貫して彼の生涯を支えており、独自な人生として実現した。こうした人生の原点が「自由に精神の大空を飛翔した、七年余の留学生活であった。[32]」

注

（1）　引用は『魯迅研究学術論著資料彙編・第五巻（一九四九～一九八三）』（中国文聯出版公司、一九八九年七月、四八一頁）による。

（2）　周作人の自筆の日記によるものという。『魯迅年譜・第一巻』（魯迅博物館魯迅研究室編、人民文学出版社、一九八一年九月）八八～八九頁を参照。

（3）　このあたりの事情について、北岡正子『魯迅　日本という異文化のなかで―弘文学院入学から「退学」事件まで』（関西大学出版部、平成十三年三月）の中に詳細に記されており、参照されたい。

（4）　また、〔米〕薛君度『黄興与中国革命』（楊慎之訳、三聯書店香港分店、一九八〇年九月）には、次のような記述がある。「一九〇二年夏、一部の中国人留学生と駐日公使蔡鈞との間に、争論が起こった。その起因は蔡鈞がこれらの自費留学生を成城学校入学に推薦することを拒否したことにある。北京当局は政府によって推薦される者を除いて、中国人留学生の日本の軍事学校への入学を禁止していた。したがって入学するためには、彼の推薦が欠かせなかったのである」（六頁）。

（5）　弘文学院については、また以下の資料がある。錫金「関於弘文学院二三事」（『吉林師大学報』一九七八年第四期）、陳福康「関於弘文書院的一点材料」（『東北師大学報』一九八〇年第四期）、蔭山博雅「宏文学院における中国人留学生教育――清末留日教育の一端」（『日本の教育史学』二三、一九八〇年）、蔭山博雅「弘文学院における中国人教育について」（『呴沫集五』、一九八七年）、蔭山博雅「弘文学院における中国人留学生教育の展開」（土井正興『教育の中の民族』〈三省堂、一九八八年〉所収）。

（6）　『浙江潮』第七号（一九〇三年八月）の「通信欄」には、当時の学校の様々なことが記載されており、例えば、当時、弘文学院では学費の安価な「速成師範生」でも一ヶ月二十五円かかった。当時の他の学校と比較すると、弘文学院の費用は高い方に属していた。『中国人日本留学史』によれば、同じような学校である「東京同文書院」の当時の月間費用は次のようであった。

学費：三円、舎費：一円五十銭、食費：六円、炭油費：一円、月合計：約十二円、つまり年間約一三〇円。

当時、中国人留学生の急速な増加に応じて、日本留学案内というような本が次々出版された。例えば『日本遊学指南』（章宗祥編、一九〇一年）、『留学生鑑』（啓智書社著訳、一九〇六年）などがあり、こうした資料によれば、当時一般的な留学費用は次のようになる。

学費　　月額一～二・五円、年額十～二十五円
下宿料　　月額六～九円、年額六十～九十円
学習用品費　月三円、年額三十円
雑費　　月額三円、年額三十円

つまり、年間総額一五〇円～二五〇円位であった。

また、『値段史年表　明治大正昭和』（朝日新聞社、昭和六十三年六月）を見ると、年間授業料は、明治三十二年（一八九九）二十五円、明治三十七年（一九〇四）三十五円であった。私立の慶応義塾大学、早稲田大学もほとんど変わらないという。

（7）紹興出身日本留学生二十九人の「紹興同郷公函」は、現在紹興魯迅記念館に保存されている。
（8）前出『魯迅的青年時代』に同じ。なお周作人『魯迅小説裏的人物』（上海出版公司、一九五四年四月）二七八頁参照。
（9）明治十年代から二十年代にかけてのヴェルヌの流行については、富田仁『ジュール・ヴェルヌと日本』（花林書房、一九八四年）に詳しい。
（10）明治三十六年六月、帝国大学を東京帝国大学と改称した。大学の構成は従来の通り、大学院と分科大学（法科大学、医科大学、工科大学、文科大学及び理科大学）をもって構成される。
（11）前出『第一高等学校六十年史』四九八頁
（12）陳友雄「日本における魯迅の二、三事について」、『山東師院学報』一九七七年第五期。
（13）前出『第一高等学校六十年史』。
（14）前出「日本における魯迅の二、三事について」。

（15）当時の同級生の回想もこの事件の「真実性」を裏付けている。『仙台における魯迅の記録』一五三～一五四頁を参照。

（16）「吶喊・自序」を参照。魯迅の友人たち及び他の同時代の人による証言や回想から、魯迅がそうした性格だったということが分かる。

（17）魯迅本人は彼の作品中に何回かこのことに触れている。ここで一番簡潔なものを引用しておく。「ロシア語訳『阿Q正伝』序及び著者自叙伝略」のなかで、魯迅は次のように書いている「わたしは仙台（Sendai）医学専門学校に入り、二年間学んだ。ちょうど日露戦争のときで、わたしはたまたま、幻灯で一人の中国人がスパイをはたらいたかどで斬られようとしているところを見、そのためさらに、中国ではまず新しい文芸を提唱しなければならないと思ったのである。そこで、わたしは学籍を捨てて、東京に舞いもどり、数人の友人とささやかな計画をたてた」（『魯迅全集・第九巻』一一六頁。筧文生訳）。

（18）魯迅の初めての婚姻について、親友の許寿裳の回想はその実情を反映していると思われる。「朱夫人は旧式な女性で、結婚は太夫人（即ち魯迅の母親）の意志によるものであった。かつて、魯迅は私に〈これは母親から送られたプレゼントで、私ができることはよく養うことでしかなく、愛情とかは私の知らないものだ〉」という。（許寿裳『亡友魯迅印象記』、人民文学出版社、一九五三年六月）

（19）前出『魯迅の故家』、二六五頁。

（20）周作人『知堂回想録』、香港三育図書文具公司、一九〇頁。

（21）周作人「留学的回憶」、『薬堂雑文』、新民印書館、一九四五年一月、九四頁。

（22）前出『魯迅の故家』、二六七～二六八頁。

（23）周作人「東京を懐ふ」（「憶東京」）、周作人著・松枝茂夫訳『周作人随筆集』、改造社、昭和十三年六月、二五頁。

（24）前出『魯迅の故家』、二八三頁。

（25）前出『周作人随筆集』、二四頁。

（26）増田渉『魯迅の印象』、角川書店、昭和四十五年十二月。

（27）周作人「東京の本屋」、周作人著・松枝茂夫訳『瓜豆集』、創元社、昭和十五年九月、一四〇～一四一頁。

(28) 前出『周作人随筆集』、一四二～一四三頁。
(29) 前出『魯迅的青年時代』、一三〇頁。
(30) 前出『魯迅的青年時代』、四二頁。
(31) なお、藤井省三「日本介紹魯迅文学活動最早的文字」、『復旦学報』一九八〇年第二期参照。
(32) 片山智行『魯迅――阿Q中国の革命』、中央公論社、一九九六年二月、九四頁。

第二章　「魯迅思想」の原型と明治日本

――留学期における「日本受容」

はじめに

魯迅の思想の「原型」は、彼の青年時代、特に日本留学時代に構築されたものであり、その後の魯迅思想は主にこうした「原点」の延長と補足であるという見解は、日本の研究者によって最初に提出されたものである。魯迅研究者の片山智行は、「近代文学の出発―〈原魯迅〉というべきものと文学について」（東京大学文学部中国文学研究室編『近代中国思想と文学』、東京大学出版会、一九六七年七月）と題した論文の中で、初めて「原魯迅」という「概念」を使用している。同じ魯迅研究者の伊藤虎丸も、『魯迅と日本人――アジアの近代と「個」の思想』（朝日新聞社、一九八三年四月）の中で、魯迅は日本留学時代に『人の歴史』『科学史教篇』『文化偏至論』『摩羅詩力説』『破悪声論』などの論文が次々に留学生雑誌に発表される。これらの諸篇は彼のいわば文学原論であり、青年期の思想の集成であり、後の魯迅の思想の骨格をすでにここに見ることのできるものである[1]」と述べている。こうした見解は、特に八十年代中期になって中国の研究者からも賛意を得、王富仁は「魯迅の哲学思想を論ず」（「魯迅哲学思想芻議」、『中国文化研究』一九九九年春之巻、一九九九年三月）の中で、魯迅が日本留学期に提出した「哲学思想」及び「基礎的な観念」は、「彼の後半生における文化活動の中でより豊かになり、発展したが、基本的な思想の枠組としては、彼の生涯を貫き、全く変化がなかった」（筆者訳）と述べている。では、魯迅の思想の「原型」が一体どういうものであったかについて、まず魯迅自らの語りから見てみよう。

あのころ（一九〇七年を指す）は、精神革命を信じ、個性の解放を主張し、全くロマン主義だった。それはやはり進化の思想でもある。反抗を主張し、被圧迫民族の文学作品と弱小者の反抗に同情する作品の紹介に重きをおいたのも、やはり人に自然淘汰を警告し、生存競争の意味を主張したのであった。(2)

即ち、（社会）進化論(3)、個人主義、ロマン主義的文学観が青年時代の魯迅の思想における基本的構成内容だった。魯迅のそうした思想の形成が、近代中国の啓蒙思想家である梁啓超、厳復（一八五三～一九二一）などから影響を受けたものであることについては、数多くの先行研究において指摘がある。例えば、羅成琰は「魯迅の早期思想と梁啓超」（「魯迅早期思想与梁啓超」、『魯迅研究・11』、中国社会科学出版社、一九八七年六月）の中で、魯迅と梁啓超を比較して、早期魯迅は梁啓超から影響を受け、彼の思想材料を借り入れたことを指摘している。魯迅と厳復に関して、葉徳浴は「魯迅の早期における〈反抗を主張する〉社会闘争観は、いっそう直接かつ大いに厳復の独創した社会進化論からの影響を受けた」（「魯迅と『天演論』、進化論」（魯迅与『天演論』、進化論）、『文学評論』一九七九年第六期、中国社会科学院文学研究所。筆者訳）と強調している。一方、異なった見解もあり、易竹賢は「魯迅のダーウィン進化論を読む範囲は早くから『天演論』に限らず、渡日以後、読む範囲はさらに広くなった。決して魯迅が厳復の〈社会進化論〉だけから影響を受けたとは強引に断定はできないのである」（「魯迅と進化論、『天演論』をも論ず」〈也談魯迅与進化論、『天演論』〉、

『魯迅研究・4』、中国社会科学出版社、一九八一年七月。筆者訳)と、早期魯迅と近代日本の関連に触れている。

確かに、魯迅が一九〇二年から一九〇九年までの日本留学中に自らの思想の「原型」を確立させた事実から見ると、魯迅の思想形成と近代日本の関係は無視し得ないものであると思われる。ところが、中国においては、この問題に対する具体的な研究はきわめて不充分な状態である。ここでは、具体的な考察を通して、留学期の魯迅の思想と近代日本の関係を明らかにしたい。

一 進化論の摂取応用と日本

進化論は、近代中国において、中国人が体系的に受容した最初の西洋思想であり、かつマルクス主義が受容される以前にあっては、広がりの点でも深さの点でも、中国人に対して最も大きな影響を及ぼした西洋思想であった。中国人の進化論受容の始まりは十九世紀七十年代のことであった。それ以前、六十年代後半から、ヨーロッパ近代科学を受容するため、清朝政府は、各地で翻訳や出版を行う機関を設け、北京に「北京同文館」(一八六二)、上海に「広方言館」(一八六三)、南京に「金陵書局」(一八六四)、福州に「船政学堂」(一八六六)が設立されたが、本格的に受容の態勢が整うのは、一八六七年、上海の江南製造局に翻訳館が付設されてからのことである。この江南製造局翻訳館は、多くのヨーロッパ自然科学、工鉱農技術、造兵造船技術に関するもの及び人文関係のものを出版し、当時の知識人に大きな影響を与えた。

一八七一年、江南製造局翻訳館は、最初に進化論関係の訳書『地学浅釈』(イギリスの地質学者ライエル〈Charles Lyell, 一七九七~一八七五〉の名著『地質学原理』〈Principles of Geology, 3vols, 一八三〇~一八三三〉、この『地質学原理』

はダーウィンの進化論思想の形成に大きく影響したと言われる）を出版、訳書は全部で八冊三十八巻、一八七一年から一八七三年にかけて出版された。アメリカ人瑪高温（原名不明）が口訳したものを当時、算学家として著名であった華衡芳が中国語に綴ったもので、それ以降進化論が中国に入り始めた。一八九八年、社会進化論の受容と普及に最も貢献した人物である厳復がイギリスの生物学者T・H・ハックスリ（Thomas Henry Huxley，一八二五～一八九五）の『進化と倫理学』（Evolution and Ethics, and other Essays，一八九四）の最初の二篇を訳出し、『天演論』と名づけ、一八九八年に沔陽慎始基斎から刊行した。厳復は生存競争、自然淘汰は人類をも含めた「生物の道」であり、個人間、国家間、人種間には競争の存在しないところはなく、国家民族は一つの社会有機体として国際競争場の中に位置する故、中国が淘汰を免れ強くなるためには、有機体の細胞たる国民の一人一人が「智・徳・力」の三面にわたって強化されなければならないと説いている。『天演論』は当時の中国における知識人の間に大きな反響を呼び、それをきっかけとして、社会進化論が急速に中国社会に受容され、大きな影響を与えた。こうした社会現象の生成の理由、つまり中国の知識人が「社会進化論を全面的に受け入れたのは、おそらく、社会進化論こそが、中国が直面する多様な問題を包括的に説明するパラダイムとして最も説得的である(4)」と考えられたためである。

来日前年の一九〇一年、魯迅が江南陸師学堂附設の南京鉱務鉄路学堂（鉱業鉄道専門学校に当たる）に在学中のころ、学校の教材中には『地学浅釈』も含まれていた。周作人の回想によると、「南京にいた時分漢訳ライエル（C.Lyell）の『地学浅釈（すなわちPrinciples of Geology）二大冊を手写したが、図解も精密なものであった」（「関於魯迅」、『宇宙風』一九三六年第十二期）という。その年、魯迅ははじめて厳復の『天演論』に触れ、自分の祖国の現実に憂慮しつつ、生存競争・適者生存という進化論の思想に強い共感を感じた。これについて、二十五年後、魯迅はこう回想している。

これにつれて新しい本を読む風潮が広まり、私も中国に『天演論』という書物があることを知った。日曜日に南の街まで行って買って来た。分厚い石版本で、きっかり五百文だった。開くと見事な字が並んでいて、……。おお、世界にはハックスリーなどという人もいて書斎でこのようなことを考えていたのか、しかもこのように新奇な着想でと、一気に読んで行くと「生存競争」や「自然淘汰」も出てきた、ソクラテスやプラントンも出てきた、ストアも出てきた。……そして相変わらず暇さえあれば、餅、落花生、唐辛子などを噛りながら『天演論』を読みふけっていたものである。(「追想断片」。立間祥介訳)

しかし、魯迅が進化論を受容したルートは厳復の『天演論』ばかりでない。近代日本も重要な役割を果たしている。というのは、『天演論』はあくまでも『進化と倫理学』という書物の部分訳で、進化論の全面的な紹介ではない上に、それ以後の十年間中国では新たな進化論の紹介がなかったからである。したがって、魯迅にとっては、日本に来てからの進化論の影響は重要であり、日本において、進化論を紹介する文章を書き、進化論の影響を受けた「成果」を示した。

進化論が日本に入ったのは、中国より十年程早かった。明治十年(一八七八)四月、東京大学が開学、六月にアメリカ人教師E・S・モース(Edward Sylvster Morse、一八三八〜一九二五)が来日、七月に東京大学動物学、生理学教授として招聘され、九月から進化論による動物学、生理学講義や講演が行われ、これによって、進化論が初めて本格的に日本へ紹介され始めた。そのモースの講義や講演は、後明治十六年四月に『動物進化論』(表紙に「米国博士エドワルド・エス・モールス口述、理学士石川千代松筆記」、「万巻書楼蔵版」、「出版人東生亀治朗」が記される。後、『明治文化全集・

第二十七巻・科学篇』〈日本評論社、昭和五年二月〉に収める）というタイトルで出版された。[5] 十五年十月、東京大学第一任総理（総長）の加藤弘之（一八三六～一九一六）は社会進化論を弱肉強食の国家主義論に利用した『人権新説』[6]（丸善書店、明治十五年十月）を世に送り出して、天賦人権論を駁撃した。彼は「今日文明の世にありても国家の大権をもつて各個人の権利を保護し、もつて互に陵辱妨害するをえざらしむるゆえんのものは、けだしまったく大優勝劣敗の作用を用ひて小優勝劣敗の作用を防遏するにほかならざるなり」と述べたが、すぐ自由民権派から反撃を呼び、激しい論争を引き出した。矢野文雄（一八五一～一九三一）の『人権新説駁論』（畑野林之助出版、明治十五年。『明治文化全集・第二巻・自由民権篇』〈日本評論社、昭和二年十一月〉に収められる）、馬場晨猪（一八五〇～一八八八）の『天賦人権論』（朝野新聞社、明治十六年一月。同上『明治文化全集・第二巻・自由民権篇』所収）や植木枝盛（一八五七～一八九二）の『天賦人権弁』（栗田信太郎発行、明治十六年一月。同上『明治文化全集・第2巻・自由民権篇』所収）などはいずれも加藤を論争の対象とするものであった。その論争によって、進化論の影響が大いに拡大した。それ以降、進化論に関する書物が続々と出版された。やがて明治二十年代の『進化新論』（東京敬業社、明治二十五年十月初版、同三十年二月増補再版。後に『石川千代松全集』第三巻〈東京興文社、昭和十一年八月〉に収める）の作者であり、動物学者、進化論啓蒙家の石川千代松（一八六〇～一九三五）を経て、進化論学者としてあらわれた丘浅次郎（一八六八～一九四四）の『進化論講話』（東京開成館、明治三十七年一月。後に『丘浅次郎著作集』第五巻〈有精堂、昭和四十四年三月〉に収める）が一世を風靡した。つまり、この明治三十年代半ば頃、すなわち魯迅が日本に来た当時、進化論、科学的実証主義といったものが次第に日本の思想界に根をおろしていったと言える。例えば、明治文化研究者である木村毅（一八九四～一九七九）の『丸善外史』（丸善社史編纂委員会発行、昭和四十四年二月）によると、明治三十年代半ば、丸善が自社の機関誌『学燈』で諸名家七十八人に良書を推薦してもらったが、第一位はダーウィンの『種の起源』（三十二票）、第二位はゲーテの『ファウスト』（十六票）、第三位はスペンサーの『総合哲学大系』（十五票）、第四位は二つあってショウペンハウアの『意思及び表象としての世界』とコントの『実証哲学講義』（ともに十四票）であったという。(7) 魯迅の来日当初の日本における進化論の流行がよく分かる。

実際、日本の進化論に関する著書訳書は早くから中国の知識人に注目されていた。例えば、啓蒙思想家の康有為は早年より日本の維新運動に高い関心を抱き、日本で出版された関連書籍を数多く購入している。後に、彼は『日本書目誌』十五巻（上海大同訳書局、一八九七年）を編成し、「生物学部類」においては、『動物進化論』（E・S・モース述、石川千代松訳。同前）、『進化原論』（ハックスレー講述、伊澤修二訳、丸善商社、明治二十二年十月）、『進化新論』（石川千代松著）、『進化要論』（ヘッケル著、山県悌三郎訳補）、『通俗進化論』（城泉太郎）などが見られる。(8) この他、厳復『天演論』及び梁啓超『変法通議』（『時務報』第一～十五冊、一八九六年八～十二月。後『飲氷室合集』〈林志鈞編、中華書局、一九三二年〉第一冊に収める）はいずれも日本の進化論関係の著書訳書から進化論の重要な用語、例えば生存競争、自然淘汰、優勝劣敗などを借り入れている。

その後、日本の進化論著作も次第に中国語に翻訳され、中国に入っていった。一九〇二年、国際法学者有賀長雄（一八六〇～一九二一）の『社会進化論』（明治十六年十月、丸善書店）が翻訳され、二種類の訳本が出版された（侯官薩端訳『社会進化論』、閩学会：順徳麦訳『人群進化論』、広智書局）。加藤弘之の『人権新説』も楊蔭杭という人によって翻訳され、『物競論』という題目で公刊された。つまり、近代中国では、日本の進化論関係の著書訳書が中国人の進化論認識に重要な役割を果たしたと言える。

魯迅の場合、彼自身の言葉を借りると、「すべて留学生が、日本に到着すると、急いで尋ね求めたものは、大抵、新知識であった。」（「太炎先生から思い出した二三事」。今村与志雄訳）ということである。新しい知識とは、多様な近代的学問、思想などを指しているが、当然一番新しい知識にこそより強い魅力が感じられたはずである。魯迅が日本に来た際、ちょうど日本では進化論流行の最中で、数多くの進化論の解説書が出され、一つのブームになっているところであった。それについて、一九〇三年当時、東京に留学した一人の中国人は次のような記録を残している。

今の世界では、生存競争優勝劣敗という天演説が盛んに流行している。……国家や民族を守るためには、まず「群」を守らなければならない。そして個人的義務と社会的義務をともに明らかにしなければならないのである。

（再生馮生「新奉化歌」、『浙江潮』第一期、一九〇三年二月。筆者訳）

また、『浙江潮』では、読者との進化論に関する「問答」（第十期、一九〇三年十二月）を載せたり、日本での進化論の流行に対応して社会進化論を紹介したり、例えば一九〇三年十一月同誌第九期の「斯賓塞快楽派倫理学説――叙論・快楽与進化並行之真理」（喋血生）がその一例である。ここからは、当時の留学生たちが積極的に進化論に触れ、それを吸収した様子が窺える。

もともと魯迅は中国で進化論に触れて共感を持っていたが、さらに日本での進化論ブームに出会うことで、より全面的で詳細に進化論を理解し、さらに彼独自の摂取、選択及び消化という過程を経て、自分なりの進化論観念を確立した。周作人の日記によると、魯迅は来日前、加藤弘之の『物競論』（『人権新説』）を購入したという。魯迅は二度目の東京留学時代に丘浅次郎の進化論講義も受けたと言われるが、具体的なところがほとんど明らかにされてはこなかった。現在、関連資料を検討した結果、魯迅が東京の独逸語専修学校在学中に丘浅次郎の進化論講義を受けたことはほぼ確定できるようになった。

魯迅の独逸語専修学校在学について、周作人はいくつかの回想を残している。

豫才が医学校で学んだのはドイツ語だった。だから、後になって専らドイツ語を学ぶことに成り、東京の独逸語協会の学校で授業を受けた。(9)

退学後東京で暮らしたこの数年、表面的にはほとんど閑居で、正式の学校へもゆかず、ただ「独逸語学協会」付設の学校に籍を置き、好きな時に出かけて授業を受けたが、普段は古本屋めぐりばかりをして、ドイツ語の本を買っては自分で読んでいた。(10)

北岡正子の考察(11)によれば、「魯迅は、おそらく一九〇六年三月初上京し、間もなく、二月から新学期が開始されていた独逸語専修学校に、官費留学生として中途入学した。以後、一九〇九年二月開始学期の終わり（六月末）まで、七学期間に亘りドイツ語を学び、八月帰国した」という。氏によって調査された獨協学園『目でみる獨協百年』によると、ドイツ語以外の教科にも、芳賀矢一（国語）、津田左右吉（歴史）、東儀鉄笛（音楽）、丘浅次郎（生物）、木元平太郎（美術）等の名が見られる。要するに、①魯迅は独逸専修学校に在学した、②丘浅次郎が同校で生物を教えていた、③魯迅はほとんど学校に行っていないが、好きな授業には出ていた、④魯迅は当時進化論に熱心であった、⑤魯迅が丘浅次郎の講義を受けたという周作人の証言、というような「根拠」を考えると、魯迅が直接に丘浅次郎の講義を受けたことはおそらく事実だったと考えられる。

魯迅と進化論のことについて、周作人は次のように述べている。

魯迅がT・H・ハックスリの『進化と倫理』を読んだのは南京にいた時であったが、東京に来て、日本語を学んではじめてダーウィンの進化論が分かるようになった。魯迅は丘浅次郎の『進化論講話』に出会ったので進化論学説が一体どういうものかということが分かったのである。(『魯迅的青年時代』四五~四六頁。筆者訳)

魯迅が丘浅次郎の『進化論講話』を読んだことは、周作人などの証言によって明らかにされている。筆者が魯迅の蔵書目録を確認した結果、目録中に『進化論講話』は入っていないが、同じ頃刊行された石川千代松の『進化新論』は見えていることが判明した。この他、仙台医学専門学校時代における友人への書簡によれば、当時『物理新詮』という本の二章「世界進化論」「元素周期則」を翻訳したという。(12) こうした一連のことから魯迅の進化論への関心や接触が窺える。

日本での進化論受容の「成果」として、一九〇七年、魯迅はドイツの生物学者ヘッケル(一八三四~一九一九)の学説を紹介した「人の歴史——ドイツ人ヘッケル氏の種族発生学の一元的研究の解釈」を発表している。この文章は、ヘッケルの『人類発生学』を解釈しながら、ダーウィンをはじめとする進化論の発展の歴史を紹介したものであった。中国文学者中島長文の「藍本『人之歴史』」(『滋賀大国文』第十六、十七号、一九七八年十二月、一九七九年十二月)によると、この文章は主にヘッケルの『宇宙の謎』にしたがい、さらに丘浅次郎の『進化論講話』と石川千代松の『進化新論』を参考した上で書いたものであるという。氏の調査によれば、当時日本では『宇宙の謎』のドイツ語原版書と日本語訳本がともに入手可能であった。日本語訳本(岡上梁、高橋正熊訳、有朋堂、一九〇六年三月)には、正文のほか加藤弘之の「序」及び訳者の「生物学説沿革史」、「ヘーゲ略伝」が附されている。さらに、魯迅の文章の九十パーセント以上が上記の三種類の著作によっているということである。もちろん魯迅の目的はドイツ人の学説を紹介することであるので、関連著作を引用することは不自然ではないと言えるが、この当時の習慣として、文章を書くに際し、ほとんど引用文の出所を明記しないところがあり、このことが個人の論述と引用の境線をたいへんあいまいにしてしまったと言える。

同時代の進化論を信じる啓蒙的知識人と同じように、魯迅は基本的に自然科学的理論あるいは仮説の立場でなく、むしろ社会進化論の立場で社会問題を観察解決する武器として進化論を捉えている。つまり、アヘン戦争以来、中国は国家、民族の存亡にかかわる危機に直面させられており、そうした状況に対応して、進化論の生存競争、適者生存、優勝劣敗、自然淘汰というような観点をもって、弱者としての中国人の道徳的政治的自覚や危機感を喚起して、祖国を災難から救い出し、「自強保種」を図るようにさせること、これが魯迅の究極の目的であり、近代中国の啓蒙的知識人たち、例えば康有為、厳復、梁啓超などに共通した願いでもあった。中国近代という悲劇的な時代においては、社会進化論の導入は必然的に「救国」というナショナリズムに帰結する。しかし、この時点においては、魯迅たちの進化論の扱い方は必然的で、しかも充分な意味があった。魯迅自らもこうした点について、肯定的態度を取っている。「進化論はわたしに対してやはりたすけになったし、結局は一すじの路をさし示した。自然淘汰がわかり、生存競争を信じ、進歩を信ずるのはわからずに信じないでいるよりすこしはましだ。[13]」

魯迅はさまざまな思想、思潮にあふれた明治日本で積極的に進化論を取り入れたが、それは単純な引き写しではなく、その選択、吸収、消化、構築という過程に、彼独自の特徴もよく見られる。具体的には、多くの進化論の賞賛者と同じように、魯迅も生物進化論が自然科学の大発見だと捉え、進化論によって「はじめて世界は震動した。思うに、この一説が出たことによって、生物学界の光明は、幾多の疑問を一掃したといえよう」（「人の歴史」。林敏訳）と述べている。魯迅は中国の民族存亡の危機に直面し、スペンサーの人間社会と自然界は同じく一元的に生存競争、自然淘汰の進化の公理に支配されているという一元的な世界観を受け入れ、中国がもし環境に適応せず、自民族を強くしなければ、世界の大勢から取り残され、欧米列強との生存競争に敗れて滅亡してしまうと強く感じて、生存競争、自然淘汰という「法則」を以って、中国人を奮起させようとしているのである。

一方、魯迅は進化論による人間の「変質」を警戒しており、ハックスリから自然界と人間社会を区別させる二元論を受け入れることで、その問題を解決した。ハックスリは『進化と倫理』の中で、容赦ない適者生存の法則が支配する自然の「宇宙過程」(Cosmic Process)に対し、人間だけに特有の「倫理過程」(Ethical Process)を対置し、人間もまた「宇宙過程」に支配される自然の一部であることは認めながら、受動的にそれに適応するだけではなく、むしろ祖先から受け継いだ猿や虎のような弱肉強食の野獣性を克服し、自然的な環境を能動的に作り変えていく「倫理過程」に参与するところに、人間の特質があらわれると主張している。魯迅はいわゆる弱者の中国人の立場に立ち、論理的にスペンサー的な進化論を受容すると同時に、人間の精神・倫理の進化に対しても心を用いている。彼は、人間が精神・倫理の進化を忘れるなら、生存競争に勝っても獣性の愛国者になる危険性が大いにあると指摘している。

殺戮・攻奪を好み、国威を世界に広げようと思うのは獣性の愛国であって、人が禽獣・昆虫に留まることを欲しないならば、かかる思想に憧れてはならぬのである。(中略)思うに、獣性の愛国者は、かならず強国に生まれる。その国勢は強大で、国威は世界に君臨するにたるがために、ひとり自国のみを尊しとして他国を蔑視する。進化論、自然淘汰の説を執り、弱小国を攻略して欲望を逞しゅうし、世界を統一して異民族をことごとくその臣下、奴隷としてしまわねば満足しないのである。(「破悪声論」。伊藤虎丸訳)

一方、当時の日本においては、異なった方向で、進化論を捉えていた。例えば、丘浅次郎『進化論講話』の「他学科との関係」の章などを見ると、国際間（人種間）また社会の各個人間で生存競争が起こることは「やむを得ない」と肯定的に捉え、「必要なことは、競争をやめることではなく、寧ろ自然淘汰の妨害となるような制度を改めて生存競争をなるべく公平ならしめることであろう」というところに、スペンサーと見解を同じくする面が見られる。これは当時日本が「強者」の立場に立ち、日本の「膨張」を合理化する論理として、進化論を使っていたと言って良いだろう。

以上の点から、魯迅が当時日本の思想的文化的な環境を積極的に生かし、日本から進化論に関する素材を取り入れ、その過程の中で進化論思想への理解を深め、そして意識的にそれを中国の社会問題の分析と解決に応用しようとした姿勢がよく見て取れる。

二　個人主義意識と日本のニーチェ・ブーム

青年時代の魯迅の思想構成には、もう一つの重要な部分がある。すなわちニーチェ風な個人主義である。二十世紀三十年代、政治家、思想家でかつ文学者でもあった瞿秋白（一八九九〜一九三五）は青年時代の魯迅の思想を論じ、「勿論、魯迅の当時における思想の基礎はニーチェの〈個人を重んじ、物質を非とする〉学説であった[14]」と述べている。この見解はよく魯迅思想の実態を言い表している。

進化論の場合と同じように、魯迅のニーチェ思想との接触は、基本的には明治日本の思想文化界を通じて実現されたものであった。というのは、ニーチェ哲学が中国に入り、広く人々から注目され、中国の思想文化界に影響を与えたのは、主に「五四新文化運動」（一九一七～一九二二）時期のことであったからである。当時、新しい文化・思想の宣伝に努めた新聞雑誌、例えば『新青年』（一九一五～一九二六）、『新潮』（一九一九～一九二二）、『少年中国』（一九一九～一九二四）や『晨報』（一九一六～一九二八）などはこぞってニーチェの人生、思想を紹介した。『民鐸』に至っては、第二巻第一号を、「ニーチェ専号」として出しているのである。しかし、魯迅が日本に留学した十年代においては、中国でのニーチェ紹介はまだ始まっていなかった。魯迅は明治日本のニーチェ・ブームに出会って、はじめてニーチェの思想に引き付けられるようになったのである。例えば同じく日本留学経験者の郭沫若は中国近代史上もう一人の著名な学者、文学者である王国維と魯迅を比較した際、二人がほぼ同じ時期日本に滞在したことに触れ、次のように語っている。

その頃、二人はともに文芸と哲学を好んでいた。さらに面白いことに、二人はともにニーチェに熱中していたのである。その理由は簡単で、本世紀の初期、ニーチェ思想ないしドイツ哲学が日本の学術界でたいへん流行していたからである。（「魯迅と王国維」（「魯迅与王国維」）、『文芸復興』第二巻第三期、一九四六年十月。筆者訳）

ここで、郭沫若の述べていることは正しい。王国維（一八七七～一九二七）は魯迅より一年早く、つまり一九〇一年に来日、物理学校に学んで、留学中にドイツ観念論哲学に強い関心を寄せ始め、一九〇三年に「ショーペンハウアーの美学思想」（自家版）やショーペンハウアーの厭世観哲学に基づいた「紅楼夢評論」（自家版）を発表し、翌一九〇四年、「ショーペンハウアーとニーチェ」（自家版）という長文を書いて、中国近代文化史上初めてのニーチェ紹介者となった[15]。魯迅の場合、来日後、すぐニーチェの思想に引き付けられ、日本語によるニーチェの伝記を手に入れ、そしてドイツ語を学んだ後、さらにドイツ語のニーチェの本、例えば『ツァラツゥストラかく語りき』を買って読んだ。これについて、許寿裳は以下の証言を残している。「弘文学院にいたとき、魯迅はすでにかなりの日本語書籍を購入して机の引き出しに入れていた。例えばバイロンの詩やニーチェの伝記やギリシャ神話やローマ神話などがあった[16]」。そして、周作人もこう語っている。

魯迅はドイツ語を学んだが、ドイツ文学には少しも興味を持たなかった。東京ではドイツ語の書物はあまりなかったけれども、ドイツの古典や名著は簡単に買えたし、値段も大変安かったのに、魯迅はハイネの詩集を一部持っているだけだった。あの「眸子は地丁（花の名）のごとく青く、頬は薔薇よりも紅し」という訳詩二首は、多分、まだ仙台にいた時代の執筆であろう。彼がこのユダヤ系の詩人を非常に好んでいたことが窺われる。おかしなことは、彼はゲーテの作品は一冊も持っていなかった。教科書で勿論読んだにちがいないが、ゲーテを全然重視していなかったのである。十九世紀の作品も何も持っていなかった。この場合、ニーチェだけは例外というわけである。『ツァラツゥストラかく語りき』は多年彼の本棚に大切にしまってあって、一九二〇年ごろになってからも、その冒頭の一篇を訳出して雑誌『新潮』に発表しているほどである。（『魯迅の故家』二八七～二八八頁）

つまり日本におけるニーチェ理解の傾向が一定程度魯迅のニーチェ認識を左右していたのである。そのため、魯迅のニーチェ受容と明治日本のニーチェ像は共通した枠組を持っていたと考えられ、伊藤虎丸の次のような意見には首肯されるものがある。

魯迅は、大づかみにいえば、十九世紀の西欧近代文明に対する「文明批評家」としてのニーチェ像を日本文学と共有した。今日ニーチェの十九世紀文明批判は「反近代」の思想といわれるが、しかし、アジアの後進国だった日本は、第一次のニーチェ流行において、ニーチェから、結局は「反近代」ではなく、「近代」を受け取った。魯迅がニーチェから学んだものも、まさにヨーロッパ近代の精神だったから、この点でも同じアジアの後進国の文学者として、魯迅と日本文学とは同じであった。[17]

魯迅が日本に来てからの数年の間に、ニーチェの哲学、いわばニーチェ主義が日本で大流行となった。もともと日本では明治二十七、八年頃からニーチェの紹介が始まり、重要なものとして、例えば姉崎嘲風（姉崎正治、一八七三～一九四九）「ニーチェ思想の輸入と仏教」（『太陽』明治三十一年三月）、吉田静致「ニーチェ氏の哲学」（『哲学雑誌』明治三十二年一月）、長谷川天渓（一八七六～一九四〇）「ニーツエの哲学」（『早稲田学報』明治三十二年八月）、登張竹風（一八七三～一九五五）「独逸の輓近文学を論ず」（『帝国文学』明治三十三年五～七月）など、ニーチェを論じたものがたくさん出た。魯迅が日本に来る二年前、つまり一九〇〇年、ニーチェは病気のために孤独と漂泊の生涯を終え世を去った。それをきっかけとして、ニーチェの紹介が一層さかんとなった。代表的なものとして、高山林次郎（高山樗牛、一八七一～一九〇二）「文明批評家としての文学者」（『太陽』明治三十四年一月）と「美的生活を論ず」（『太陽』明治三十四年八月）、登張竹風「フリイドリッヒ＝ニイチェを論ず」（『帝国文学』明治三十四年六～八月）などが挙げられる。

伊藤虎丸の見解[18]によれば、日清戦争から日露戦争まで、ニーチェの流行した十年間を見てみると、ニーチェ像にある種の変遷が見られるという。具体的には、最初、井上哲次郎（一八五五～一九四四）、姉崎嘲風などの紹介に見えるニーチェ像は、いわば一種の積極的奮闘的人間というべきものであった。敢えて言えば国権論、つまり反キリスト教のニーチェである。次いで、十九世紀文明の国家主義、科学万能主義、平等主義等などに対する激越な「文明批評家」、「極端たる個人主義」者、「無道徳主義及び非科学主義」者というニーチェ像があらわれる。そして、第三の段階の、第二のニーチェ像と重なり合ってあらわれた高山樗牛のいわゆる「本能主義」という形に至って、この十年間にわたる流行期のニーチェ像は、定着したかのように見える。高山樗牛の代表的論文「美的生活を論ず」は知識道徳を相対的価値しかないものとし、逆に個人の意志価値を絶対的なものと見ている。[19] 西尾幹二も「絶対というものを求めて、それを樗牛は『美的』とよんだ。それは本能の赴くままという意味であって、秩序に対する自由、組織に対する個人という、日本のその後を支配する近代主義的社会観・人間観と結局樗牛は同じことを言っているのである」[20]と述べている。

魯迅は日本に来て以降、このように豊富なニーチェに関する紹介・研究に接し、中国の情況を考え合わせながら、これらを吸収し、自らのニーチェ像を構築した。前述のように、明治日本においては、ニーチェ像の変遷には積極的人間像、文明批評家、本能主義者という過程が見られるが、魯迅はこの第一と第二の傾向と共通のものを持っていた。彼は「蕭条」的「衰弱」的な中国の現実に失望し、「いま、中国において、精神界の戦士たるものはいずこにいるであろうか。至誠の声をあげ、われらを善、美、剛毅に導くものがあるだろうか？あたたかき声をあげて、われらを荒涼たる寒冷より救い出すものがあるだろうか？」（「摩羅詩力説」。北岡正子訳）と、「精神界の戦士」の出現を願っている。このように、当時魯迅は、彼が学んだニーチェその他の思想家の思想内容すべてを吸収したわけではない。世俗に流されて自己を失うことのない、強固な個性を持つ個人主義者＝「超人」としてのニーチェ像を学ぼうとしたのである。魯迅は「ニーチェという人物は、個人主義のもっともすぐれた闘士だった」と、賛辞を捧げ、「超人」のような英雄と戦士によって、中国が一新されることを期待している。

今日の中国は、内情はすでに暴露され、四方から近隣諸国が競い群がって圧迫を加え、いまや変革をせざるをえない状況にある。脆弱に安んじ、旧習を固守していたのでは、世界に生存を争うことができないのはもちろんである。しかしこの現状を匡正し救済する方法がまちがっていれば、たとえ日々旧慣を変え、どんなに悲歎し号泣してみても憂患は少しも減りはしない。だから聡明な人物が世界の大勢を洞察し、比較検討して偏向したものを捨て、精髄を取り、これを国内に実行すれば、現状とぴったり一致させることができる。外は世界の思潮におくれず、内は固有の伝統を失わず、今を取り古えを復興してあらたに新学派をたて、人生の意義をいっそう深遠なものとすれば、国民は覚醒し、個性は充実し、砂の集まった国は転じて人間の国となる。人間の国が建設されてこそ、空前の威風をそなえ、世界に屹然と独立するだろう。（「文化偏至論」。伊東昭雄）

強力な人物や強固な意志力、精神力によって、活気のない局面を打破し、国民性に元気を注ぎ入れることは、当時魯迅がニーチェ思想から取り入れた処方箋の一つであった。

そして、文明批評家として、ヨーロッパ十九世紀文明を痛烈に批判し個人主義を高唱するという面で、魯迅のニーチェ理解は当時の日本のニーチェ理解とかなり共通の枠を持っていたのである。例えば、高山樗牛は彼の「文明批評家としての文学者」の中で、「ニーツエは殆どあらゆる方面に於て十九世紀の文明に反抗」して、「民主々義と社会主義とを一撃の下に破砕し、揚言して曰く、人道の目的は衆庶平等の利福に存せずして、却て少数なる模範的人物の産出に在り。是の如き模範的人物は即ち天才也、神人也、即ち是れ無数の衆庶が育成したる文明の王冠とも見るべきもの也。されば若し衆庶にして自ら自己の為に生存すと思はゞ是れ大いなる誤り也、彼等は唯是の如き天才、神人の発生を助成する限りに於て其の生存の意義を有する」[21]とニーチェの思想を把握している。一方、魯迅の文章の中にもかなり似た言葉が見られる。ニーチェは「近代文明の虚偽と偏向を看破し、今日の人に望みを絶ち、やむをえず未来に思いを寄せた」。「彼はただ英雄と天才にのみ希望を託し、愚民を基本とすることを蛇蝎のごとく嫌った。彼はこう考える、政治を多数にまかせておけば、社会は一朝にして生命力を失ってしまう。それよりは、凡庸な民衆を犠牲にして、一、二の天才の出現を求める方がましである。天才が出現すれば、社会の活動もまたはじまる」（「文化偏至論」）。具体的に、当時魯迅がどの文章を読んで参考としたのかについての手がかりは少ない。しかし、以上の比較を通じて、ある程度、日本のニーチェ理解、即ち積極的人間、文明批評家つまりヨーロッパ十九世紀文明への批判者という理解に魯迅は制約されていたことは確かだと言えるだろう。

三　ロマン主義文学観と明治日本の文学の枠

日本留学期における魯迅は祖国の運命に対して、強い危機感と責任感を抱き、執拗に救国救民の道を探究した。彼は個性の解放、即ち精神革命によって国民の魂を救い祖国を復興させようと考えていた。文学の面で魯迅はロマン主義文学に共鳴し、特に十九世紀ヨーロッパのロマン主義詩人を熱烈に賛美し、それに基づいた文学観を形成しもした。

しかし、魯迅のロマン主義的文学観の形成と近代日本の間にはいかなる関連があったのかについて、これまで否定的な意見が多かった。例えば、竹内好は一見矛盾するように見える見解を示している。

留学時代の魯迅の文学運動は、日本文学とは没交渉だった。当時は自然主義の全盛時代だが、かれは日本自然主義に興味を示さなかった。この点が、同じ留学生の文学運動でありながら、十年後の「創造社」とはきわ立って対蹠的である。（「〈魯迅文集第一巻〉解説」）

魯迅は、日本文学から多くのものを吸収している。（「魯迅と日本文学」、『新編・魯迅雑記』、勁草書房、一九七七年八月）

実際には、この二つの意見は矛盾しない。というのは、前者は日本留学時代の魯迅を指しており、後者は作家になってからの、つまり一九一七年の「新文化運動」以後の魯迅を指しているからである。このように区別して見るならば、竹内好の見解には間違いはないと言える。

しかし、留学期の魯迅がロマン主義文学に接近し、熱意を持って紹介し、さらに自らもロマン主義的文学観を確立したことは当時の日本の思想、文化の動向、特に日本のロマン主義文学運動などと緊密な関係を持っている。彼はそうした日本の思想、文化から多くのものを受け取り、利用した。

片岡良一『日本浪漫主義研究』（法政大学出版局、一九五八年）及び笹淵友一『浪漫主義文学の誕生』（明治書院、一九五八年）によれば、近代日本のロマン主義文学は、大体明治二十年代の初期、三十年代の中期、四十年代の後期に区分することができる。初期は雑誌『文学界』を中心として展開して、透谷の評論、一葉の小説、藤村の詩がその成果を代表した。中期ロマン主義は『明星』（一九〇〇～一九〇八）の運動を主体として、詩歌の世界に開花した。与謝野鉄幹・晶子、山川登美子、薄田泣菫、蒲原有明、高村光太郎、石川啄木などがその派の主な詩人である。後期浪漫主義（新浪漫主義・唯美主義ともいう）は一九〇九年に『スバル』（一九〇九～一九一三）の創刊を契機として誕生したものである。当然、魯迅と関係のあったのは、彼の日本留学期とほぼ重なっていた中期ロマン主義であった。その中期ロマン主義文学運動の中で、ヨーロッパ十九世紀ロマン主義文学の紹介翻訳が数多く行われ、特にイギリスのロマン主義詩人のバイロン、シェリーに関するものがさかんに紹介された。魯迅はそうした日本での紹介や翻訳を通じて、ヨーロッパのロマン主義詩人に接した。

その具体的な実態について、北岡正子はきわめて綿密な考察を行い、すぐれた研究成果「〈摩羅詩力説〉材源考ノート」[22]を挙げている。氏の考察によれば、「摩羅詩力説」の「四」より「九」の前半部分の大部分について、魯迅の用いた素材が指摘できる。自ら描いた「摩羅詩力説」の構想にしたがって、素材の文章をそのまま随所より切り取り貼り合わせて行くというのが、魯迅の方法であった。[23]氏は魯迅の文章を素材としての文章と細かく比較対照している。ここでは改めて個々の例を挙げる事はせず、魯迅の利用した日本語著訳名を抄録しておくだけとする。


木村鷹太郎著『バイロン　文界の大魔王』、大学館、一九〇一年。

バイロン著、木村鷹太郎訳『海賊』、尚友館、一九〇五年。

濱田佳澄著『シェリー』、民友社、一九〇〇年。

八杉貞利著『詩宗プーシキン』、時代思潮社、一九〇六年。

昇曙夢著「レルモントフの遺墨」、『太陽』第十二巻第十一号、一九〇六年。

昇曙夢著「露国詩人と其詩　六　レルモントフ」、『露西亜文学研究』所収、隆文館、一九〇七年。


魯迅はこうした豊富な素材から必要なものを取り入れ、自分の立場から独自の組立てを行った。例えばバイロンの場合、魯迅がいかに素材を処理したかについて、北岡正子の指摘はまさしく当を得たものとなっている。

『バイロン　文界の大魔王』は、著者によれば、ムーアの『バイロン卿の傳および書翰』なる書物によったバイロンの評伝。「社会万般の事物の陳滞し、人間の腐敗せる時代」の日本に必要なものは、バイロンの反逆精神であると考え、バイロンを文学者としての見地からではなく、もっぱらその詩の精神と意義を重んじて描いたものである。このバイロンの反逆精神に与えられた高い評価は、本篇（魯迅の「摩羅詩力説」――筆者）の中にも引きつがれている。しかし、反逆のためには「万物を犠牲に供し」、「無数の蒼生を自分の欲望の足台」とすることをも可とする木村の強者礼賛、弱者蔑視の視点は、魯迅には引きつがれていない。魯迅はバイロンの反逆を人道のための闘いとみている。そもそも、英雄バイロンの反面には、生を懐疑し自我に苦しむバイロンがあるのだが、木村の描くバイロンにもそれに拠る魯迅のバイロンにも、後者の像は定かではなく、英雄としての像のみが鮮明である。(24)

「摩羅詩力説」において、魯迅は木村鷹太郎の提供している材料を用い、バイロンに対して詳細な紹介を行った他、バイロンに対する評価も木村鷹太郎から影響を受けており、間接的に日本のロマン主義文学との関わりを示している。一方、魯迅自身にも彼独自の視角と目的があり、木村鷹太郎からさまざまなものを受け入れたが、彼独自の根本的な理解あるいは論理は貫かれている。つまり、社会の改革において、一番有効な方法が精神革命であり、精神革命において、最も有効な「武器」が文芸であり、文芸の中で、最も強力なものが摩羅詩（ロマン主義的文学）だということである。すなわち、「摩羅詩力説」は、いわゆる批評や紹介という形を超えて、民族救亡の方策を人間精神の向上に求めた作品となっているのである。これは、魯迅の文学的出発の原点をなすものである。「摩羅詩力説」の中で、魯迅はこのように「摩羅詩人」の特徴が「だいたい帰着のところは一つである。みな、世に諂う安逸の歌は歌わず、彼らが高らかに歌えば、聞く者は奮い立ち、天と争い世俗とたたかうのだ。かくて詩人の精神はまた後世の人の心を深く揺り動かし、その感動は綿々として尽きぬのである」とし、「摩羅詩人」たちは、「民族が違い、環境も多様であるため、その性格、言行、思想は、種々の様相を呈してはいるが、実は同じ流れに結ばれる。いずれも剛毅不撓の精神を持ち、誠真な心をいだき、大衆に媚び旧風俗習に追従することなく、雄々しき歌声をあげて祖国の人々の新生を促し、世界にその国の存在を大いならしめた」と語っている。摩羅文学によって「救国救民」あるいは文芸界における沈滞的腐敗的な雰囲気を一掃しようとしたという点で、魯迅は木村鷹太郎と大いに異なる。

魯迅のロマン主義文学の紹介と理解は、木村鷹太郎の他、日本のロマン主義詩人石川啄木などとも関係している。[25]「摩羅詩力説」において、魯迅はまずケルナーを取り上げる。ケルナー（一七九一～一八一三）は、対ナポレオン戦争に義勇軍として参加して、若くして戦死したドイツの愛国詩人として知られる人物である。魯迅はケルナーの事跡や作品を紹介した後に、次のように書いている。

> ケルナーの声は全ドイツ人の声であり、ケルナーの血はまた全ドイツ人の血であったのだ。だから、推しひろめて言えば、ナポレオンを破った者は、国家でもなく、皇帝でもなく、武力でもなく、国民なのである。国民が心にみな詩をもち、国民がみな詩人であったればこそ、ドイツはついに亡びることがなかったのである。……金と鉄では国家を興すには決して十分ではない……。

ここで、魯迅は明らかに国家を振興することにおける詩と詩人の役割を非常に強調している。実は、明治二十年代から三十年代にかけて、日本では、ここで魯迅の賞賛している「愛国詩人」ケルナーが多くの人々の関心を引き起こし、さかんに紹介されていた。松永正義の調査（松永正義他「明治三十年代文学と魯迅――ナショナリズムをめぐって――」、『日本文学』一九八〇年第六号）によれば、この時期、ケルナーに関する翻訳紹介は多数ある。例えば、

森鷗外、三木竹二訳「伝奇トーニー」、『読売新聞』明治二十二年十一月二十五日～十二月三日
矧川漁長（志賀重昂）「逸独詩人吉児涅爾伝」、『しがらみ草紙』二号、明治二十二年十一月
盤峯樵者「吉児涅爾伝補遺」、『しがらみ草紙』三号、明治二十二年十二月
鶴の里人「愛国詩人テオードール・キヨルネル」、『文芸倶楽部』第四巻第九号、明治三十一年八月
高山樗牛口述、斎藤信策執筆「詩人ケルネル」、『中学世界』第四巻第二号、明治三十四年二月
斎藤野の人「詩人ケルネル」、『帝国文学』第十巻第三号、明治三十七年三月
橋本青雨訳「脱走兵」、『太陽』第十二巻第二号、明治三十九年二月

魯迅の文章が発表された時点より三年前、一九〇四年石川啄木は「渋民村より」（『岩手日報』明治三十七年四月二十八、二十九、三十日、五月一日、『石川啄木全集・第四巻』〈筑摩書房、一九九三年五月〉に収められる）の中で、「今日は……二時間許り愛国詩人キヨルネルが事を繙読して痛くも心を躍らせ申候。」と書き、続いてケルナーの事跡などを紹介しているが、その内容は魯迅の紹介と重なるものである。またその後にこう述べている。「鉄騎十万ラインを圧して南下したるの日、理想と光栄の路に国民を導きたる者は、普帝が朱綬の采配に非ずして、実にその身は一兵卒たるに過ぎざりし不滅の花の、無限の力と生命なりしに候はずや……」。

魯迅と石川啄木の表現はそれぞれ異なるところがあるが、民族の危機を救ったのは、国家でも、皇帝権力でも、武力でもなく、「国民の魂」なる「詩」であり、その「魂」を代表する「詩人」であるという点、そして国民の精神の覚醒を重視するという点において、二人の説くところは一致している。

当時の広範なケルナーへの関心そのものが、魯迅ないし石川啄木をとりまく文学的環境の、極めてナショナリスティックな雰囲気を示すものと考えられる。さらに、松永正義の考察によると、魯迅と石川啄木におけるケルナー像の共通の素材として、斎藤野の人のケルナー論を考えることが出きるという。斎藤野の人（一八七八〜一九〇九）は高山樗牛の弟であり、ロマン主義的な評論家である。彼は二種類のケルナーに関するものを書いている。「詩人ケルネル」は日露戦争の前に書かれ、ケルナーの民族、国家への関わりは、剣や行動によるのではなく、彼は詩によって「国民の精神」を「自由と理想」へと導いたと強調している。そして、日露戦争直後、野の人は再びケルナーを取り上げ、「漫に人道、愛国、敵愾の文字を羅列して徒に国民の愚昧に阿諛」し、精神の根底を欠くような戦争遂行は無意味であるばかりか、有害ですらあるからだ。日本に必要なのはケルナーの剣ではなく、ケルナーの詩である。ケルナーの詩は、「人生の活きた力の響き」「向上の声」「永遠の独逸国民の声」であるからこそ、統一と自由への覚醒をドイツの国民の間に引き起こし得たと、斎藤野の人は自分のケルナー理解を示している。

いずれにしても、伊藤虎丸の指摘したように、「内容及び表現の重なり具合からみて、『摩羅詩力説』における魯迅のケルナーの紹介は、この野の人のケルナー論に触発されたものと推定してほぼ間違いないだろう」[26]。ちなみに、このケルナー論を収めた野の人の論文集『芸術と人生』は明治四十年（一九〇七）に昭文堂から刊行され、同じ年に、魯迅が「摩羅詩力説」を書いたのである。

本節においては、魯迅のロマン主義的文学観と近代日本のロマン主義文芸思潮との関連を、北岡正子、伊藤虎丸及び松永正義の研究成果から重要な示唆を受けてまとめた。即ち、魯迅は、明治期の文芸思潮の枠の中で、それを媒介としてヨーロッパの思想を取り入れ、自らの独自性を保ちながらも、かなりの程度明治文芸と〈同時代性〉を共有しており、単なる「材源」の問題を超えた関係にある。この意味で、魯迅のロマン主義文学観の形成は明治期の文芸思潮と不可分の関係を持っていると断言でき、逆に言えば、留学期の日本文芸思潮との関係を抜きにしては早期魯迅の文学観を正しく理解できないと考えられるのである。

おわりに

二十二歳から二十九歳までの七年間に、魯迅は自然科学の医学を捨てて人間の精神に関わる文芸に転向し、彼の思想の「骨格」が形成された。魯迅にとって、これらすべては明治日本という特定な空間と時間の中で完成されたものであり、彼の近代西洋文化の受容も主に日本という媒介を通じて行われたものである。そういう意味で人生、文学、思想などさまざまな面で意識的にあるいは無意識的に日本と関係を持ち、影響を受けたことはごく自然でかつ必然的なことと思われる。以上の考察によっても、彼の早期思想形成、即ち進化論、ニーチェ哲学、ロマン主義的文芸観は、いずれも明治日本の文学、あるいは同時期の思想、文化の枠を反映しており、つまり明治日本の文学における動向、流行から影響を受けて構築されたものと証明できるであろう。

注

（1）『魯迅と日本人――アジアの近代と〈個〉の思想』二一八頁。

（2）馮雪峰著、鹿地亘・呉七郎訳『魯迅回想』（『回憶魯迅』、人民文学出版社、一九五三年一月）、ハト書店、一九五三年六月、四〇頁。
（3）ここでいう進化論とは、ダーウィン（一八〇九～一八八二）の生物進化論そのものでなく、イギリスの哲学者スペンサー（一八二〇～一九〇三）が提出した社会進化論であり、その代表作として『社会静学』（一八五〇）、『第一原理』（一八六二）及び『社会学原理』（一八七六）などが挙げられる。スペンサーは、社会は同質的なものから異質的なものへ、単純なものから複合的なものへと進むとしているが、社会を生物有機体との類推から捉える社会有機体説的見方が濃くなるにしたがい、進化論の適者生存、自然淘汰をあてはめた社会淘汰の考えが強くなっている。スペンサーの思想は、一八六〇年以来、アメリカをはじめ世界各国に広く影響を与えた。日本への紹介は明治十年代から生物進化論と同じ時期に始まった。『大日本百科事典・第九巻』（小学館、昭和四十七年一月）、『国史大辞典・第七巻』（吉川弘文館、昭和六十一年十一月）参照。
（4）佐藤慎一「進化と文明——近代中国における東西文明比較の問題について」、『東洋文化』第七五号、一九九五年二月。
（5）八杉竜一『進化論の歴史』（「岩波新書」青727）、『明治文学全集・49』（筑摩書房、昭和四十三年四月）を参照。
（6）東京大学の校名の変遷は次の通り。明治十（一八七七）年四月、「東京大学」を創設、明治十九（一八八六）年三月、「帝国大学令」によって、「帝国大学」と改称、明治三十（一八九七）年、京都帝国大学の設置にともなって、「東京帝国大学」と改称、昭和二十二（一九四七）年十月、帝国大学の名称を廃止、国立総合大学と改め、「東京大学」に校名を変更した。『学制百年史』（文部省編、帝国地方行政学会、昭和四十七年十月）を参照。
（7）『丸善外史』二一八～二一九頁を参照。
（8）このうち、『進化原論』（ハックスレー著、伊澤修二訳）、『進化要論』（ヘッケル著、山県悌三郎訳補）及び『通俗進化論』（城泉太郎）の三種類については、『国立国会図書館所蔵明治期刊行図書目録　書名索引』（国立国会図書館、一九七六年二月）などで確認したが、現物の確認はまだである。『康有為全集・第三集』（上海古籍出版社、一九九二年十二月）六四四頁参照。
（9）周遐寿著、松枝茂夫・今村与志雄訳『魯迅の故家』、筑摩書房、昭和三十年三月。
（10）周作人『魯迅的青年時代』、中国青年出版社、一九五七年三月、五一頁。

（11）北岡正子「独逸語専修学校に学んだ魯迅」、魯迅論集編集委員会『魯迅研究の現在』、汲古書院、一九九二年九月、三三～三四頁。
（12）「蔣抑卮宛一九〇四年十月」。後に翻訳原稿は紛失したという。
（13）前出『魯迅回想』四〇頁。
（14）瞿秋白編序、金子次郎訳「魯迅雑感選集」、ハト書房、一九五三年十月、八頁。
（15）『王国維先生全集・初編（五）』（台湾大通書局、出版時期不詳）一六八四、一七一六、一七五九頁参照。
（16）許寿裳『亡友魯迅印象記』、人民文学出版社、一九五三年六月、五頁。筆者訳。
（17）伊藤虎丸『魯迅と日本人――アジアの近代と〈個〉の思想』、五六頁。
（18）前出『魯迅と日本人――アジアの近代と〈個〉の思想』、五四～五五頁。
（19）登張竹風「美的生活論とニイチエ」（『帝国文学』明治三四年九月）参照。
（20）西尾幹二「ニーチェと高山樗牛」、『近代文学評論大系・月報五』、角川書店、昭和四十七年六月。
（21）川副国基等編『日本近代文学大系57・近代評論集Ⅰ』、角川書店、昭和四十七年九月、一五九頁。
（22）中国文芸研究会編『野草』第九号（一九七二年十月）から第五六号（一九九五年八月）にかけて二十四回にわたって連載され、日本留学時代における魯迅の研究に貴重な資料を数多く提供した。後に発表途中で既発表部分が中国語に翻訳され、『摩羅詩力説材源考』（何乃英訳）を題として、一九八三年に北京師範大学出版社から出版され、中国の魯迅研究者にも反響を呼んでいる。本稿も氏の研究から多大な示唆を受けた。
（23）日本語版『魯迅全集・第一巻』（学習研究社、昭和五十九年十一月）一六〇頁を参照。
（24）前出日本語版『魯迅全集・第一巻』一六〇頁。
（25）この問題について、伊藤虎丸、松永正義「明治三十年代文学と魯迅――ナショナリズムをめぐって――」（日本文学協会編『日本文学』一九八〇年第六号）を参照。本稿は両氏の論文から多大な示唆を受けた。
（26）前出『魯迅と日本人――アジアの近代と〈個〉の思想』三八頁。

第三章　「国民性の改造」への執着と明治日本
――日本からの示唆をめぐって

はじめに

魯迅思想研究の分野において、魯迅の「国民性の改造」の思想、即ち、人間、人間の主体性、人間の健全で活力のある精神の確立が一つの民族、社会の改革、進歩と発展の根本的な前提であり、最も重要な事業だという思想は、これまで長い間青年魯迅の思想における独自性として、また思想の高度な到達点として、高く評価されてきた。こうした傾向は現在ますます顕著になってきているようである。七十年代末、中国の思想史学者、美学者の李沢厚は、次のように述べている。「〈国民性〉は魯迅がその早年と前期において非常に関心を注いだ問題であり、この問題は常に魯迅の思想的活動の中心的位置を占めていた」（「略論魯迅思想的発展」、『魯迅研究集刊』第一期、上海文芸出版社、一九七九年四月。筆者訳）。八十年代初頭、魯迅研究者の王得厚はやや異なった表現で、魯迅における民衆の精神を改造するという主張の重要性に着目している。「魯迅の独自な思想とは一体何なのだろうか。それは、人間の確立を目的とし中心とし、実践を基礎とし、根深いいわゆる旧文明に対する批判を手段とする、現代中国人に関する哲学である。あるいは、いかにして現代中国人及び社会を改造するかに関する思想の体系と言えるものであ」り、これこそが「魯迅の思想の核心である」（「致力於改造中国人及其社会的偉大思想家」、『記念魯迅誕生一百年周年学術討論会論文選』、湖南人民出版社、一九八三年。筆者訳）。以来、こうした見解がほとんど変化することもなく継承されてきている。一九九九年六月、「魯迅と〈五四〉新文化精神」をテーマとした学会が開かれ、魯迅の国民性の改造という思想について様々な発表が行われたが、研究者たちはひたすらにその意義を高く評価するのみである。

暴虐で愚昧な専制下に形成された国民性における弱点に対する魯迅の批判は、歴史的人間性的深みや精神的個体性の思想的特徴を有している。

「人間の確立」を価値的指向とした文化的啓蒙が、魯迅の我々に残してくれた最も貴重な精神的財産である。

青年時代に医学を捨て文学に従事し、「人間の確立」というテーマを提唱し、のちに国民性という問題を研究したことは、実に魯迅が理論、実践の両面で精神の建設を行ったということである。（「『魯迅与〈五四〉新文化精神』学術研討会総述」、『魯迅研究月刊』一九九九年八月号。筆者訳）

また、こうした思想の形成には、近代西洋文明史に対する反省、ニーチェ哲学に代表された観念論哲学からの影響が大きな要素として存在したと述べられている。(1) しかし、こうした魯迅の西洋文化、西洋の思想思潮への接触は、直接にそれを摂取したのではなく、近代日本という身近な生活の場と思考の場で、近代日本の西洋受容という媒介を通じて実現されたものであり、かなりの程度日本的な色彩を帯びていることは容易に推測できるのである。一方、こうした魯迅の思想は日本を仲介とした西洋文化だけではなく、当時の日本の文化思潮、思想的動きや魯迅本人の日本での体験なども大きく関係している。この点は、彼の「国民性の改造」の意識が日本に来てからはじめて明確な形で形成され、そして提出されたことを考えれば、十分に理解できるものである。ところが、先行研究においては、こうした重要かつ明瞭な問題が、基本的に考察されておらず、二十年程前に出版された『魯迅前期思想発展史略』（林非著、上海文芸出版社、一九七八年十一月）の中に、魯迅の国民性の改造という意識の形成には日本からの影響も存在しているという一言が存在するのみである。したがって、本章はこうした面での「空白」を埋めることを目的とし考察を行うものである。

一　国民性、国民精神へのこだわり

まず、注目したいのは、魯迅が初めて「国民性」という概念を用い、国民の精神という角度から中国社会、中国人の問題を考え始めたのが日本留学の直後であったという事実である。

一九〇二年四月、二十一歳の魯迅は日本に来て、東京の弘文学院に入学した。学院での勉学[2]の他、魯迅はこれまで中国になかった新しい知識や新しい思想にたいへん興味を示し、情熱を傾け吸収した。彼は手紙で当時中国国内にいる周作人に日本で流行しているヨーロッパの哲学書などを推薦までした[3]。魯迅が「留学生は日本に行ったら、急いで求めようとするのは大抵新しい知識だ[4]」と述べているが、そこにはまさしく彼自身の体験が反映していると思われる。

魯迅が「国民性」の問題に注目し始めたのは一九〇三（明治三十六）年からである。魯迅より半年遅れて同じ弘文学院に入学した、同じ浙江省出身の親しい友人許寿裳はこのことに関して貴重な証言を残している。例えば次の回想もよく研究者に引用されるものである。

魯迅は弘文学院に在学したとき、授業の他に、哲学、文学の本を読むことが好きだった。彼はよく私に三つの関連した問題を提起した。

一、最も理想的な人間性とは何なのか?

二、中国人の国民性の中で最も欠如しているのは何なのか?

三、その病根はどこにあるのか?

こうした問いから、彼の当時の思想がすでに一般の人々を超えていたことが分かる。

（『亡友魯迅印象記』二十頁。筆者訳）

つまり、日本に来てから、魯迅はかつてなかったほど国民の精神状態、即ち国民性の有様に大きな興味を持つようになったのである。それ以降、「国民性」が魯迅の最大の関心事となり、彼の中国社会問題を観察する視線ともなった。こうして彼はつねにこういう視点から中国のさまざまな社会問題、特に国家民族の存亡を考え、次第に国民性の改造を自分の生涯にわたった思考の方向と実践的な課題として定着させていった。一九〇六年三月、「幻灯事件」をきっかけとして、魯迅は仙台医学専門学校を辞め、再び東京に帰り、医学から文学へと人生における大きな転換を行い、以降、もっぱら思想啓蒙や文芸活動をもって民衆の精神を改造することを目的とするようになった。そうした中で魯迅は周囲の思想的文化的材料を取り入れながら、自分の従来の考えをより具体化させていった。一九〇七年に東京で書いた初めての長篇論文の中で、次のように述べている。

ヨーロッパとアメリカの強国がいずれも物質と多数によって世界に燦然と輝いているその根本は人間にあり、物質や多数は末梢の現象にすぎない。根幹は深くてみえにくく、華麗な花は人目をひきやすいものだ。だから、世界に生存して列国と競争しようとすれば、第一に重要なことは人間にある。人間が確立してしかるのち、どんな事業でもおこすことができる。人間を確立するための方法としては、個性を尊重し精神を発揚することがぜひとも不可欠である。（「文化偏至論」。伊東昭雄訳）

魯迅は帰国後、文壇で活躍し文名を得たが、依然として若い頃の信念を忠実に守り続けていた。

日本に留学していたころ、私たちはある漠然とした希望を持っていた――文学によって人間性を変革し、社会を改革できると思ったのである。（「域外小説集・序」。藤井省三訳）

およそ愚弱な国民は、体格がいかにたくましく、いかに頑健であろうと、せいぜい無意味な見せしめの材料と見物人になるだけのことだ、どれだけ病死しようと、不幸だと考えることはない。だから、我々が最初にやるべきことは、彼らの精神を変えることだ、そして精神を変えるのに有効なものになれば、私は、当時は当然文芸を推すべきだと考え、こうして文芸運動を提唱しようと思った。（「吶喊・自序」。丸山昇訳）

二十年代の半ばになっても、恋人許広平（一八九八～一九六八）への私書のなかで、なおこう訴えている。

今後もっとも大事なことは、国民性を改造することです。でなければ、専制であろうが、共和であろうが、他の何であろうが、看板はかえたけれども品物はもとのまま、というのではまったくだめです。（「許広平宛、一九二五年三月三一日」。中島長文訳）

自民族の民族性に対する否定的な判断こそが、魯迅の国民性を改造する考え方やその文学の基底に於ける「民族的ヒューマニズム」の直接の理由である。この問題を理解する際、多くの先行研究[5]は、魯迅の少年時代の不幸な体験に注目している[6]。それは魯迅の十三歳の時の出来事であった。祖父が知り合いの郷試の試験官に贈賄して、親戚の受験者への便宜を依頼したことによって、政府に逮捕され、牢獄につながれた。以来、一家は急速にどん底生活に陥いることになった。すると、周りの人々は急に彼らに対して白眼視するようになり、母親の里に避難した時には、魯迅自身「乞食」と呼ばれたこともあった。魯迅は、そうした境遇から強い刺激を受け、世間の冷たさ、人間性における悪い面を重ねて体験せねばならなかった。後年、若い学生からの質問に対して、魯迅はこう述べている。「私は小さい頃、家が裕福だったので、人々は私を王子のように見ていた。しかし、一旦家庭の状況が悪くなると、人々は私を乞食より下のように見るようになった。私はこの社会が人間の住める社会ではないと感じた。その時から、私はこの社会を憎むようになった[7]」。そうした「原体験」はおそらく後の国民性の改造への執着と無関係とは言えない。いま一つは、周作人の次のような指摘である。「豫才は子供の頃から〈雑覧〉を好んだ。野史は殊に沢山読み、その影響を受けることは最も大きかった。……書物から得た知識の上に、更に、社会から親ら得来った経験を加えた結果、ただ苦痛と暗黒とより外ない一種の人生観を造り上げ」たのである[8]。つまり、歴史書に記されている歴史上の殺人、暴行、陰謀、酷刑を読むことによって、いっそう歴史の暗い面への認識や反省を深めたと思われる。

また、これまで論じられることの多かったニーチェ哲学（日本でのニーチェ・ブームを通じて）からの影響については、むろんそれは一つの重要な原因に違いないが、ここでは論じない。

しかし、少年時代の体験や読書が後の「国民性の改造」と何らかの形で関係していることは事実であるが、それが直接に「国民性の改造」の思想に結晶していったと結論付けるには根拠が乏しく、納得し難い。というのは、国民性とは基本的に外国人との比較において始めて認められる、その国民の意識、行動特性であるからだ。したがって、以上の要素よりも、魯迅が日本でどのように「国民性」を体験したか、どのような影響を受けたかということこそが回避できない問題として立ちあらわれてくる。

二　梁啓超との関連及び日本の影響

魯迅以前に、国民性の角度から中国の社会、政治問題を考える動きがすでにあった。具体的には、十九世紀末になって、隣国日本に起こった二つの出来事、即ち明治維新の成功と日清戦争における日本の「勝利」は近代中国の知識人たちに強い衝撃を与えた。特に後者の与えた衝撃は大きく、近代中国の知識人は中国の敗北を反省しているうちに、次第に「国民性」の異同という視点から、中日における失敗と勝利の明暗を分ける原因を考えるようになった。中でも、代表的人物として、最も社会、特に知識人に歴史的な影響を与えた啓蒙思想家に梁啓超がいる。彼は、その思想的活動も日本と繋がっている。

福沢諭吉（一八三五～一九〇一）や田口卯吉（一八五五～一九〇五）が日本近代思想史に大きな役割を果したのと同

様に、梁啓超は、中国近代思想史に極めて大きな足跡を残している。梁啓超の思想活動は頗る広汎で、政界・言論界・学界・教育界など多方面に亘って思想的活躍をしており、また其の著述も膨大である。梁啓超は中国広東省の人。早年に師の康有為と共に中国の中堅士大夫階層の自覚に基づく政治改革運動に携わり、一八九八年には戊戌新政として一時的に結実したが、僅か百日で西太后一派に押しつぶされてしまった。同年九月日本に亡命した。十一月、横浜で『清議報』（旬刊、一八九八～一九〇一）と『新民叢報』を創刊し、これを通じて盛んな言論活動を展開した。魯迅が日本に来た一九〇二年をピークとする前後数年間は彼の言論が量的にも、質的にも最も盛んであった時代である。

来日以前、梁啓超は中国に必要な改革として主に政治制度の改革を主眼としていたが、日本に来てから、一転国民の元気、国民の徳性という精神的要素を新たに提起した。一八九九年、「国民十大元気論」を著わした。

　文明には形質の文明と精神の文明がある。前者を求めるのはた易いが、後者を求めるのは難しい。精神があれば形質は自然に生じてくるが、精神が存しなければ形質は確定しない。したがって真の文明は、ただ精神あることを言うのである。

　いわゆる精神とは何か、即ち国民の元気がそれである。（『清議報』第三三冊、一八九九年十二月二三日。筆者訳）

ここで彼は、元気という観念を、人間及び国家が成立するための不可欠な条件として持ち出しており、社会や国家の形質的な改善より精神（国民の元気）の充実に活路を見出しているのである。それは、従来の単純な制度改革という発想に一つの反省を加え、国民各人の自覚を促して、人間の内面的行為に基づく道義心を十分に発揮させようとするものであった。梁啓超は、日本の維新の成功と中国の「変法」の失敗の根本的な原因が「民徳・民智・民力」ということにあると認識していた。一九〇二年になって、長篇の「新民説」という文章の連載が始まり、梁啓超はその中で「新民」という考えを全面的に展開している。梁啓超は「国は民から成り立っている。……その民が愚かで弱くてまとまりがなく、乱れていながら、なおその国が成り立っているということなどあり得ない。……国を安定して裕福で繁栄した状態にするためには、民を新しくする道をこそ追求しなければならない」[9]と繰り返し訴え、国民を改造する重要性を強調している。

梁啓超は、新道徳を提唱するとともに、「奴隷性」を代表とした中国人の国民性における「劣根性」を厳しく指摘している。

> 数千年間民賊（専制君主を指す――筆者）は国家を盗んでおのれの財産となし、国民をつないでおのれの奴隷となして、恥ずるところがなかった。かえって大義を援用し、おのれの行為を飾って、凶焔を助長し、ついに一国の民をして転じてみずから奴隷の地位に甘んじ、奴隷の性を性とし、奴隷の行を行い、国を愛さんとしてもその勇気がなくてその能力もない、というふうにせしめたのである。（「中国積弱溯源論」、『清議報』第七七～八四冊、一九〇一年四月二九～七月六日）

以上のように、近代中国においては、梁啓超ははじめて人間改造としての「国民性」問題を正面から切り開いたのである。

また、「新民」説を体系的に打ち出す前、梁啓超はすでにこの問題を考えていた。そして、いかにして国民性を変えるかについて、明治維新期の「政治小説」に注目し、文学によって人間の精神を変えようという考えを抱いていた。周知のように、日本では、明治十年代を中心として政治小説がかなり流行した。その政治小説は、単に政治の世界や政治的人間を素材にしたというだけに止まらず、徳富蘇峰（一八六三～一九五二）が「近来流行の政治小説を評す」（『国民之友』明治二十年七月号）で指摘しているように、多くは著者が「小説を経て其の意見を吐く」という形をとっていた。政治小説の特徴について、現在の研究者は次のように捉えている。「政治小説の隆盛は、一面では、たしかに時代の政治的関心の高さを示すものではあろうが、しかし他面、そこに盛り込まれた政治的立身出世へのあこがれが物語るように、そこは権力への接近を人生にとって無上の価値と考えるように、政治優位の価値観の表現でもあった」[10]。しかし、梁啓超たちは中国の危機を救おうという動機に基づき基本的に前者の立場に立ち、政治小説を取り入れたといえる。彼は政治小説が明治維新の成功に大きな役割を果たしたとし、それについて、「飲氷室自由書・伝播文明三利器」という論文のなかで、次のように語っている。

> 日本の維新運動に大きな功績を有しているものについて言うならば小説もその一つであった。……（政治小説の）作者たちはみな当時の政治評論家で、彼らは作中の人物に託して、自分の政見を書いているため、それらを単なる小説と見なすことはできない。そうした小説の中で最も国民の頭に浸潤しているものとしては『経国美談』と『佳人之奇遇』の二作品を推すべきだろう。

『清議報』の創刊号で梁啓超は『佳人之奇遇』を「政治小説佳人奇遇」と題して中国語に訳して、任公の号で「訳印政治小説序」と題する「序」も草し、ともに掲載した。ついで『経国美談』も翻訳され掲載された[11]。「訳印政治小説序」のなかで、彼は政治小説の社会的機能、つまり社会・政治に影響を与え、社会的現実を変える力を持つ点をきわめて高く評価している。「米英徳仏奥伊日本各国政界の日ごとに進むは、政治小説の功績が最も大きい。英国のある名士が〈小説は国民の魂〉と言っているが、まったくそのとおりだ」。つまり、梁啓超は欧米、特に当時日本の政治小説を通じて、小説が「民智」「民徳」「国家」を立てるに不可欠の利器だという明確な認識に至った。こうして、彼は「詩界革命」「小説界革命」などのスローガンを打ち出して、中国文学を変えようと呼びかけていったのである。ついに、一九〇二年、梁啓超は日本で雑誌『新小説』を創刊し、「発刊詞」として近代文学にきわめて大きな影響を与えた「小説と政治との関係について」(「論小説与群治之関係」)を発表し、中国人としてはじめて小説の社会的政治的価値を論じ、その有効性を強く主張したのである。

一国の国民を一新するには、まずその国の小説の革新が必要である。だから道徳を革新しようとするには小説の革新が、政治を革新しようとするには小説の革新が、風俗を革新しようとするには小説の革新が、学芸を革新しようとするには小説の革新が必要である。そして人心を革新しようとするにも、小説の革新が必要である。どうしてかといえば、小説には不思議の力があって人間を支配するからである。[12]

梁啓超の政治小説に対するこのように極端な見解は当時の人々に広く知られることとなり、大きな影響を与えることになった。こうした経緯を見ると、梁啓超の小説の社会機能に対する認識には、明らかに明治文学、特に政治小説からの影響が反映している。

当時、梁啓超の日本での活動、彼の主張は大きな反響を呼び、中国近代文学の変革に衝撃的な影響を与えたと言える。例えば近代中国における最も代表的な自由主義思想家胡適（一八九一～一九六二）は、次のように梁啓超からの影響を述べている。彼は「文章の中で、満腔の熱誠を抱き、無限の自信を懐きつつ、彼のあの〈筆鋒常に情感を帯び〉たる健筆を揮つて、無数の歴史の例証を駆使し、あの人を躍り上らせ、人に落涙させ、人を感激奮発させる文章を組み立てたのである。その中で『精神力を論ず』などの篇は、二十五年後に読み返してみても、なほ彼の魅力を身に感ずる。……『新民説』の諸篇は、私に一つの新しい世界を開いてくれ、わが国の外になほ非常に高等な民族と、非常に高等な文化があることを、私に十分に信じさせた」（吉川幸次郎訳『胡適自伝』（『四十自述』）、養徳社、昭和二十一年十二月、九二頁）。また、日本に留学した留学生たちは、梁啓超から多くの刺激を受け、雑誌に彼の主張を取り上げ、さかんに議論を行った。『浙江潮』には、三期にわたって、「国魂篇」という社説が掲載され、国、民族、国民の「魂」（精神）の問題が論じられている。さらに、直接に梁啓超の説に対して批評をしたり、梁啓超から反論を受けたりしている。その中には、同じ頃日本に滞在した魯迅もいた。彼は梁啓超に魅了され、影響を受けた一人である。周作人の回想によれば、魯迅は創刊号から『新小説』を講読し、周作人への手紙のなかで梁啓超の文章を「佳書」(13)と薦めており、さらに『新小説』創刊号を含め日本で購入した梁啓超編集の雑誌数種類を中国国内にいる周作人に送っている。(14)魯迅が梁啓超から影響を受けたことについて、周作人はこう語っている。

『清議報』や『新民叢報』も確かに残らず読んで非常に影響を受けた。しかし『新小説』の影響はそれより大きくはあっても決して小さくなかった。梁任公の『小説と群治（社会生活）との関係を論ず』は始め読んだ時には確かに非常に影響を受けた。尤も小説の性質及び種類に対してその後多少意見が変わり、大体から云って科学或いは政治的小説から次第に、より純粋な文芸作品の方へ転じて行ったけれども。しかしそれとて文学の直接的教訓作用を重視しないといふまでであって、本意は何等変更しなかった。即ち依然文学を以って社会を感化し民族精神を振興せしめんことを主張したのであり、後の熟語を用ひて云へば、人生のための芸術派に属してゐたと云へる。(15)

梁啓超の国民の倫理的自覚を熱願する新民思想は近代日本とどのような関連を有していたかについて、これまで中国と日本における先行研究においてはほとんど触れられてこなかった。(16)しかし、梁啓超の政治制度の改革から国民精神の改造への転換が日本へ亡命して以降に急に始まった事実を考えれば、両者の関係は検討に値する課題だと言える。梁啓超本人は彼の膨大な言論著作の中で、自分と近代日本との関係についてほとんど言及していないが、こうした点について、これまでの研究で見落とされた個所が存在する。例えば、一九〇二年十二月に書かれた「三十自述」(自伝)には、次のような証言がある。

戊戌(一八九八年)九月に来日、十月、横浜商業界の諸同志と一緒に『清議報』の創刊を相談する。これ以降、日本の東京に一年滞在し、日本語がある程度読めるようになると、自分の思想は俄然変わった。(「三十自述」、『飲氷室文集』第四冊之十一、十五頁、広智書局、一九〇二年。筆者訳)

具体的な様子は明白ではないが、梁啓超は日本に来て、思想的にかなりの影響を受け、制度改革から精神改造へと転換したことは間違いなく、それは大きな意味を持つことであった。したがって、魯迅は明治日本から直接に影響を受けると同時に、梁啓超を通じて間接的にも明治日本と関わることになり、影響を受けたのである。

三　明治日本における国民性論との関連

梁啓超も、魯迅も、ほとんど同じ時期に日本に滞在していた。二人の活動はいずれも明治日本という特定の環境の中で行われたものである。彼らの当時の日本を学ぼうという目的意識を考えると、彼らの思想的文化的活動が明治日本の文化的風潮と緊密に繋がっていたことは極めて自然なことであろう。魯迅の場合、梁啓超と近代日本からの二重の影響があったと考えられ、特に当時の日本における国民性論（いわば日本人論）の流行は何らかの形で魯迅に関係していたと思われる。

もともと日本の文明開化の始まりとともに、見識のある知識人は常に国民の精神を啓蒙させることを唱えていた。例えば、明治前期の「明六社」の啓蒙学者たちもこの問題を取り扱っていた。中村正直（一八三二〜一八九一）は文明開化の時代に、世間が西洋文明の模倣による外面的改革にばかり汲々としていることに対し異議を唱え、外面の開化よりむしろ人間の内面的変化を求めるべきだと主張した。彼は『明六雑誌』（明治七年三月〜八年十一月）に掲載された「人民ノ性質を改造スル説」（明治八年二月十六日演説）の中で、この点を厳しく指摘している。

戊辰以来御一新ト言フコト新トハ何ノ謂ゾヤ、幕府ノ旧ヲ去リ王政ノ新ヲ布トイフコトナルベシ。然ラバ政体ノ一新トイフマデニテ人民ノ一新シタルニ非ス。政体ハ水ヲ盛レル器物ノ如シ、人民ハ水ノ如シ。円器ニ入レバ円トナリ方器ニ入レバ方トナル。器物変ジ形状ハ換レトモ、水ノ性質ハ異ナルコトナシ。戊辰以後ニ人民ヲ入レタル器物ハ昔時ヨリ善キ形状ナルベケレトモ、人民ハ矢張旧ノ人民ナリ、奴隷根情ノ人民ナリ、下ニ驕リ上ニ媚ル人民ナリ、無学文盲ノ人民ナリ、酒色ヲ好ム人民ナリ、読書ヲ好マザル人民ナリ、天理ヲ知ラズ職分ヲ省リミザル人民ナリ、……[17]。

このような人民を善良な心情と高尚な品行のものにするためには、単に政体を改めるだけでは効果はないのであって、むしろ人民の性質を改造しなければならない。そこから、彼は、次のように結論する。すなわち、「然ラバ人民ノ性質ヲ改造スルハ如何トイフニソノ大分二アルノミ。芸術ナリ教法ナリ。コノ二者車ノ両輪鳥ノ両翼ノ如シ、互ニ相資助シテ民生ヲ福祉ニ導ビクナリ」。

また、明治維新の成功につれて、日本人の民族としての「自我意識」は次第に強くなってきた。南博の『日本人論——明治から今日まで』(岩波書店、一九九五年一月)によれば、明治維新によって、日本は長い間の鎖国状態から抜け出し、西洋文明と文化に接触することとなった。その結果、西洋人と違う日本人という自己の存在に目覚めたのである。国内では、今までの階級制度が廃され、「四民平等」をタテマエとする社会制度が一応できた。その状況から、新しい日本人という自覚が芽生え、それにつれて、日本人とは何かを問う日本人論が発表され始めたという。日清戦争後創立された「大日本協会」(一八九七)の中心的メンバー高山樗牛は日本主義を論じ、「国家の真正なる発達は国民の自覚心に基づかざるべからず。国民の自覚心は国民的特性の客観的認識を得て初めて生起すること」だ(「日本主義を賛す」、『太陽』三巻十三号、一八九七年六月)と、国民性の認識による国民の自覚心の重要性をアピールしている。

魯迅が日本に来た頃は、ちょうど日清戦争の七年後、すなわち日露戦争の二年前であって、彼が仙台医学専門学校在学中の一九〇五(明治三十八)年に、日本はロシアを破り、戦争の勝利を収めた。そうした民族的な気運が高まってきた背景の下で、国民性論としての日本人論が盛んに行われ、隆盛を極めた。筆者の調べによれば、魯迅の日本留学中に数多くの国民性論が発表され、その代表的なものとして以下のものが挙げられる。

無署名　「所謂島国の根性に就き」、『日本人』三次一四一号、一九〇一年六月。
浮田和民　「国民の品性」、『日本人』三次一四〇号、一九〇一年六月。
桜井熊太郎　「ハイカラー亡国論」、『日本人』三次一四八号、一九〇一年十月。
無署名　「島国根性と海国思想」、『日本人』三次一五九号、一九〇二年三月。
浮田和民　「偉大なる国民の特性」『太陽』八巻十号、一九〇二年八月。
無署名　「日本人の性質」、『日本人』三次一九一号、一九〇三年七月。
井上円了　「日本人の短処」、『太陽』九巻十四号、一九〇三年十二月。
苦楽道人　「日本国民品性修養論」、明治修養会、一九〇三年十二月。
渡辺国武　「日本国民の能力」、『太陽』十巻一号、一九〇四年一月。
千葉江東　「悲観的国民」、『日本人』三次二〇三号、一九〇四年一月。
島田三郎　「日本人の能力」、『日本人』三次四一三号、一九〇五年七月。
沢柳政太郎　「戦争と国民の精神」、『太陽』十一巻十一号、一九〇五年八月。
笹川潔　「日本文明論」、『太陽』十一巻十二号、一九〇五年九月。
小山正武　「日本国民の特性＝其健全的発達の必要」、『日本人』三次四二四号、一九〇五年十二月
芳賀矢一　「国民性十論」、冨山書房、一九〇七年十二月。

無論、この時期には、日清、日露戦争の勝利を経て、日本国民は戦勝国の誇りを持ち、日本人の国民性が優秀であることを自覚する心構えが生まれ、日本の戦争勝利を国民性と直結させる傾向も出始めていた。小山正武は前出の「日本国民の特性＝其健全的発達の必要」で、「平時は恭倹慈愛・勤勉・服従を行い、緊急時には挙国一致して団結し、献身犠牲を行って戦場に臨む」ということを日本国民の特性として挙げている。芳賀矢一（一八六七～一九二七）『国民性十論』は、日本人の特質を十項目に分け、「忠君愛国」即ち明治以後強化された皇室に対する忠義と愛国心を第一条として強調している。この時期の国民性論の多くは日本主義の色彩を強く帯び、国民の特性を認識し、国民の精神を発揚させることによって、国家を強くしようというような論点がよく見られる。結局、当時の国民性論、日本文化論を見ると、まさに日本の研究者の言うように、「ただ物質的な進歩だけじゃなくて、精神的改造がさきなんだという論理が、（明治の）日本の知識人のなかに根強くのこ」っていたのである。[18]

魯迅の言論のなかには、これと類似したものが見られる。しかし、当時具体的に魯迅がどの文章を読んでどのような影響を受けたかについては、直接的な資料がほとんど残されていないため、細かく確認することができない。しかし、当時魯迅が思想啓蒙や文芸活動に専念し、毎日古本屋を回って、書籍や雑誌を手にし、さらに大量に読書していたことを考えると、その当時の時代風潮からの影響を受けたことは、容易に想像できる。しかも、魯迅が当時日本人論をしばしば掲載し影響の大きかった雑誌『太陽』を読んでいたことはすでに明らかになっている。[19] また、一九〇七年に魯迅が一旦帰国し、弟周作人を連れて日本に帰ってきた後、周作人は魯迅と一緒に起居しつつ、芳賀矢一の『国民性十論』などの国民性論に熱中したという。[20] 当時周作人は魯迅の思想啓蒙、文芸活動に協力する立場にあり、魯迅に大いに影響されたことから考えると、日本の思想文化界での動向、例えば国民性論と魯迅とは関係があったことは充分に考えられるだろう。

先に列挙した日本国民性論は、国家主義の立場から書かれた主観的な自国礼賛の傾向があり、今日の立場から見れば、当然ながらさまざま指摘されるべき問題点が存在していると言える。しかし、当時の魯迅はおそらくそうした国民性論における細かい問題には注意する余裕がなく、あるいは興味を抱かず、むしろ国民性の概念と意識、国民性の変革による国家民族の変革という思考方向、すなわち国民性を直接に国家民族の将来、運命に結びつけるという面に強い示唆あるいは影響を受けた可能性が非常に高いのではないだろうか。

この点において、魯迅は先輩梁啓超と共通している。つまり、彼らの倫理的に国民を改造する目的は、個人生活の内面化にあったのではなく、個々人の内的反省を通じて国家の独立を維持しようという点にあったということである。個人の倫理改造が、結局国家主義達成ための一手段と考えられていたのである。思えば、福沢諭吉は『学問のすすめ』（一八七四年二月）、『文明論之概略』（一八七五年八月）において自由独立の個人の誕生をまってはじめて国家的独立が達成され、一身の独立は一国の独立に直結することを懸命に訴えていた。魯迅がこのような近代日本思想からいかなる栄養を摂取したかは極めて興味深い問題である。おそらく近代の初期にあって、中国も日本も同じように「国家独立」の課題に直面するという共通する状況が魯迅の共感の背景にあったと思われる。

四　〈明治の精神〉の体験

魯迅は、明治日本にあって、思想、観念、文化的雰囲気から影響を受けたことは勿論であるが、自分の感性と知性をもって、実際に日本人の「国民性」、あるいは日本的「精神」というものを体験、理解し、そこから国民性そのものや国民性と国家民族の進歩発展の対応的関係を確認したことは、彼の「国民性の改造」という思想の確立に非常に重要な意義を持った。

なぜ日本へ留学したかについては、魯迅自らはほとんど語っていない。しかし、日本が中国より急速に近代化を推し進めたという事実を認識し、日本から進歩の「秘訣」を学ぼうとしたのが彼の留学の重要な目的であったということは間違いない。日本にやってきたばかりの頃、魯迅は『自題小像』（自ら小像に題す）という詩を書いている。「霊台無計逃神矢、風雨如磐闇故園、寄意寒星荃不察、我以我血薦軒轅」。この詩は若い魯迅の祖国を救おうという心境をよく語っているとともに、魯迅の「壮烈な夢」もそこにはあらわれている。広く当時の日本留学生に目を向けると、彼らの留学の共通した動機は、日本に学び、現在の閉塞した状況から脱出したり、それを打破することであった。同じ日本留学経験者である周震鱗[21]が魯迅の弘文学院時代の後輩である黄尊三[22]という人の日本留学日記に序を書いて、「国勢が日に日に衰えていくのに憤慨し、中国を強くするのは留学であると考え」ていたと述べている[23]のは、まさにその通りだったのである。つまり、当時中日の間には日清戦争の敗者と勝者という「陰影」が存在していたが、日本は中国より先に「先進」の方に進んでいるのだから、とにかく日本のよさを学ぼうという考えが人々の日本への基本的な視線を決定していたのである。魯迅もその例外ではなかった。

まさしく、魯迅は日本の明治末期の時代的雰囲気の中で、国民性、国民の精神の重みを強く感じていた。一九〇五年夏、魯迅の遂行した医学から文学への転換は中国人の精神状態からだけではなく、中国人と日本人の間に存在する精神状態の大きな差に、強烈な刺激を受けたからに他ならない。一九二四年、魯迅の代表作『阿Q正伝』発表後間もなく、胡夢華は次のように指摘した。「日本に留学した数年間、毎日強国の民族的愛国潮流と弱小国民としての侮辱を受ける境地にいて、作者が受けた影響と刺激はまさに深かった[24]」。このように『阿Q正伝』のモチーフを魯迅の日本留学と結びつけて考えた者はそれ以前にはなく、それ以後も二度と出なかった。また、中国ではほとんど注目されることもなかった。しかしこの評者は実に敏感に魯迅の国民性の批判と日本留学との繋がりを感じとっており、日本の研究者もこうした関係の存在に留意している。例えば、日本の魯迅研究を振り返る際、こうした見解が見い出せる。「あQは、魯迅が日本に留学し、日本人をよく観察し、日本の国民性を鏡にすることによって造形された」[25]のである。いずれにせよ、「もの言わぬ国民の魂」――「あQ」を作り出す過程中、日本の「影響と刺激」が魯迅に対していかに働いたかは探求すべき重要な課題であると言える。二十世紀四十年代初頭、周作人はかつて自分の三十年前の日本留学を回想して、当時の留学生の心境を推測させる非常に貴重な証言を残している。ここで、抄訳して紹介しよう。

私がはじめて東京に到着したのは清の光緒三十二年、すなわち明治三十九年で、ちょうど日露戦争の終わった後の年であった。その当時、日本が我々にどれほどの影響を与えてくれたかについて、現在、中国の青年は大抵分からなくなり、日本人にしても必ずしも切実に分かっているとは限らない。それは二つの出来事であった。一つは明治維新で、もう一つは日露戦争であった。当時、中国の知識階級が自国の危機を意識し、第一に憂慮していたのは、いかに国を救って、西洋各国からの侵略を免れるかということであった。そのため、日本の明治維新の成功を見、変法自強の道を発見し、非常に興奮した。日露戦争の勝利を見て、さらに勇気がわき、西洋に抵抗し、東亜を守ることも不可能なことではないと感じたのである。[26]

また、梁啓超が日本において出征兵士の家族が「戦死を祈る」と書いた幟を持って歓送しているのを見て強いショックを受けたという有名な挿話[27]に示されるように、梁啓超はそこに「愛国」「勇敢」というような「精神」「気概」を見い出し、そして日清戦争における勝敗の明暗をも見たに違いない。

漱石の『こころ』における「先生」の「明治の精神」への殉死は盛んに論じられた問題である。その「明治の精神」ということについて、様々な解釈が存在するが、次の見解が妥当なものと思われる。即ち、明治時代のものであることは無論言うまでもないことだが、特に日清、日露戦争を経、明治天皇が神格化されてから形成された、国民の心まで浸透していたある種日本的なものということである。例えば、保田與重郎（一九一〇～一九八一）は次のように言う。「明治の精神は、いはば内部からあらはれた世界への関心としてあった」、「云はば日清日露の二役を国民独立戦争と考へた精神である」（『文芸』、昭和十二年二月号）。周作人は日露戦争の終わった後の日本が我々にどのくらい影響を与えたかについて、現在、中国の青年は大抵分からなくなり、日本人にしても必ずしも切実に分かっているとは限らないと感嘆したことは、「明治精神」そのものに関係しているだろう。以上の事実から判断すると、当時、日本に来た中国人が最も衝撃を受けたのは、異なった社会の状態以上に、何よりも国民の精神状態、つまり「国民性」あるいは民族性というものであったと考えられる。

当時の留学生も、切実に日本の「気象」を感じながら、日本の関係著訳をも吸収して、国民の精神問題、当時の言葉で「国魂」ということに強い関心を示していた。『浙江潮』においては三期連続「社説」の形で、「国魂」が論じられ、論者は一つの民族が自分を世界に対して打ち立てる最も根本的な精神あるいは特性が国魂であると解し、中国人にとって、「愛国心」そのものが非常に重要な意味を有すると強調している。社説は松村介石（一八五九～一九三九）[28]の『欧族四大霊魂論』を参考として、「国魂」を論じ、文中「武士魂」に触れ、「近東の日本もその大和魂をもって誇っている。大和魂がどんなものかというと、日本人のいう武士道である。日本人は尚武で国を立て、武士魂をもって維新の成功を収め、三島を雄視するようになったのである」[29]と述べているが、逆に、中国の遅れの最も根本的な原因が「その民族的自覚心を失って」おり、精神的な麻痺状態に陥っていることにあると断言している。[30]

以上の状況から見れば、明治末期の時代雰囲気、その時代の思想的文化的思潮が多くの在日中国人に影響を与え、彼らはいわゆる「明治の精神」から民族的な精神の重要性を認識するに至ったことが分かる。そうした環境に身を置いた魯迅も日本留学中における日本人の国民性に対する体験とそれに対する理解から、中国人の国民性問題への認識を深めたということは、きわめて自然的であろう。日本留学期、日本で魯迅はいかなる体験をし日本をいかに理解したかについて、直接的な資料はあまりにも少ないが、帰国後の日本に関する「言説」から、彼の日本国民性認識の基本傾向を窺うことができる。

一九三二年、日中関係が相当に緊張し、前年いわゆる「満州事件」が起こり、同年一月に第一次上海事件が勃発した。同年十一月、魯迅は北京の大学における講演の中で、中国人と日本人とを比べ、両者の「気質のちがい」について、次のような論を提示している。

日本人がまじめすぎるのに、中国人がふまじめすぎるのです。中国のことがらは往々にして看板をかかげればそれで成功ということになります。日本人はそうではありません。彼らは中国のように芝居をやるだけ、というのとちがいます。日本人はバッジや訓練服があるのをみれば、必ず彼らをほんとうに抗日している人間だと思い込み、むろん強敵だとみなします。こんなふうにふまじめな者がまじめな者とぶつかれば、どうしたってひどい目にあいます。(「今春の感想二つ――十一月二十二日、北京輔仁大学での講演」。山田敬三訳)

魯迅は中国との対照を通じて、「まじめ」という「性格」を日本人の国民性の良さとして捉え、そして「まじめ」なものがふまじめなものより優位になるのだと率直に主張している。また、魯迅ときわめて親密な関係を持っていた内山完造の回想によれば、魯迅はよく内山完造にこれとほぼ同じような思いをもらしていた。

僕は今度三ヶ月寝てる間に十分考えたよ、支那四億の民衆は大きな病気に罹かって居る、ソシテ其病源は例の馬々虎々と云うことだネー、アノどうでもよいと云う不真面目な生活態度であると思う、とは云うても今日の不真面目な生活態度になる迄には同情すべき、また憤慨すべき道程のあったことは無論であるが、だからと云うて今日のアノ不真面目な生活態度を肯定することは出来ないよ、ソレから僕は日本八千万民衆の事を考えたよ、日本人の短所は僕は言わない、僕は日本人の長所を考えたよ、日本人の長所は何事によらず、一つの事に対して文字通りの生命がけでやるアノ真面目サであると思うネー、最近の傾向はヤヤ相反するもののあることを僕は認めるが、然かしたとい今そうした傾向があるにしても今日を成し遂げた事実を否定することは出来ない。アノ真面目は認めなければならん。僕はコウした両国民衆の比較をして見た。支那は日本の全部を排斥してもよいが、アノ日本人の長所である真面目丈は断じて排斥してはならん、ドンナ事があってもアレ丈は学ばなければならん、と思う。（内山完造『魯迅の思いで』、社会思想社、一九七九年九月、四七頁）

魯迅は単に日本人の国民性における良さをほめているのではない。日本がなぜこれほどの進歩を遂げたかを考えた結果として、国民性の良さ、民族精神の中の良さを国家進歩の根源として把握しているのである。

魯迅だけでなく、日本での留学生の多くは自国の暗黒面を痛感しており、いわゆる国家、民族の危機を救うことが必要だと自覚していた。例えば魯迅が中国人を「進歩せざる民族」（「随感録・38」）と称することはその実例の一つである。そのため、日本留学生たちは明治・大正時代、中日両国の間には様々な悲劇が起こったにもかかわらず、自分の目線を主に日本のよい面に置き、近代日本の発展、特に日本人の民族性に対して評価する態度を取っていた。

例えば、周作人には次のような言葉がある。「日本に留学した人は、日本の西洋模倣的文明しか見ていない者を除くと、かなりの時間日本の生活と文化に接触したら、大抵一種の好感が起こる。分析してみると、それは次のような二つのものであるだろう。すなわち前進的新社会に対する敬服と東洋的民族感情の連帯というものである」[31]。また、大正初年から日本に九年間留学していた郁達夫も自伝の中で自分の日本留学及び日本認識について述べており、彼は日本人の国民性と近代日本の発展の間には因果関係があると見ており、日本人の「軽生愛国、耐労持久」（生を軽んじ国を愛する、労苦に耐え辛抱強い）という固有な国民性が明治維新以来の進歩に大きな役割を果たしたと述べ、そして「日本にあってはじめて、私はわれわれ中国が世界的競技場に置かれた地位をはっきりと知ることができた。日本にあってはじめて、私は近代科学――形而上と形而下を問わず――の偉大さと奥深さを分かり始めた。日本にあってはじめて、私は早くも今後の中国の運命と四億五千万の同胞の避けられない煉獄の道を悟った」[32]と嘆いている。もう一つの例だが、二、三十年代、いわゆる自由主義的な知識人が主宰した、有名な文芸誌『宇宙風』は、中日戦争の直前の一九三六年に、二度「日本特集」を出して、日本に留学したことのある知識人たちに依頼して、さまざまな角度から日本観を書いてもらっているが、すでに日本を「敵国」と呼んでいた当時においてすら、ほとんどの筆者が日本のマイナス面よりも優れた点を挙げて礼賛している。この種の現象について、岡崎俊夫は次のような見解を示している。「中国留学生がこのように明るい面ばかり見たのは、いうまでもなく当時の中国と比べてみていたからである。自分の国があまりひどいので、それより少しでもよいと、実際より以上によく見えるのである」（「中国作家と日本――郁達夫について――」、『中国文学月報』第二号二一頁）。

そういった点の存在を否定することはできないが、彼らは近代日本を通じて、日本人の国民性そのもの、国民性の役割に対して日本人以上に感銘を受け重視したことは間違いない。

実際上、日本に留学・生活した経験のある者で、近代日本に礼讃を与えた者はかなり多かった。そして、近代日本の進歩発展を日本人の国民性と結びつけて考えること、すなわちそのような国民性があるからこそ、近代日本は飛躍的な進歩さえできたという考えはむしろ当時一種の共通認識図式であった。(33) 魯迅の場合、彼自らによる自分と日本との関係、自分の日本留学関連の証言は意外に少ないが、しかし、彼の日本に好感を持つ傾向が、基本的に周作人、郁達夫などと共通していることから考えると、今述べた国民性―進歩発展という認識の枠組みも彼らと共通したものがあったと思われる。つまり、魯迅は近代日本における自らの体験から切実に日本人及び中国人の国民性の違い及び国民性の役割と重要さを認識することで、ひるがえって自民族の国民性における不健全な側面を改善し、健全な国民性を養成する必要を強く自覚するようになり、ついに「国民性の改造」という命題を自分の民族と国の進歩発展の前提として明確に打ち出すに至ったと考えられるのである。当時の日本留学生たちの一般的傾向から見て、魯迅の国民性についての思想的展開をこのように考えることは極めて合理的であると言える。したがって、魯迅の国民性の改造という発想は、彼の明治日本留学体験及び日本人についての国民性認識、即ち日本で受けた「影響と刺激」と切り離せないのである。

おわりに

「国民性の改造」というのは、いわゆる魯迅思想の最も重要な内容の一つである。その形成に日本からの影響があったかどうかについては、中国の研究者はなお相当に慎重な態度をとっているが、この問題は魯迅と明治日本との関係を追究する際軽視できないものの一つだと考えられる。

魯迅の「国民性」についての言説を見てみると、彼は中国人の国民性を論じる際、ほとんど外国との比較に基づいてそれを行っており、日本が彼の対照の中心となっている。魯迅は日本人の国民性をある面で高く評価することで、中国人の悪い側面を照らし出すという方法をとっており、日本人の国民性に対する高い評価もそうした方法的側面を有している。

不思議なことに、青年時代に形成された国民性の改造の思想は、魯迅の生涯にわたって、最後までほとんど変化あるいは進展は見られず、その暗い国民性認識は「中国人嫌悪」という過激な形をとることもあった。一方、近代日本と接することでいっそう強く感じるようになった弱小民族としての悲憤と日本人の国民性への高い評価は共存した形で、彼の生涯にわたって続いたのである。

以上のように、魯迅の「国民性の改造」を提出した当時の周辺状況、時代背景をおさえ、丹念に考察することにより、彼のこうした思想が実に当時の思想的文化的流行、時代的雰囲気、具体的な社会状況ないし個別的な人物、出来事に密接に関係していること、彼がそれを摂取し独自な思考を練りあげたことがよく分かる。したがって、当時の歴史状況、当時の人々の懸命な思索を無視し、ひたすら魯迅について空論にふけるという現在の魯迅研究の一傾向にはいっそう違和感をおぼえる。例えば、「魯迅の〝立人〟の思想は他人と比べられないほどの実行性、緻密さ、深さを有している」（李金涛「魯迅〝立人〟思想的現実性与超越性」、『魯迅研究月刊』、一九九八年第八期。筆者訳）云々というのは、その一例と言える。

実際には、魯迅は国民性を改造し国民を人間として確立させるために、「個人を尊重し精神を発揚する」という方策を呈示しているが、より現実的で具体的な解決案を出すには至らなかった。この点で、梁啓超と魯迅は非常によく似ている。例えば、一九〇三年十月、『浙江潮』第八号には「近時二大学説之評論」という「論説」が発表された。内容は、当時中国で盛んに議論された二大学説、即ち梁啓超に代表される「新民説」と「立憲説」について論じたものである。その民衆を新しくする「新民説」について、論者は結果を原因にしている弊が存在していると指摘しており、「新民氏は、もしも新民があれば、新制度新政府新国家のないことを心配する必要がないと述べている。しかし、その新民を如何に得るだろうか。」「故に、理論上から言えば、新民があれば、新政府がなくとも問題ないわけで、事実上、必ず新政府があってから、新民を得ることができるのである」[34]という。これは、魯迅の「国民性の改造」思想、即ち国民性、国民の精神の改造がすべてに優先するという思想を考える際には、たいへん重要な視点ではないかと思われる。

注

（1）近年発表された論文として、李金涛「魯迅〝立人〟思想的現実性与超越性」（『魯迅研究月刊』一九九八年第八期）が挙げられる。

（2）中国でもよく知られている実藤恵秀の『中国人日本留学史』（くろしお出版、一九七〇年十月）と細野浩二の「境界の上の魯迅——日本留学の軌跡を追って」（『朝日アジアレビュー』、一九七六年第四号）によれば、当時、弘文学院の課程には、日本語の外にもいくつかの科目があった。魯迅の在学した普通科は主に以下の科目が設けられ、一週間の授業の時限数の多寡で列記すると、日本語、英語、算学、理化学、歴史地理、歴史及び世界情勢、体操、動植物学、修身などとなっていた。

（3）『周作人日記』（大象出版社、一九九六年十二月）一九〇三年七月十日の項によったものである。

（4）「太炎先生から思い出した二、三事」。

（5）前出王得厚「致力於改造中国人及其社会的偉大思想家」。

（6）前出李沢厚「略論魯迅思想的発展」は、この問題に触れ、魯迅の少年時代の経験こそが後に彼が国民性の問題に着目した重要な原因であったと論じている。
（7）薛綏之主編『魯迅生平史料彙編・第4輯』、天津人民出版社、一九八三年、三五九頁。筆者訳。
（8）「魯迅に関して」、周作人著・松枝茂夫訳『瓜豆集』、創元社、昭和十五年九月、二八一～二八二頁。
（9）梁啓超「新民説・叙論」、『新民』第一号、一九〇二年二月八日。筆者訳。
（10）松本三之介「解説」、『近代日本思想体系31・明治思想集Ⅱ』、筑摩書房、一九七七年十一月。
（11）「佳人奇遇」は一八九八年十二月二十三日から一九〇〇年二月十日まで、『清議報』第一～三、五～一二、一四～一九、三一～三五冊に連載されていた。序としての「訳印政治小説序」は『清議報』第一冊に掲載される。「経国美談」は一八九九年の『清議報全編』巻十四に掲載される。
（12）梁啓超「小説と政治との関係について」、『新小説』第一巻第一期、一九〇二年十一月。引用は増田渉編『中国現代文学選集／清末・五四前夜集』（平凡社、昭和三十八年八月）による。
（13）『周作人日記』一九〇二年十二月二十八日項。
（14）周遐寿著、松枝茂夫・今村与志雄訳『魯迅の故家』、筑摩書房、昭和三十年三月。
（15）「魯迅に関しての二」、前出『瓜豆集』二九〇～二九一頁。
（16）最近、中国でも、日本でも、梁啓超と近代日本との関係に取り組む研究が成果を挙げるようになった。例えば、中国の研究者による「梁啓超文字改革的来源」（高揚著、『湖湘論壇』一九九九年第一期）は、梁啓超の文字改革観は日本からの影響を受けたものであることを論じている。さらに、京都大学人文科学研究所の『共同研究・梁啓超――西洋近代思想受容と明治日本』（みすず書房）は論文十三篇を収録する重要な研究成果である。
（17）『明六雑誌』第三十号、明治八年二月。
（18）山本七平、大濱徹也『近代日本の虚像と実像』、同成社、一九九五年八月、五七頁。
（19）中島長文編『魯迅目睹之書目』、一九八六年三月、八五頁。

(20) 周作人『魯迅的青年時代』。
(21) 周震鱗（一八七五～一九六四）湖南寧郷の人、日本に留学して法政大学を卒業、帰国の後京師大学堂教授、第一革命直後湖南都督府餉局長となる。参議院議員に任じ湖南代表として北京政界に活躍す、民国十年国民党に入り広東党部総務部長、十六年湖南代表として国民政府委員、翌年奉天軍満州帰還後の北京に入り大総統府以下各種政府機関の接収並に引継に当る、其後北京にあつて私立北平民国学院長に任じてゐた。橋川時雄編『中国文化界人物総鑑・覆刻版』（昭和十五年十月、中華法令編印館）、名著普及会、昭和五十七年三月、一三五頁。
(22) 黄尊三（一八八〇年～?）、字は達生、湖南瀘渓の人。日本に留学して某大学の法学士、かつて北京における私立民国大学校総務長兼図書館主任に任じ、また「法律進化論」の著がある。前出橋川時雄編『中国文化界人物総鑑・覆刻版』五五五頁。
(23) 黄尊三著、さねとうけいしゅう・佐藤三郎訳『清国人日本留学日記一九〇五～一九一二年』十一頁。
(24) 玉狼（胡夢華）「魯迅の『吶喊』」、『時事新報』副刊『学灯』、一九二四年十月八日。筆者訳。
(25) 新島淳良『魯迅を読む』、晶文社、一九七九年二月、二四九頁。
(26) 周作人『薬堂雑文』九三頁。なお、前出の『胡適自伝』には、中国の若者の日露戦争に対する微妙な「心境」について、次のように記されている。

この年は日露戦争の最初の年であつた。上海の新聞紙上には毎日いとも詳しい戦争のニュースが掲載され、新聞を愛読する若い学生たちは、みな非常な興奮を感じた。その頃わが国の輿論と民衆の気持は、こぞつて日本に同情し、こぞつて露国をひどく憎み、またこぞつて清朝政府の中立宣言を痛憤した。（胡適著・吉川幸次郎訳『胡適自伝』八三～八四頁）

(27) 梁啓超「自由書（一）・祈戦死」、『清議報』第三十二冊、一八九九年十一月。
(28) 松村介石、明治・大正期のキリスト教指導者。一八九一年から六年間、東京神田の基督教青年会館で道徳教育講話を行い、『リンコルン伝』『修養録』を著す。一九〇七年儒教とキリスト教を結合して折衷的なキリスト教を説く日本教会を起こし、後に道会と改称。その信条は信神・修徳・愛隣・永生の四条であり、機関誌『道』を発行。『日本人名辞典・改訂新版』（三省堂、一九九三年十二月）参照。

(29)『浙江潮』第一期、一九〇三年二月、八～九頁。

(30)『浙江潮』第七期、一九〇三年十月、三四～三七頁。

(31) 前出『薬堂雑文』九五頁。筆者訳。

(32) 郁達夫「雪夜——自伝之一章」、『郁達夫文集・第四巻』（海外版）、三聯書店香港分店・花城出版社連合編集出版、一九八二年十一月、九二～九三頁。筆者訳。

(33) 実際には、今日でも日本に対してこのような認識を持っている者は依然多いと思われるが、その理由はおそらく魯迅当時の状況に近いと言って良い。

(34)『浙江潮』第八期、一二八～一二九頁。筆者訳。

第四章　魯迅の近代日本認識——自民族批判との結びつきをめぐって

はじめに

魯迅の近代日本認識あるいは日本観というテーマについての研究は、膨大な魯迅研究の中にあって、意外にも少ない。その原因はおそらく次の二点にあるのではないかと思われる。まず、魯迅は明治日本で七年あまりの留学生活を送ったが、有名な「藤野先生」という一文以外、自らの日本留学時代について、ほとんど書き残していない。彼は生涯にわたって、日本と様々な関わりを持ったが、日本に関する言説は全体的に見て多くはない。この意味で、「魯迅と日本」の課題を取り扱う際に直面する困難の一つとして、依拠できる一次資料の乏しさがあげられる。この点で、魯迅は非常に特別な存在である。同じ日本留学を経験した文学者の中にあって、弟の周作人は一九〇六（明治三十九）年〜一九一二（明治四十五）年、立教大学で古代ギリシア文学などを学んだ。氏は自らの日本留学生活、日本の社会、文化体験などについて幅広い著述を残しており、それは二十万字以上にもなる。郭沫若は一九一四（大正三）に来日、一高予科、六高、九州帝国大学を経て、一九二三（大正十二）年に帰国した。周作人に似ており、彼も数十万字にも達する長篇自伝の他、日本の歴史、社会、文化についても様々に書き残している。東京帝国大学出身の郁達夫は一九一三（大正二）～一九二二（大正十一）年の十年間、日本に留学していた。彼は直接に「日本の文化生活」（「日本的文化生活」、『宇宙風』第二十五期、一九三六年九月）をタイトルとした論文さえ書いており、まさに魯迅と対照的であった。また、魯迅の日本留学時代は中日関係にとって最も悲劇的な時代であり、この時代に対して重苦しい思いを抱いてきた人々は少なくない。しかし、その時代の経験者であった魯迅の日本観を見ると、近代日本を高く評価する基本的傾向がはっきりと窺える。このような事実の存在が、中国の研究者に終始魯迅の日本観に対して慎重な態度をとらせたと言える。

本章においては、関係資料の網羅的収集とその再読解に基づき、魯迅の近代日本体験、理解、認識を整理し、彼の近代日本観の基本構造と傾向を考察する。

一　仙台医専時代の「書簡」

日本留学中（一九〇二年四月～一九〇九年八月）に、魯迅が直接に書き残した資料の中には、彼の日本観が窺えるものはほとんどない。一九〇二年四月、二十二歳の魯迅は東京に来て、弘文学院に入学し、すぐに慌しい勉学生活に入った。魯迅が最初中国から日本に来た時、日本に対してどのような感触や印象を持ったかは、興味深い問題ではあるが、すでに知るすべはない。一九〇二年六月、日本に来てから二ヶ月たった頃、魯迅は中国にいる周作人に写真を送った。その写真の裏面には次のような題記がある。

会稽山下の平民、日出ずる国の遊子、弘文学院の制服、鈴木真一の撮影、二十余歳の青年、四月中旬の吉日、五千余里の郵便を走らせて、星杓仲弟の高覧に達せんとす（「写真に題して仲弟に贈る」。佐藤保訳(1)）。

ここには、はじめて新しい天地に接する際の青春の情熱や自信が感じられる。

東京の弘文学院に続いて、魯迅は仙台医学専門学校で学生生活を一年半送った。結局、様々な経過を経て、仙台を後にすると同時に、医学を捨てることを決意した。これらについては、帰国後十二年目に書かれた「藤野先生」のなかに詳しく語られている。このほか、七年間の留学中に書かれた手紙が唯一一通だけ残されており、それを通じて、東京を離れ仙台に着いて間もない頃の学生生活の様子、孤独な心境などを知ることができ、非常に貴重な資料と思われる。以下、手紙を抄録しておく。

拝啓　前に江戸から一通差し上げましたが、すでに察入れ下さったことと存じます。以後ひとり仙台に移ってもうまるひと月になります。自分の影法師とでは話にもならず、無聊をかこっておりましたところ、きのう思いもかけずに任克任君を通じて『黒奴籲天録』（ハリエット・ビーチャー・ストウ『アンクル・トムの小屋』、林紓訳、一九〇一年杭州刊――筆者）一部とそれに手抄の「釈人」一篇を送り下さり、よろこび勇んで日の傾くのも覚えずにやっと読み終えました。ご厚意まったくお礼の申しようもありません。小生仙台へ来てからは中国の主人公たちとはずいぶんはるかになったわけですが、恨むらくはなおも奇妙奇天烈なことどもが新聞でこの目に触れることであります。はるかに故国を思うにつけても、夜明けは遠く、前車たる黒人奴隷がかくなる有様であったことが悲しく、いよいよ嘆息をますのみです。素民はすでに渡日したそうですし、その他にも浙江の者が相当多く、そうたいして離れているわけでもないのに、ついに会う機会を得ません。ただ日本の同級生が少なからず訪れますが、ここのアーリア人（お高くとまった日本人学生達－筆者）ともまったくつきあいたくはありません。いささかのなぐさめは、ただ旧友の筆のたよりのみです。ここ数日向こうの学生社会にもかなり入ってざっと推察してみましたが、その思想、行為は決してわが震旦の青年の上に出るものではないと敢えて断言しましょう。ただ社交が活潑な点では連中の方がうわ手です。楽観的に考えるならば、わが黄帝の魂はあるいは絶祠のために餓えるようなことにならずにすむでしょうか。

こちらはたいへん寒いです。ひるには少し暖かくなりますが。風景はまあ佳い方ですが、下宿はまったくひどいものです。東桜館のようなのはさがそうたってありません。いわゆる旅館というのもとても小さなものです。いま居るところは月に八円しかかかりません。が、前は人の声がうるさく、後からは日が射します。毎日食べさせるものときたら決まって魚ばかりです。まもなく土樋町に越すつもりですが、そこもやはり楽土ではありません。ただ学校にはやや近いので、少しはあたふたしなくてもすむだろうというだけのことです。ものごとは比較してみなければそのよしあしはわからぬものです。今となっては、東桜館は烏托邦ですし、貴臨館でも極楽と言っていいでしょう。学校の勉強は大忙しで、毎日一息つくこともできません。七時に始まり午後二時になって終わるのですが、小生は朝寝坊ですからこれはまったく仇です。課目には、物理、化学、解剖、組織、独乙などがあり、みな猛烈な速さで目が回るようです。組織と解剖の二つの用語は、臘丁と独乙を併用し、毎日暗記せねばならず、頭がたちまち疲れます。幸い先生のことばはまだなんとか理解できますので、もしうまく卒業できたら人殺しの医者にはならずにすむだろうかと思っています。人体解剖はもう一通り見ました。小生は自分でも堪え性のある方だと思っていましたが、実際に見るとやはり胸がむかむかして、その有様がずいぶんたっても目に焼きついてはなれません。しかし見終わってそのまま宿に帰るといつものようにたくさん食べられたので、なんとか意を強うしております。同校の待遇はまあよい方です。校内の扱いはよくもわるくもないといったところです。ただ学費を納めに行ったら、受け取らないのです。向こうが取らないのですから、こちらも遠慮しませんでした。晩にはたちまち時計に化けてわたしのふところに入りましたが、なかなかの得策でしょう。

仙台は長雨は続き、今ではもう晴れましたが、はるかに故郷を思うと、やはり長く寂寞たる思いが消えません。学校の勉強は暗記にうるさいばかりで、思索を要しません。いくらも勉強しないうちに、頭がこちこちになってしまいます。四年たてばおそらくでくの坊みたいになってしまうでしょうか。……（「蔣抑卮宛　一九〇四年十月」。中島長文訳）

この手紙に語られている内容はかなり豊富なものと言えよう。魯迅の「日本観」という視点から考えれば、理性的な認識という形のものが少ないとも言えるが、しかし、当時の魯迅の孤独な心境、学校からの優遇及び魯迅の日本人を回避しようとした気持ち、学校での勉学、下宿の食と住、当地の気候などは、魯迅研究だけでなく、他のことを知るにも資料的価値があると思われる。

二　明治日本の風土・雰囲気と魯迅

一九〇六年春、仙台医学専門学校を退学し東京に戻ってから一九〇九年夏の帰国までの二年半に、魯迅は学生の身分を保っていたが、実は学校に通わず、自分の思うとおりの文芸活動を行って、外国文学作品の翻訳をしたり、科学啓蒙や思想啓蒙の文章を書いたりしていた。そして、経済的な心配もない(2)本当の「自由人」として、最も普通な日常的庶民的生活からさまざまな文化、文学、思想、哲学の思潮まで、日本の社会文化生活に身を投じ、幅広い体験を経て理解を深めた。こうした二年半の東京滞在は魯迅の日本理解、即ち日本観の形成にとってたいへん重要な意味をもつと思われる。

仙台時代、魯迅は藤野先生から、「多くの感銘を受け、大きな励ましを与えられた」（「藤野先生」）一方、勉学生活は非常に忙しく、かつ、外国人は全校で彼一人しかいない状況の中、彼の孤独はたいへんなものであったと想像できる。そして「藤野先生」に書かれているように、試験の成績のことで、大きな屈辱と刺激を受けることとなった。これについて、周作人も「魯迅は仙台医学学校で各種の刺激を受けた[3]」と証言している。つまり、ある意味で、魯迅の仙台時代は、生活の上で精神的に孤独感や抑圧感があり、ストレスがたまっていた時期であった。これに対して、二度目の東京での生活は、仙台時代のような圧力あるいは「影」がなく、自由自在に自分の好きな文学に取り組み、個人生活の面でも、毎日弟周作人と共に起居し、一緒に外国の小説を翻訳したり雑誌を作ったりしていた。ある意味で、二度目の東京生活は開放的で充実した時期であった。当時の魯迅の日常生活ぶりについては、周作人がかなりの量の記録を残している。

　彼は朝起きるのが非常に遅く、特に中越館に下宿していた時期は、一番自由で無拘束だった。大抵、十時過ぎに眼を醒ましてから腹ばいのままで、先ず煙草を一、二本吸った。煙草は「敷島[4]」といって、口付きだったから、二本が両切の一本分にしか相当しなかった。洗面後、朝食を抜いて、しばらく座って新聞に眼を通してから昼食をとり、どんなにまずくても構わず、そそくさと食べてすませた[5]。

魯迅は周りの環境、雰囲気、日本的な日常生活に抵抗感がなく、なじみやすかったようである。今残っている写真から見ると、当時の魯迅は下宿で和机を使い、紺ガスリの着物を着て、そして鼻下に当時日本で流行していたドイツ式の髭をたくわえており、一見日本人らしい姿であった。また周作人の回想を調べると、次のようなものが見い出せる。「魯迅は弘文学院と仙台医専在学中は、勿論制服を着用していたが、その後の東京における生活は、すべて和服だけで押通した」、「彼は平常はどこへ行く場合でも、帽子は鳥打帽で、和服に袴という服装で」、「ぶらっと本屋をのぞいたり、夜店を素見したりする際には、よく下駄も履いて」、「彼の風采は日本の貧乏な学生に似ていた」[6]。また、他の場合においても、魯迅は積極的に日本の生活になれるよう努力し、その中に楽しみを感じていたことが語られている。

私が初めて東京に行った時、魯迅と一緒に住んでいた。われわれの東京での生活は完全に日本化したものであった。かなりの留学生は日本的な生活になれず、下宿に住んでいるのに、テーブルや椅子を使いたがった。ベッドを買えないからといって押し入れで寝たり、熱いご飯でないと食べないという人もいる。こうした人は我々の笑いぐさになった。なぜかと言うと、苦労に耐えないなら、国を出ない方がいいからだ。しかも日本へ留学に来て、単に技術だけを少し学んで帰ったとしたら、結局うわべだけの理解にしかならないだろう。生活上の体験をしないと、日本のことを深く知ることが出来ないだろうと、我々は思う。……我々の住んでいたのは、普通の下宿で、四畳半の一部屋で、本箱の他に、文机一台と座布団二枚しかなかった。学校に通う時、学生服を着るが、普段は和服に袴と下駄ばかりで、雨が降る時、皮靴を履くことがあるが、後は足駄を履くようになった。……いずれにしても、衣食住の各面で我々はすべて日本式な生活をして、まったく不便を感じず、なれたら逆に非常に楽しく

なった。(8)

そうした楽しみの一つに、東京神田の古本屋を回ることがあった。脇村義太郎の『東西書肆街考』（岩波新書87）によると、一九〇六年九月当時、神田一帯だけで合計一〇四軒の本屋、古本屋があったという。魯迅は、「私の場合、神田区一帯の古本屋をのぞいて回るのが」「楽しみ」「の一つでもあった」と述べ、当時の本屋の様子も面白く書いている。

　日本は大地震のあと、ずいぶん様子が変わったことと思うが、当時はあの一帯には書店がひしめいており、夏の夕方には、敝衣破帽の学生がいつも群らがっていた。店の左右の壁と中央の大きな台の上はみな本で埋まっており、店の奥の方には、たいていやり手の番頭がひざまずいて座って、両眼を光らしている、私にはまるで蜘蛛の巣に音もなくうずくまり、網にかかってくる者の貧しい学費を待ちかまえている大蜘蛛のように見えた。だが私もやはり他の人と同じく、ひとまわり見ようと、ためらうことなく入って結局数冊買うこととなり、おかげで懐の相当軽くなる気分を味わうはめとなったものだ。（「小さなヨハネス・序文」。藤井省三訳）

周作人もいくつかの文章の中で非常に懐かしげにそうした「光景」を思い出している。

　その頃、私たちには、まだ銀座を散歩する風習がなかった。夜になって暇があれば、大抵夜店と本屋を見るばかりであった。そのため、本郷三丁目大学前の通りと神田神保町の表通りが、特に強く記憶に残っている。(9)

他に、「東京の本屋」、「東京を懐ふ」（いずれも筑摩書房から出版された、昭和十五年版『瓜豆集』に収めている）などがある。また、当時の留学生は大抵「東京の本屋」を好み、良い印象を持っていたようである。魯迅より三年下の後輩であった黄尊三という留学生は、留学日記の中で、東京の本屋に触れており、「日本の神田には書店が、軒を並べている。学生はここを臨時図書館と心得ていて、勝手に本を開いて見るが、店主もそれを咎めだてしない。貧乏学生で本を買う銭のない者は、毎晩書店で抄閲（抜き書き）するものがある。新刊書は日に日に増加し、雑誌も百種あまりある。文化の進歩も窺うことが出来る[10]」と、感嘆している。

さらに、一九〇三年に出版された『浙江潮』第二期中、「日本見聞録」という欄がある。そこには、留学生の手による日本の政治、教育、社会風物などについての見聞が載せられており、東京の本屋、出版事情について、次のような「東京雑事詩」という詩が掲載されている。

籤軸琳瑯遍要衝、新聞雑誌破鴻濛。劇憐母国惇寵慣、野廟孤山読大中。

詩の後にこう説明してある。「東京だけで、書肆が約千余軒ある。夕方になると、本屋には客が満ちて、みんな本を披いて見ては語り合っている。新聞雑誌は、一日一、二百種類が出されている。このようであるから、自然と人々は知識を増し、国勢が強くなるのだ」（筆者訳）。ここからは、近代日本の文明開化の様子も窺える。

こうした日本留学の最後の二年半は、最初の東京弘文学院の二年間、そして仙台医専時代の一年半と様子が大きく異なる。弘文学院時代は、同じ中国人留学生たちの進取の気象の無さに不満を抱き、「よその土地へ行ってみたら、どうだろう」（「藤野先生」）と思いながら、結局寒くて遠い仙台に行ってしまった。また、仙台医学専門学校時代も孤独で、特にいわゆる「カンニング事件」と「幻灯事件」をきっかけに仙台を離れる時の心境は、相当鬱積しており、かつ陰鬱だったようである。こうした留学前半の三年半と異なり、留学後半の最後の二年半は魯迅にとって心なごむ時期であり、東京を離れ帰国したのは、苦しみから逃がれようとしてではなかった。魯迅自身は「母が暮らしに困り、やむなく帰国」した（「自伝」）と述べているが、実際のところ、それは弟の周作人が日本人女性羽太信子と結婚することになり、その生活を支える必要が生じたことなど一家の経済上の問題が生じたため、七年間あまりの日本留学を打ち切って、郷里に職を求めるために帰国したわけである。

三　自民族批判と日本への視線

魯迅が自らの日本観をつづった文章を見ると、まとまった形で正面から日本を論じたものは一つもなく、また思想論、文化論あるいは国民性論の次元で論理的、学問的に日本あるいは日本人を論じたものもまったくない。魯迅は主に社会の現実、歴史の現実の展開過程にあらわれた民族の長所あるいは短所だけに関心や直感的な理解を抱いていた。特に社会批評や文明批評を行う際、中国の社会問題、中国人の悪い根性を批判しながら、その対照として日本のことを持ち出すのである。

これは魯迅に限らず、当時、日本留学経験のある文学者には共通したものだったと言える。日本の中国文学者岡崎俊夫は近代日本と緊密な関係を有していた文学者郁達夫を論じて、次のような見解を述べている。

あのころのにほんについては、郁達夫ばかりでなく、日本に留学した中国人は、なかにはむろん悪口もあるが、大抵はみなほめている。……中国留学生がこのように明るい面ばかり見たのは、いうまでもなく当時の中国と比べて見ていたからである。自分の国があまりひどいので、それより少しでもよいと、実際より以上によく見えるのである。(11)

日本人の立場から見れば、そうかもしれない。しかし、魯迅はそれに加え、中国の積弊を克服するために外国からあらゆる良い面を見つけ学ばなければならないという強い意識を一貫して持っており、かつ、主張していた。かつて日本のことを論じて、魯迅は次のように語っている。

たとえ、中国固有でないにしても、長所でさえあれば、我々は学ぶべきであろう。その師が我々の仇敵であろうとも、我々は師から学ぶべきであろう。(「子供の写真のこと」。今村与志雄訳)

そのため、魯迅は日本、日本人のいわゆる「短所」にほとんど触れようともせず、日本、日本人を大いに肯定的に捉えている。彼自身明確に次のように宣言している。「私も他国の弱点を突くという使命を負ってるなどとも思わぬから、そこに力をそそぐ必要もない。」(『象牙の塔を出て』後記」。小谷一郎訳)さらに、中日関係の悪化による人々の感情的要素さえあまり考慮することなく、真実かつ率直に自分の思いを披瀝していた。例えば、一九三一年十一月、すなわち「満州事件」の直後、魯迅はあえて読者に忠告している。

排日の声の最中にあって、私はあえて断固として中国の青年に忠告を一つさしあげたい。それは、日本人は私たちがみならうだけの価値あるものをいっぱい持っている、ということである。（「集外集拾遺補編・〈日本研究〉の他」。釜屋修訳）

このような強い思いが魯迅の日本観の奥にはひそんでいるのである。彼は終始自らの立場と視点を変えることなく、自分の日本観を提示しているが、その要点は以下のようなものである。

⑴日本人の「まじめさ」について。従来の日本人及び外国人（中国人も含まれる）による日本論は日本人の国民性を把握する時、ほとんどみな「忠君愛国」や「勤勉」などの特徴を強調している。芳賀矢一の有名な『国民性十論』（冨山房、一九〇七年十二月）は、日本人の国民性の特質として十項目を挙げ、その一番目は「忠君愛国」になっており、文学者、評論家大町桂月（一八六九〜一九二五）は「日本国民の気質」（一九〇八年、のち桂月全集刊行会『桂月全集・第八巻』、一九二二年十二月）で敬神（祖先崇拝）・忠君・愛国が「我が国体の精華」であると強調している。さらに、郁達夫は「軽生愛国、耐労持久」（生を軽んじ国を愛する、労苦に耐え辛抱強い）を「日本人の国民性の中心的な支柱」として捉えているのである。[12]

しかし、魯迅は自らの体験や理解に基づき、日本人と中国人を比較して、「まじめさ」というものこそが、日本人の最大の長所、中国人に最も欠けているものだと繰り返し指摘している。内山完造は、次のような証言をしている。

僕は今度三ヶ月寝てる間に十分考えたよ、支那四億の民衆は大きな病気に罹かって居る、ソシテ其病源は例の馬々虎々と云うことだネー、アノどうでもよいと云う不真面目な生活態度であると思う、とは云うても今日の不真面目な生活態度になる迄には同情すべき、また憤慨すべき道程のあったことは無論であるが、だからと云うて今日のアノ不真面目な生活態度を肯定することは出来ないよ、ソレから僕は日本八千万民衆の事を考えたよ、日本人の短所は僕は言わない、僕は日本人の長所を考えたよ、日本人の長所は何事によらず、一つの事に対して文字通りの生命がけでやるアノ真面目サであると思うネー、最近の傾向はヤヤ相反するもののあることを僕は認めるが、然かしたとい今そうした傾向があるにしても今日を成し遂げた事実を否定することは出来ない。アノ真面目は認めなければならん。僕はコウした両国民衆の比較をして見た。支那は日本の全部を排斥してもよいが、アノ日本人の長所である真面目丈は断じて排斥してはならん、ドンナ事があってもアレ丈は学ばなければならん、と思う。(『魯迅の思い出』、社会思想社、一九七九年九月、四七頁)

これは魯迅の亡くなる数ヶ月前のことであった。激憤に至った魯迅は日本人の真面目と中国人の不真面目をまったく対照的なものとして、前者への賞賛と後者への批判の態度を鮮明に示している。一時、中国では内山完造の証言への不信感を洩らす人がいた。しかし、内山の証言に見られる魯迅のこうした見解は確かに魯迅の心よりの感触であり、理性的な認識でもある。典型的な例を二つ見てみよう。一つは、やはりいわゆる「満州事変」の直後のことである。魯迅は中国の文人たちがいつも事実を「芝居」にあてはめて解釈してしまうことを皮肉りながら、「日本人は仕事は仕事、芝居は芝居で、決して混同することはない」(「新たな〈女将〉」。吉田富夫訳)と評している。もう一つは、一九三二年、第一次上海事件が起こって、中国全土で「抗日」の声が絶えず上がっている最中のことである。魯迅は北京の大学での講演において、多くの若い学生の前で、次のような議論を発している。

日本人がまじめすぎるのに、中国人がふまじめすぎるのです。中国のことがらは往々にして看板をかかげればそれで成功ということになります。日本人はそうではありません。彼らは中国のように芝居をやるだけ、というのとちがいます。日本人はバッジや訓練服があるのをみれば、必ず彼らをほんとうに抗日している人間だと思い込み、むろん強敵だとみなします。こんなふうにふまじめな者がまじめな者とぶつかれば、どうしたってひどい目にあいます。（「今春の感想二つ――十一月二十二日、北京輔仁大学での講演」。山田敬三訳）

魯迅から見ると、真面目と不真面目が一種の国民的性格として、国家民族の生存のような大きな面から日常生活の細かいところまで現れているのである。彼は、「外国人は我々のことを、我々自身が知っているよりも、いつももっとはっきり知っている。試みにごく手近な例を挙げれば、中国人自身が編んだ『北京指南』よりも、日本人の書いた『北京』のほうがやはり正確だ」（「ふっと思いつく・十一」。相浦杲訳）と、中国人を非難するとともに、日本人を褒めている。魯迅の思考と論理の中では、中国人の「馬々虎々」、即ちごまかしなどの意味を含む人間的いい加減さはすでに国民の精神構造や行動様式にまで浸透しており、一つの頑固な悪霊になってしまい、その結果、活気のない社会を生み出し、中国の再生を甚だしく妨害するまでになっているのである。逆に、日本人の真面目さは日本の進歩と発展を強く支えていると考えられていた。

筆者の知る限り、日本においても、中国においても、魯迅のように国民性としての「真面目さ」を重要視するのは、あまりないと思われる。魯迅が抽象論ではなく、非常に感性的に日本人のこういう特徴を捉えているということからは、彼自身の体験や感受性に忠実な独自性が見えてくる。

(2)日本人の模倣に長ずる特性について。日本人が古来から外国の文明を積極的に取り入れ、自民族の文明をより高い段階へ転換させ発展させることに成功したことは、すでに広く認識されている。当然ながら、今日でも、日本人の言説の中にはこのようなものが随所に見られる。いわゆる「そのときの世界の中心だと思った国のほうに顔を向ける」、「それが自分たちになにか役に立つと思ったときには、すぐそれを取り入れるという発想は、知識人からそんなに知識のない人にまで一貫してある」、「相手のすぐれたものを取りこんで、それを力にして相手を追い払おうということ」である。(13) 近代中国においても日本は大抵そのように認識されていた。胡適は日本へ留学に行くある青年宛ての手紙の中で、次のように忠告をしている。

我々は（日本の）あらゆる家庭、習慣、社会的風俗、政治体制、人情、人物から常にその良い面を学ぶことができます。
最も大事なのは、日本文化を軽視する心理を排することです。日本人は我々の一番研究すべき民族です。彼らは多くの、世界中の各民族にない長所を有しています。一、清潔を愛すること。これは全ての階級にあてはまります。二、美を愛すること。これも全ての階級にあてはまります。三、死を怖がらないこと。女のためによろこんで死に、また主義にもよろこんで殉死します。四、頭を下げて他人の良さを学んだり、懸命に他人を模倣したりすることができます。(14)

一部の人はさらに日本人の「模倣」に、独自の「創造性」を見出した。周作人にはこうした言葉がある。「普段、日本文化に対して、我々は大抵一種の先入観があり、日本文化を〈模倣的だ〉と言っている。西洋でも、〈日本文明は中国の娘だ〉という人がいる。こうした見方は理由があるかもしれないが、あまり正確でない。日本の文化は、おそらく〈創造的模倣〉と言ってよい」[15]。郁達夫も近い見解を示している。「日本の文化は、独創性に欠けてはいるが、その模倣は創造的な意味を持っている。礼教は中国に倣い、政治・法律・軍事及び教育などはフランス、ドイツに取り、生産事業は欧米に学んでいる」[16]という。

一九二四年から一九二五年にかけて、魯迅は厨川白村（一八八〇〜一九二三）の文芸評論集『象牙の塔を出て』（福永書店、一九二〇〈大正九〉年六月）を翻訳し、その「後記」の中で、以下のように述べている。

著者は彼の母国に独創的な文明がない、卓越した人物がいないと叱責しているが、それは正しい。彼らの文明はまず中国に倣い、それからヨーロッパに学んだ。人物では孔子、墨子がいないばかりか、僧侶でも玄奘にまさる者はいない。蘭学栄えた後は、リンネ、ニュートン、ダーウィンなどと肩を並べるような学者は生まれ出ていない。ただし、植物学、地震学、医学の面では、彼らはすでに相当の功績を挙げている。あるいは作者は「自惚れ病」を正さんがために、故意にこのことを抹殺したのかもしれない。それでも煎じ詰めていえば、やはり固有の文明と偉大な世界的人物はいないということなのである。両国の関係がたいへん悪いときには、我々の論者もよくこの点を突いて嘲笑し、人々の一次の気晴しとした。けれども、私はまさにこの点が、日本を今日あらしめた所以だと思っている。なぜなら、古いものが少なく、執着がさほどでなかったから、時勢が変われば脱皮も実にたやすく、いつ、いかなる時でも生存に適応し得たからである。幸福に恵まれて生き残った国のように、固有の古い文明を恃み、その結果、すべてを硬化させ、ついに滅亡への路を歩まねばならなかったのとは違うからである。中国でかりに不徹底的な改革がなされたとしても、命運はやっぱり日本のほうが長久だろうと、私は確信している。（「『象牙の塔を出て』後記」。小谷一郎訳）

魯迅は当時の一部の中国人における「中華思想」を鋭く批判しており、日本が時勢の変化に敏感に対応し、外国の良いものを取り入れ、自国の発展を促そうとしたという特徴を非常に肯定的に受け止めている。「彼らの遣唐使がやや違っているのは、我々とかなり異なる趣味のものを選択した点である。だから、日本は多くの中国文明を取り入れたが、刑法には凌遅を採用せず、宮廷にも宦官を置かず、女たちはついに纏足をしなかった」（同前）と評している。文芸の面では、魯迅はよく日本の外国文芸紹介の速さと広さに感心し、自分も日本語訳を通じて、ヨーロッパ及び日本のものを中国の人々に紹介していた。晩年、日本の友人への書簡の中で、「日貨販売の専門家だ」（「山本初枝宛、一九三四年十二月十三日」、原文日本語）と自称している。魯迅は直接には「創造的な模倣」という言い方をしていないが、日本が優れた外国文明を積極的に摂取し、うまく日本の発展に応用させたと理解し、高く評価しているのである。

(3)この他、断片的ではあるが、魯迅はさまざまな面で日本に対する認識を示している。

晩年の、文学青年尤炳坤への手紙の中には、国民性の問題に触れ、「日本人の国民性は確かにすばらしい」（「尤炳坤宛」一九三六年三月四日）と、自らの感想を率直に述べている。

武士道についても、魯迅の見方にはかなり個性的なものが見られる。この点は、周作人と比べることによってよく分かる。一九一九年、周作人は武士道のことを論じ、武士の本質は「奴隷」に過ぎないと慨嘆している。

小説戯劇に描かれる武士の行為はいかに壮烈、華麗であったとしても、このような事実を隠せない。つまり、武士は命がけて働く奴隷にすぎない。彼らが主君や家名のために死ぬのは、今日から見れば、まったく意義がなく、ただ彼らが時代の犠牲になり、非常に悲しいと思わせるだけである。[17]

しかし、魯迅の場合、もっぱら武士道における「壮烈な」側面に注目しているようである。一九二一年、魯迅は菊池寛（一八八八～一九四八）の小説を論じる際、次のように指摘している。

日本における武士道とは、その力がわが国の名教以上のものであり、……もっとも、彼ら昔の武士たちは、まず自分の命を軽くみているから、人の命をも軽んじているのであって、自分は生を貪りながら人を殺すという手合いとは明らかに小々違っている（『三浦右衛門の最後』訳者附記」。小谷一郎訳）

こうした視点は、少なくとも他の中国人による日本論の中にはほとんど見られないものであり、そこに魯迅の日本の良さを見つけようとする姿勢が見えてくる。

魯迅は日本に七年余り留学し、その後半は特に文芸に専念して、常に日本語に接する状況にあったので、かなり高い日本語力が養成されたと思われる。こうして魯迅は日本語を美しいものとして見るようになったことが、次の文章からよく分かる。一九二二年、魯迅はロシア詩人、童話作家エロシェンコの日本語による童話劇『桃色の雲』を翻訳したが、その単行本の前書きの中で二回程日本語について触れている。「私が見るところ、日本語は中国語とくらべ、実にしっとりとしていると思う。しかも著者はこの美質と特徴をうまくとらえているので、私は伝達の能力を失っていると思わざるをえず、……」（『桃色の雲』を訳すにあたって一言」。藤井省三訳）と述べ、はっきり日本語の「しっとりとしている」ことを「美質と特徴」として捉えている。

四　真の理解による友好の成立

魯迅の近代日本観に付随する重要な問題として、日中の文学者の関係を通じての日本人と中国人との間の真の相互理解という問題がある。

それは、主に魯迅と日本の「名人」との面会から生じてきた問題であった。周知のとおり、二十世紀の二十年代に入ってから、魯迅は次第に近代中国文壇の「盟主」的な文学者と見なされるようになり、特に一九二七年上海に移ってから、日本の「名人」たち、特に文学者たちから熱い視線を投じられるようになった。当時の著名な文学者による上海の魯迅詣ではその一現象であった。中国文学研究者の釜屋修の統計(18)によると、魯迅が上海移住から亡くなるまで会った文学者を含む日本人は以下のとおりである。

一九二八年　塩谷節山（温）、辛島驍、金子光晴、国木田虎雄（独歩の息子）、宇留川、内山完造、長谷川如是閑、前田河広一郎、秋田義一、尾崎秀実。
一九二九年　前田河、秋田、金子、森三千代（金子夫人）、水野精一、倉石武四郎、今関天彭、塚本善隆、山上正義、沢村幸夫。
一九三〇年　今関、室伏高信、林芙美子。
一九三一年　増田渉、宮崎龍介、柳原白蓮、水野勝邦。
一九三二年　高良とみ、林芙美子、山本初枝。
一九三三年　木村毅、秋田、西村真琴（西村晃の父）、井上紅梅。

一九三四年　今関、志賀廼家淡海、賀川豊彦、鈴木大拙、新居格、山室周平、堀越英之助。
一九三五年　目加田誠、小川環樹、岩波茂雄、野口米次郎、円谷弘、長与善郎。
一九三六年　円谷、堀尾純一、山本実彦、増井軽夫、今関、増田、鹿地亘・池田幸子、河野さくら（鹿地前夫人）、奥村博史（平塚雷鳥夫君、画家）、奥田杏花（医師）、横光利一、武者小路実篤。

彼らのほとんどは魯迅の日記に登場している。しかし、日本の文学者との交流の中で、魯迅は中日両国の文学者間の真の理解という問題を強く感じた。例えば、長与善郎（一八八八～一九六一）、野口米次郎（一八七五～一九四七）との面会、特に彼らの書いた印象記、会談記のようなものから、魯迅は彼らが自分と自分の文学をあまり理解してくれていないことを残念に思っているようである。そうした悩みは本来公開を前提としない、親しい知人への書簡の中によく現れており、例えば、親しい後輩である日本人学徒増田渉への書簡の中では、

日本の学者や文学者は大抵固定した考をもって支那に来る。支那に来るとその固定した考と衝突する処の事実と遭ふ事を恐れます。そーして回避します。だから来ても来なかったと同じ事です。ここに於いて一生出鱈目で終わります。（「増田渉宛、一九三二年一月十六日」）

名人との面会もやめる方がよい。野口様の文章は僕の云ふた全体を書いていない、書いた部分も発表のためか、そのまま書いていない。長与様の文章ももう一層だ。（増田渉宛、一九三六年二月三日）

と、失望を洩らしている。また、晩年の魯迅と親しい関係を持った内山完造の『生ける支那の姿』（学芸書院、一九三

五年）の「序」は魯迅の手によるものである。その中で、魯迅は当時の時代状況下における中日の相互理解に大きな懸念を示している。「自分の考えでは日本と支那との人々の間はきつと相互にはつきりと瞭解する日が来ると思ふ」。しかし「兎に角今は其時でないのである」（今村与志雄訳）。

こうしたことの原因について、日本人研究者は、「日本人対面者の意識の水面下にある固定観念や現状認識の先入主が、魯迅とその周辺に対する客観的認識や認識における構造を妨げている」、そして、「無意識のうちに精神的に優位に立つと誤解し、その誤解の上に、文化的には懐古趣味・古典趣味に流れた」こと、当時の日中における「対立的」な関係にも関わっていることを要因として、日本人面会者側の状況を分析している[19]。これは首肯できる分析である。一方、魯迅自身はとりわけそれぞれが所属する社会状況の異なりを大きな原因としてかさねて強調している。

僕は日本の作者と支那の作者との意思は当分の内通ずることは難しいだろうと思ふ。先ず境遇と生活とは皆違います。（「増田渉宛、一九三六年二月三日」）

私見によれば、わたしをもって外国の誰かに準えるのは困難なことでしょう。彼我の環境がまず異なるからです。（「肖軍宛、一九三五年八月二四日」）

これらの手紙では、魯迅がどれ程意識していたかはあまり明確でないが、彼は実に重要な問題を提起している。即ち、個人としての文学者及び彼の文学を理解する際、彼自身をとりまく社会状況、歴史文化伝統、民族的共通課題などをしっかり理解することが、まず不可欠な前提条件だということである。例えば、アメリカの研究者は、魯迅の文学を含む「中国文学は、アメリカの一般読者に受けいれられてこなかった。……主たる理由は政治ではなく、文化的なものにあったのではなかろうか。アメリカ人にとって、中国文学は、ヨーロッパや南アメリカ、ロシア文学と異なり、〈非西洋的〉なものとして映り、基本的に理解しがたく、自分達のユダヤ＝キリスト教的歴史とギリシア＝ローマ的伝統とは無関係なものと考えてきた[20]」と、文学理解における社会文化・歴史伝統理解の重要性を語っている。同じ東洋民族として、日本はアメリカとまた違うと言えるが、中国に対する無理解はやはり魯迅への無理解に直結していると言わざるを得ない。日本の研究者にも「中国と日本という状況の違いがあり、作品創作の現場も違い、文学者としての資質も違う[21]」ことを認識することこそが、双方の文学を理解する際の前提だという認識がある。

魯迅は自らの体験から、中日の間には、個人としての真の相互理解のために、一つの乗り越えなければならない「壁」、相互の社会状況、文化伝統の認識の必要性という問題が存在するということを提起している。この点は、一般的に異なる国、民族の人々が互いに付き合う際には特に留意しなければならない問題だと思われる。

おわりに

以上の考察によって、魯迅の日本観の基本的傾向、即ち肯定的方向に近代日本を把握する特徴が明らかになった。そして個人的な感情の面でも、魯迅は日本に対してかなり好感を持っていたと言える。後者に関しては、例えば同じ海外留学の経験を有する漱石との比較が、非常に興味深いと思われる。

漱石はイギリスで、魯迅は日本で、ともにいわゆる後進国から来た留学生として使命感と重圧感に悩まされた点で、二人は共通している。漱石はロンドン留学という「場」において外から日本を眺め、様々な思いを抱き、さらに自ら

「神経衰弱」を口にするほどの猛勉強によって、自らの「文学論」の構築に向かうという具体的な行動のうちに、西欧追随の「他人本位」から「自己本位」の立場への転換がおとずれたと、自ら語っている。[22] ところが、同時に二年間の留学生活を送るなかで、イギリスに対してたいへん不愉快な印象を持ったとも、語っている。「洋行中に英国人は馬鹿だと感じて帰って来た」（狩野亨吉宛　明治三十九年十月二十三日）。「倫敦に住み暮らしたる二年は尤も不愉快の二年なり」、「余は生涯英国の地に一歩も吾足を踏み入る、事なかるべし」（『文学論』・序」）という。一方、魯迅は日本での留学時代を常に懐かしさを持って思い起こしており、生涯にわたって良好な印象を保っている。彼は「送増田渉君帰国」の中で、次のような心境を表している。「私といえば、枝垂れ柳の枝を折って故国に帰る君を送ろうとするのだが、心は東に向かう汽船につき従い、過ぎし青年のころを思い出してしまう」（「欲折垂楊送帰客、心随東棹憶華年」。伊藤正文訳）。魯迅のこうした思いがまさに彼の日本観にもよく投影していると感じられるのである。

注

（1）もともと周作人の『魯迅の故家』に収められたものである。後に新しい『魯迅全集』（一九八一年）に収められた。日本語訳『魯迅全集』第十巻六〇〇頁を参照。

（2）魯迅は一九〇二年南洋官費留学生として来日した。一九〇七年の時点で、清国の両江学務処の公文書に見える、日本派遣南洋官費留学生に対する官費支給の「豫算表」にこう記載している。「姓名　周樹人、学校　徳語学校、学費　四百元、摘要　私立学校」。詳しくは、『江寧学務雑誌・第一冊』二五頁、丁未（一九〇七）年。北岡正子『魯迅―日本という異文化のなかで』（関西大学出版部、二〇〇一年三月）を参照。

（3）周作人『薬堂雑文』九五頁。筆者訳。

（4）当時の日本での煙草事情を記しておく。日本では、江戸後期に喫煙の風習が日本人の生活に深く根をおろした。明治期に入ってから、煙草の普及がより加速された。一九〇七（明治四十）年に、政府は日露戦争勃発にあたって増大する軍事費をまかなうため、煙草の生産・製造・販売のすべてを専売制度のもとにおいた。それ以後、紙煙草が一般化し、刻み煙草の嗜好はほとんど消滅に近い状態になった。そして口付き煙草から両切煙草、さてはフィルター付き煙草へと変わるに伴い、喫煙風習も一変した。専売創設の一九〇七年に、数種類の口付きと両切煙草が発売された。具体的には、以下の通りである。「敷島」（口付、二十本入、定価八銭）、「大和」（口付、二十本入、定価七銭）、「朝日」（口付、二十本入、定価六銭）、「山桜」（口付、二十本入、定価五銭）など。『大日本百科事典・第十一巻』（小学館、昭和四十七年七月）を参照。

（5）前出『魯迅の故家』二六五頁。

（6）明治末期には、ドイツ皇帝をまねたカイゼルひげが見られ、例えば明治の文豪の森鷗外がその一人であった。魯迅の留学期の写真を見れば、確かにカイゼルひげを蓄えている。（『大日本百科事典・第十五巻』〈小学館、昭和四十七年七月〉一二三～一二四頁を参照。）

（7）前出『魯迅の故家』二六七～二六八頁。

（8）前出『薬堂雑文』九四～九五頁。筆者訳。

（9）前出『薬堂雑文』九六頁。筆者訳。

（10）黄尊三著・さねとうけいしゅう、佐藤三郎訳『清国人日本留学日記』、東方書店、一九八六年四月、九六～九七頁。

（11）岡崎俊夫「中国作家と日本――郁達夫について――」、『文学』（岩波書店）第二一巻第九号、一九五三年九月。

（12）郁達夫「雪夜――自伝之一章」、『郁達夫文集・第四巻』（海外版）、三聯書店香港分店・花城出版社連合編集出版、一九八二年十一月、九二～九三頁。

（13）山本七平、大濱徹也『近代日本の虚像と実像』、同成社、一九九五年八月。三六、三七、四四頁。

（14）『胡適年譜』（四川人民出版社、一九八九年十二月、二三七頁）による。筆者訳。

（15）周作人「日本近三十年小説之発達――一九一八年四月十九日在北京大学文科研究所講演」、『芸術与生活』二六三頁、（香港）書城出版社。出版時期不明。筆者訳。

（16）前出『郁達夫文集』第四巻九二頁。筆者訳。
（17）周作人「遊日本雑感」、前出『芸術と生活』四八〇頁。筆者訳。
（18）釜屋修「魯迅・モラエス・白鳥・野口――日中文学交流（一九三五）点描――」を参照。伊藤虎丸他編『近代文学における中国と日本――共同研究・日中文学関係史』（汲古書院、一九八六年十月）所収。
（19）前出釜屋修「魯迅・モラエス・白鳥・野口――日中文学交流（一九三五）点描――」を参照。
（20）ジョン・コワリス（Jon Kowallis）著、宮尾正樹訳「米国の魯迅研究について」、『魯迅全集・月報』第十七号、昭和六十一年四月。
（21）川上哲正「一つの比喩から」、『魯迅全集月報・第一四号』三頁、学習研究社、昭和六十一年十一月。
（22）『私の個人主義』（『輔仁会雑誌』大正四年三月号）と『文学論・序』（大倉書店、明治四十年五月）を参照。

第Ⅱ部　魯迅と漱石——その思想と文学の構造的比較

第五章　魯迅の伝記から見た「魯迅と漱石」

——伝記上の関わりをめぐって

はじめに

魯迅（一八八一～一九三六）と漱石（一八六七～一九一六）を思想的文学的に論ずる際、伝記的に二人の間にどのような関わりが存在するかを明らかにするということは不可欠な作業であり、そして今なおそこには探求すべき点が存在する。

従来、日本においても中国においても、魯迅は日本文学（当然漱石との関係も含む）からいわゆる本質的な影響はほとんど受けていないとされてきた。例えば、かつて竹内好が魯迅と日本文学の関係を論じた際、以下のように述べている。「（彼は日本文学を受け入れたとき、）主流を入れなかった。主流とか有名であるという理由で、世界文学からも、日本文学からも、何も入れなかった。かれが日本へ留学していたころは、日本では、自然主義がはやっていた。しかしかれは、日本の自然主義も、フランスの自然主義も入れなかった。（しかも、彼の日本文学の紹介のしかたからも）日本文学にたいしても、かなり厳しい批判の目を持っていたことが想像される」（「魯迅と日本文学」、『魯迅雑記』、世界評論社、昭和二十四年六月、十一頁）。しかし、後に数多くの研究によって、魯迅が明治三十五年からの七年間あまりの日本留学期に、その後の彼の思想と文学の形成にかかわる深い影響を当時の日本文学の思潮から受けていたことが明らかにされている。彼と漱石との関わりもこのような枠組みの中から考えなければならないのである。

さらに、漱石は一九一六年に多くの作品を残して、この世を去ったのに対して、魯迅は日本留学期の文学活動を経て、一九一八年以降中国文壇の大きな存在になり始めた。このように時間と時代のずれが存在しているため、当然ながら魯迅と漱石の間に対等な相互交渉あるいは影響関係はあり得ず、魯迅は一方的に漱石から何らかの形で影響を受けたことになる。

それ故に、究極の目標、つまり比較研究を通じて魯迅と漱石、それぞれの思想と文学の特質及び構造を一層明らかにしようとするための前提として、本章では、「文学」の問題を意識しつつ、限られた資料をできる限り生かし、二人の伝記的な関わり、影響関係を整理、考察したいと思う。

一　二作家の人生における類似点

まったく表面的な偶然なのかもしれないが、魯迅と漱石の生涯を比較すると、多くの共通点が存在していることに気づく。例えば、二人はともに幼少のころ不幸な経験を有している。漱石は養子としての経験をしたし、魯迅は祖父が獄に入ることを原因とする家庭の衰微と、それに伴う世間の冷たさを重ねて味わった。こうした「原体験」はともに魯迅と漱石の個性及び人生観の形成に大きな影響を与えたと思われる。青年時代、二人はともに海外に留学していた。漱石にあっては、「他人本位」から「自己本位」の立場への転換がロンドン留学中にもたらされたという。魯迅の場合、彼の思想の基本は大体日本留学中に形成された。帰国後は、いずれも教員生活をしている。そして、二人はともに処女作によって、一躍文壇で有名になり、文学者の生涯を始めた。漱石は三十九歳の時、『我輩は猫である』（一九〇五年一月～一九〇六年八月）を以って文壇に登場し、魯迅は三十七歳で『狂人日記』（一九一八年五月）を書き上げ文壇の大きな存在になった。以後の文学者としての生涯は中国と日本の国情の相異によって各自の様相を呈したが、知的文学の展開、人間性分析の眼、研究者としての性格などに明らかに共通する面がある。そして、最後に過酷な文筆活動によって、漱石が五十歳で魯迅が五十六歳でこの世を去っている。

魯迅と漱石はほぼ同時代人である。漱石が一八六七年に生まれたのに対して、魯迅は一八八一年生まれである。漱石は魯迅より十四歳年長となる。一九〇二年四月～一九〇九年八月、魯迅は日本で七年四ヶ月の青春を過ごした。一九〇二年一月、魯迅は南京にある江南陸師学堂付設鉱務鉄路学堂を卒業し、四月に官費留学生として海を渡り東京にやって来た。その時、漱石はロンドン留学の最後の時期であり、八ヶ月の後、漱石は日本に戻る。

最初、魯迅は東京高等師範学校校長の嘉納治五郎が中国人留学生の速成教育のため設けた弘文学院に入り、日本語をはじめ各種の科目を勉強し始めた。この弘文学院は直接には漱石と関係がないが、魯迅が日本を受容する過程において、最初の「場」として、重要な意味を持っている。弘文学院については、例えば『中国人日本留学史』などに記述が見られる。また、魯迅の後輩である黄尊三が当時の日記の中で、弘文学院での留学生活を記しており、貴重な「史料」となっている。ここで、関連部分を紹介しておく。

弘文学院は北豊島郡の巣鴨にある。ここは全くの田舎で、景色は良い方だが、開けたばかりで、道路はでこぼこ。学校の設備も、整っていない。この学校は、中国の留学生に補習をするために設けたもので、日本語と普通学科（一般教育）に力を入れている。院長は嘉納治五郎といって、日本で有名な教育家。中国留学生の教育にと

ても熱心で、我国の各省の学生で、この学校に入っているものが、およそ七、八百名。（一九〇五年六月二十四日項）

さらに、六月二十九日の項に、学校の始業式の様子を語っている。

午後二時、始業式。教職員十人余りが列席、嘉納院長が臨席し、歓迎の辞を述べ、続いて弘文学院設立の趣旨を述べた。

「弘文学院は、専ら中国の留学生を教育するために設けられたもので、普通中学のようなものである。学科は日本語と普通学を重んじ、将来、高等学校や大学の試験を受けるための予備校である。中国の学生は、普通学が欠乏しているので、これを補習しないと、高等専門の学問を修めることが出来ない。普通中学のほかに師範科がある。年長の留学生や官吏が短期で学習するために設けられたものである。」

演説はおよそ一時間で終わった。

〈黄尊三著『三十年日記』〈湖南印書館、一九三三年十一月〉。さねとうけいしゅう・佐藤三郎訳『清国人日本留学日記』〈東方書店、一九八六年四月〉によった。〉

魯迅はこのような弘文学院で一年間懸命に勉強し、中国ではなかなか見られなかった社会科学や自然科学、文芸などの書籍を数多く読み、さまざま新鮮なものを吸収し始める。当時の同級生許寿裳は次のように回想している。「弘文学院にいたとき、魯迅はすでにかなりの日本語書籍を購入して机の引き出しに置いていた。例えばバイロンの詩やニーチェの伝記やギリシャ神話やローマ神話などがあった」[1]。そして、翻訳の試みも始めた。今考えると、ずいぶん無謀なことであるが、魯迅自ら次のように述べている。「そのころは、日本語を勉強しはじめたばかりのときで、文法がまたよくわからないままに、いらいらしながら本を読み、意味がよく理解できていないままに、大急ぎで翻訳していた」（「集外集・序言」。岩城秀夫訳）。

魯迅はまず科学知識の紹介及び明治維新以来日本で大量に翻訳された科学小説に興味を持ち始めた。一九〇三年、魯迅二十三歳、日本留学二年目に入ったところで、『中国地質略論』という紹介文を書いて、単行本で出版した。科学小説については、同年、明治十年代から二十年代にかけて、日本で爆発的なブームを巻き起こした、フランスのジュール・ヴェルヌ（Jules Verne, 一八二八～一九〇五）の科学小説『九十七時二十分間月世界旅行』[2]（井上勤訳）を『月界旅行』という題目で中国語に重訳し、同年十月東京進化社から刊行した。そこからは、魯迅の懸命な勉学による日本語の上達の速さが窺える。日本の研究者もこう述べている。「魯迅は数え年二十三歳、日本留学二年めに入ったところだったのだから、その語学力の高さに驚かされる」（興膳宏「魯迅初期の翻訳小説」、『魯迅全集月報・第七号』、昭和六十年四月）。日本に来て、わずか一年余りだったが、例えば、彼の進化論への接近など思想の面でも、当時の日本とかかわりは深い。これについて、周作人は次のような証言を残している。「魯迅がT・H・ハックスリの『進化と倫理』を読んだのは南京にいた時であったが、東京に来て、日本語を学んで始めてダーウィンの進化論が分かるようになった。魯迅は丘浅次朗の『進化論講話』に出会ってから進化学説が一体どういうものかということが分かったのである」[3]。筆者は魯迅の蔵書目録の確認作業を行ったが、結果として、魯迅の蔵書の中に『進化論講話』（丘浅次朗著、東京開成館、明治三十七〈一九〇四〉年）は見出せなかったが、同じ頃刊行された『進化新論』（石川千代松著、敬業社、明治三十六〈一九〇三〉年）が含まれているのを見出した。

弘文学院時代、特にその二年目の一九〇三年から、魯迅は当時日本に流行していた思想、文化思潮から影響や示唆を受け、さらに日本を通じて西洋の様々な思想学説に触れ、自分の視野を大きく広げた。言いかえれば、日本という空間に身を置き、自分の習得した日本語とドイツ語を通じて、外国文化・文学への知識を広め、また関心を深めたのである。さらに、在日中国人留学生の編集した雑誌などを通じて、さまざまな新しい思想学説・科学知識・文芸作品を中国に紹介し、友人と国民性の問題を討論し遅れた中国社会を改造することを目指し、自国民の思想を改造する精神啓蒙活動を始めた。こうした過程の中で魯迅と近代日本文学の関わりも始まった。そして、まもなくイギリスから帰り作家の道をたどった漱石に注目することになる。

二　魯迅の文学的出発期における漱石注目

一九〇四年四月、魯迅は弘文学院速成普通科を修了して、九月仙台医学専門学校に入学した。在学中、人体解剖学を担当する恩師の藤野厳九郎から熱心な指導と親切な援助を受け、その思い出を胸に、晩年に有名な「藤野先生」を書いたことはすでに周知のとおりである。一九〇五年「幻灯事件」をきっかけとして中国人の精神を変えようと決意したことは、後に医学をやめて文芸活動に転じたことに直接に関係していると思われる。一九〇六年三月、魯迅は仙台医学専門学校を退学し、東京に戻り、独逸学協会学校に学籍を置いてから、文芸活動に身を投じた。

この時期、日本の文壇ではちょうど自然主義問題が盛んに議論され、自然主義文学の代表作が次々と世の中に発表されているところであった。魯迅が東京に戻った一九〇六年、島崎藤村（一八七二～一九四三）の『破戒』が出版され、多くの反響を呼んだ。翌一九〇七年、さらに田山花袋（一八七一～一九三〇）の『蒲団』が世に出され、そして、『早稲田文学』『文章世界』『読売新聞』などでは自然主義論が盛んであった。しかし、魯迅は当時流行していた自然主義文学に対して特に興味を示すことはなかったのである。周作人の回想を受けて[4]、竹内好はこう書いている。「当時は自然主義の全盛時代だが、かれは日本自然主義に興味を示さなかった」[5]。一方、文学創作活動を開始したばかりの漱石に大きな関心を向けたことは明確な事実だと言える。これについて、周作人はかなり詳しい記録を残している。

魯迅の日本における生活は、壬寅（一九〇二）から己酉（一九〇九）に至る前後八年の長きに及んだ。しかもその中間の二、三年は、中国人が一人もいない仙台に住み、日本の学生と一緒にくらしたので、彼の語学力は留学生の中でも相当なものであった。だが彼は日本文学には少しも興味を感ぜず、ただ夏目漱石だけに感心して、彼の小説『吾輩は猫である』『漾虚集』『鶉籠』『永日小品』から、無味乾燥な文学論まで全部買込んだ。さらにその新作『虞美人草』を読むために、『朝日新聞』を購読し、その後、単行本が出版された時、又、一冊買った。漱石の外は、ロシア小説を主に翻訳していた長谷川二葉亭と、南欧文学を紹介する上田敏博士に注目していた。この二人が創作を発表すると聞くと、毎日、新聞に連載される『平凡』と『渦巻』の二小説を読んだが、実際は、彼の関心の的は作者であって、作品ではなかったから、その単行本をかおうとはしなかった。彼がなぜ漱石を愛読したかという問題には今は触れずにおく。要するに彼は好きだったのである。その後、彼は日本の文学者数名の小説を翻訳したが、その中で、『クレイグ先生』の訳がやはり最もすぐれていると私は思う。（周遐寿（周作人）著、松枝茂夫・今村与志雄訳『魯迅の故家』二七九〜二八〇頁）

ほかの箇所にも、同じような回想がある。「ただ夏目漱石が俳諧小説『吾輩は猫である』を出して有名であったことに限って、豫才（魯迅の字―筆者）は各巻の印刷本が出るのを待ってすぐに次々と買ってきては読んでいた」（前出『魯迅的青年時代』。筆者訳）。

後に自らの初期の文学活動を回顧した際、魯迅自身も明確に書いている。

当時、もっとも愛読した作者は、ロシアのゴーゴリ（N.Gogol）とポーランドのシェンキェヴィッチ（H.Sienkiewitz）であった。日本のものでは、夏目漱石と森鷗外であった。（「私はどのように小説を創作し始めたか」。吉田富夫訳）

実際のところ、魯迅の生涯の中で、好きな日本作家は漱石だけではなかった。彼は白樺派の有島武郎（一八七八〜一九二三）、武者小路実篤（一八八五〜一九七六）に対しても非常に興味を持っており、芥川龍之介（一八九二〜一九二七）や菊池寛の小説も翻訳したり高く評価をしたりしており、さらに理論家の厨川白村を激賞している。しかし、一九〇六年文芸活動に専念する頃から一九〇九年八月帰国までの、二年あまりの東京滞在の間、魯迅はあくまでも漱石と森鷗外（一八六二〜一九二二）にのみに高い関心を示した。それでは、その時点で魯迅はなぜ漱石を愛読し、どういう点で漱石に共感を感じたのだろうか。

魯迅がなぜそれほど熱心に漱石文学に接近したのかというと、その根本的な理由は、やはり漱石の文学世界に彼の精神的な要求に対応できる要素を見出したことにあったのではないかと考えられる。すでに述べたように、文学をもって社会や人間の精神を改造する理想は、魯迅が医学を捨て、文学に従事しようとした決定的理由である。魯迅自身は次のように述べている。

日本に留学していたころ、私たちはある漠然とした希望を持っていた――文学によって人間性を変革し、社会を改革できると思ったのである。（「域外小説集・序」。藤井省三訳）

さらに、自分の「棄医従文」について、魯迅はこう語っている。

およそ愚弱な国民は、体格がいかにたくましく、いかに頑健であろうと、せいぜい無意味な見せしめの材料と見物人になるだけのことだ、どれだけ病死しようと、不幸だと考えることはない。だから、我々が最初にやるべきことは、彼らの精神を変えることだ、そして精神を変えるのに有効なものになれば、私は、当時は当然文芸を推すべきだと考え、こうして文芸運動を提唱しようと思った。（「吶喊・自序」。丸山昇訳）

そこから出発した魯迅の文芸活動の第一歩は、小説を書くことではなく、鋭く激しい文明批評を世の中に送り出すことだったのである。まさにその文明批評こそ魯迅が漱石に近づく接点であったと思われる。

勿論、漱石の『吾輩は猫である』は様々な角度からいろいろな価値を見出せる作品である。しかし、当時の読み手としての魯迅の心境、欲求から見れば、同時代文明を鋭く嘲笑批判するそのユーモアと笑いこそが自己に必要なものだったのだろう。『吾輩は猫である』は、特に作品後半に至って、単なる滑稽的茶化しではなく、露骨な文明批評的性格を帯びていくのである。漱石はその人間社会の礼儀や習慣になじまぬ猫の目を借りて、衆愚の滑稽な現実を思うさま嘲笑し、暗鬱な日常生活に風穴を開けただけではなく、その時代の文明に痛烈な風刺や批判を投じたのである。例えば、作品の終末近くに、「とにかく此勢で文明が進んで行つた日にや僕は生きてるのはいやだ」（十一）と、苦沙弥が慨嘆するところがあるが、この表現を待つまでもなく、作品の中心が現代文明への激しい呪詛というより、ほとんどその全否定にあることは明白である。とくにそれは物質文明とそれを代表する俗物に向けられる。(6) このユーモアに寄せた痛烈な社会文明批評と言えるものが、おそらく魯迅に大きな共感と反応を呼び起こしたと考えてよいだろう。

この時期、つまり一九〇七〜〇八年の間に、魯迅は当時日本でのさまざまな材料を生かして、「人間の歴史」「科学史教篇」「摩羅詩力説」などの思想啓蒙や文明批評に関する論文を書き、在日留学生の編集した雑誌『河南』に発表し、自分の「文明批評」の姿勢を鮮明に打ち出した。例えば、『文化偏至論』の中では、当時の中国社会の暗くて凡庸な現実、とりわけ西洋文明の表層的な受容、即ち「物質文明」にのみ頼る「偏至」的な同時代文明の病的な有り様を猛烈に非難している。

今日では、翻然と変革を思いたってすでに多くの歳月を経たが、青年たちの考えていることは、大体は古い文物に罪を着せることであり、はなはだしくは中国の言語や文字を野蛮だと排斥したり、中国の思想を粗雑だといって軽蔑したりする。こういう風潮がさかんになると、青年たちはあわてて西洋の文物を輸入して古いものに代えようとしたが、……彼らの主張は物質文明だけに重きをおいている。物質文明を取りいれるのはまだよいが、その実態をみると、彼らが取りいれようとしているものは全く虚偽で偏向しており、役に立たないしろものである。

（「文化偏至論」。伊東昭雄訳）

そのため、魯迅は独自の見識を具えた「文明批評家」を強く期待し、自らも文明批評を試み、ほとんどの文学活動をその文明批評的な態度で貫いた。したがって、魯迅の文学ははじめから文明批評という性格を持っていたと言えるのである。

魯迅の文学者としての出発点における明確な目的性は、彼の日本文学への接近のしかたに対して決定的な意義を有している。つまり竹内好の言うように、「かれは日本文学から、自分にとって本質的なものを選んでいる」（前出『魯迅雑記』十一、十二頁）のである。また、その「本質的なもの」とは、まさに千田九一の指摘するごとく、「多少なりとも、理想を追い求めるもの、理想と現実のくいちがいに苦しく身もだえるもの、生きる希望に燃えるもの、人生の矛盾を直視するもの、そして何より、自分たちの民族の前途や社会の改革にとって切実と思われるもの、――そういった性格の作品に対する選択と吸収をかれら（魯迅と周作人――筆者）はますます強め、深めて行ったのである」（「日本文学と魯迅との関係」、『文学』（岩波書店）第二十四巻第十号、一九五六年十月）。魯迅が当時日本で流行していた自然主義文学に冷淡な態度を見せ、かえって漱石に大きな関心や興味を示した理由は明らかにここにあるだろう。魯迅が自分の文芸活動を行う際、漱石から何らかの示唆を受け、漱石から必要なものを吸収したと考えられる理由はそこにあるのである。

三　「伍舎」という挿話

文学のために、魯迅は医学をやめ、仙台から東京に戻った。そして文壇に登場したばかりの漱石に引きつけられた。彼は漱石の作品に注目し、耽読していくうちに、生活の面でも漱石に関わることがあった。

魯迅は仙台から戻ってのち、一九〇七年春まで東京本郷区湯島町二丁目のアパート伏見館に住み、次に、伏見館近くの中越館に引っ越した。そこでおよそ一年間暮らしたのち、一九〇八年四月から本郷区西片町十番地ろノ七号に移った。

そのろノ七号はかつて漱石が住んだところであった。荒正人氏の『漱石研究年表』によると、明治三十九（一九〇六）年十二月二十七日、漱石は「本郷区西片町十番地ろノ七号（現・文京区西片一丁目十二、三番）に転居する。家賃二十七円（まもなく三十円）。」[7]それから帝国大学と一高をやめ朝日新聞社への入社を経て翌年の九月二十九日、牛込区早稲田南町七番地（現・新宿区早稲田南町）へ転居した。[8]

漱石が転居した半年後、つまり一九〇八年四月八日から、魯迅はその「家」の一員になった。周作人の回想中には転居の由来及び当時の「ろノ七号」の様子が次のように記されている

許寿裳は本郷西片町十番地ろノ七号に、夏目漱石が住んでいた家を見つけて、無理矢理、友人を引張って頭数を揃え、魯迅も引張られて行った（もちろん周作人もはいる――筆者）。総勢五人だったので、門口の街灯に「五舎」と書いた。魯迅は一九〇八年四月八日に転居した。その日は雪が降ったので月日をはっきりと憶えているわけである。その家は確かに立派な家であった。やはり曲尺形で、南に二間、西に二間、どちらも十畳と六畳の大小二室ずつであった。曲がり角の処が玄関で、別に女中部屋が数間あった。（周遐寿（周作人）著、松枝茂夫・今村与志雄訳『魯迅の故家』二五二頁）

この前後の事情について当事者であった許寿裳はかなり詳しい記録を残している。

一九〇八年春、私は東京高等師範の勉強を終えたが、あいかわらず章先生の下で学んで国文を補習しながらドイツ語を習って、ヨーロッパへ留学に行くつもりであった。そのためにいい環境を探そうとしていたところ、ちょうど本郷区西片町に一軒の瀟洒な家を見つけた。そこはもともとある日本人紳士の家で、大阪へ転居するため私に貸してくれたわけである。その家はかなりの規模で、部屋は新しくてきれいで、庭は広く、花草の茂っていることが特に気に入った。家は坂の上にあり、地勢がよく、ちょうど小石川区の大道と平行している。むろん眺めもすばらしい。私は魯迅と彼の弟起孟、銭均夫、朱謀宣に声をかけ、五人が入居した。高大な鉄門のそばの電灯に「伍舎」と書いた。

西片町は有名な学者町であり、一軒一軒ほとんどみな博士であったり大学者であったりした。ただ私たちの一軒だけが五人の学生の同居であった。それでも、私たちは家と庭を非常にきれいに片づけていた。家賃を集金する人は、それを見てとても満足したようだ。西片町から出て曲がると、東京大学の敷地になる。赫赫たる赤門を多くの四角帽子の群が入ったり出たりしていた。

……（「伍舎」を離れるとき）東坡の詩句を真似て『留別伍舎』を書いた。以下のとおりだ。

『荷尽巳無陪雨蓋、菊残猶有傲霜枝』(9)。壺中好景長追憶、最是朝顔哀露時。

（許寿裳『亡友魯迅印象記』二八頁。筆者訳）

この頃、魯迅は日本式の生活にあまり抵抗感はなかったようで、下宿ではよく和机を使い、外出の時にも好んで和服に袴を着用して出かけたそうである。鼻下に髭をたくわえ紺ガスリの着物に袴姿の当時の写真なども残っている。

三十年後、周作人はこう回想している。「私は東京に着いてから、魯迅と一緒に住んだが、私たちの東京における生活は完全に日本的なものであった[10]」。しかし、「伍舎」で十ヶ月位暮らしたのち、結局同居人のそれぞれの事情によって、五人の共同生活は解散することになった。一九〇九年二月頃、魯迅兄弟は同じ十番地のはノ十九号に引っ越した。

魯迅が漱石の住んだ「伍舎」で十ヶ月生活したからといって、その間漱石と関わりがあったとは言えないが、しかし、ともかく魯迅は前年から漱石の『虞美人草』（一九〇七年六～十月）を読むために、わざわざ『朝日新聞』を購読していたし、また、自身次のような証言をしている。「東京の下宿では、我々はたいてい朝起きるとまず新聞に目を通したものだった。学生が読むのは主として『朝日新聞』と『読売新聞』で、三面記事が好きな連中は『二六新聞』（一八九三〈明治二十六〉年～一九四〇〈昭和十五〉年）を読んだ」（「范愛農」。立間祥介訳[11]）。さらに、研究者によって魯迅の散文詩集『野草』に影響を与えたと論じられる『夢十夜』は、ちょうど魯迅が「伍舎」に住んでいた頃、すなわち一九〇八年七～八月に『朝日新聞』に連載されており、この時期の魯迅の漱石に対する関心から考えてみると、魯迅は確実にこの連載を読んでいるはずである。

四　漱石作品の翻訳及び論評

一九〇九年八月、魯迅は七年間の留学生活を終え、中国に戻った。それ以降、彼の周りの状況は日本に滞在したときと大きく異なり、漱石に関わる余裕もあまりなかったようだ。この状態は、一九二三年魯迅と周作人の共訳した『現代日本小説集』の出版まで続いた。

『現代日本小説集』（上海商務印書館、一九二三年六月）において、共訳者としての魯迅がうけもったのは次の六作家十一編である。

夏目　漱石　「懸物」「クレイグ先生」
森　　鷗外　「あそび」「沈黙の塔」
有島　武郎　「小さき者へ」「お末の死」
江口　渙　「峡谷の夜」
菊池　寛　「三浦右衛門の最後」「ある敵討の話」
芥川龍之介　「鼻」「羅生門」

一方、周作人の訳したものは九作家十九編である。(12) 作品を選んだ基準と経緯について、周作人は「序」の中にこう説明している。

私たちの方法は、すでに定評のある人と著作の中から、自分の理解し感受し得るものを選んで、この集に入れることであった。だから、私たちの選んだ範囲はもしかするといささか狭いのかもしれないが、この狭い範囲にはいる人及びその作品はすべて永久の価値をもつものだ。

すなわち、魯迅と周作人の翻訳に際しての作品の選び方は、日本における文壇での一般的評価に基づきつつも、個人的趣味に相当に依拠していたということであろう。その作品に興味を持ったがゆえに、翻訳をし、そして何らかの影響を受けたと推測できるだろう。例えば魯迅の場合、後の「藤野先生」と漱石、特に『クレイグ先生』との関わりはすでに日本の研究者にも指摘されているとおりである。[13]

『現代日本小説集』の巻末には作家の紹介が付されている。漱石に関しては、一般の伝記的事実の紹介以外に、次のようなことが魯迅によって付け加えられている。

……彼が主張したのはいわゆる「低回趣味」で、また「余裕のある文学」とも称した。

（中略）

夏目の著作は想像力は豊かで、文辞が美しいことで知られている。初期に書かれたもので、俳諧雑誌『ホトトギス』（Hototogisu）に載った『坊ちゃん』（Bocchan）、『吾輩は猫である』（Wagahaiwa nekode aru）の諸篇は、軽快洒脱で、機智に富み、明治文壇における新江戸芸術の主流であり、当世に並ぶ者がない。「掛物」（Kakemono）と「クレイグ先生」（Craig　Sennsei）はいずれも『漱石近什四篇』（一九一〇）の中に見え、『永日小品』の二篇である。（『現代日本小説集』付録作者に関する説明」。小谷一郎訳）

「余裕のある文学」について、魯迅は漱石が高濱虚子（一八七四～一九五九）の小説集『鶏頭』（春陽堂一九〇八年一月）のため書いた「序」を引用し、説明している。さらに、魯迅は主に芸術的角度から漱石文学の特徴のようなものを捉えようとしているようで、漱石の小説をいわゆる「新江戸芸術の主流」として見ている。しかし、このような見解は少なくとも中国人文学者としての魯迅の個人的な見方ではなく、あくまでも日本文壇の既成の指摘や評価に即したものだろうと考えられる。周知の通り、『吾輩は猫である』は明治三十八年一月から同三十九年八月まで、雑誌『ホトトギス』に十回にわたって断続的に連載されており、三十八年十二月に、評論家の大町桂月は早くも次のような見解を述べている。

夏目嗽《ママ》石、猫で売り出して、この頃は、文壇のはやりッ児也。『吾輩は猫である』一篇、文壇の単調を破り、寂寞を破りて、在来、未だ曾て見ざる滑稽物也。殊にきはだちて見ゆるは、江戸趣味を解せること也。江戸趣味の特徴とて、軽快洒脱、観察奇警、行文はき〱して、ひりゝと人を刺して、短きものは、お手のものなれど、その代りに、雄大荘重、沈鬱幽玄などの趣は見られず。筋の通りたる大作は出来ず。『吾輩は猫である』は、小説と云へば、小説なれど、唯その日〱の出来事を面白可笑しく書きたるだけにて、まとまりたる筋のあるにはあらず。その高尚にして上品なるが、在来の滑稽物に比して、一頭地を抜く所にして、長所は、即ち茲に在り。

（「雑言録」［無署名］、『太陽』第一一巻第一六号、一九〇五年十二月）

『吾輩は猫である』が発表されてのち、漱石は文壇の内外から注目され、多くの反響を呼んだ。漱石がなくなった翌年、小林愛川（本名加藤武雄、一八八八～一九五六）の『明治大正文学早わかり』（新潮社、大正六年六月）が出されているが、著者は漱石の小説それぞれについて、特徴を抽出している。「その出世作は『吾輩は猫である』の一篇で、これは猫の観察に託して、一紳士の家庭交友の状を細かに描けるもので、その軽快な滑稽的な作風は頗る世を騒がした」。「『虞美人草』や『草枕』はその豊富な才藻を以て世を驚かしたもので、空想の露わな作品である」[14]という。この二つの評論だけ見ても、想像力（空想）、文辞（才藻）、軽快洒脱、江戸趣味というようなことはほとんど論じられているのである。ただ、それまでの漱石評価はおおむね肯定的であったが、しかし基本的に「文章の妙、詞藻の豊富」

のような文章家としての評価であり、近代作家としては必ずしも重くは見られなかった。これらの漱石批評は漱石文学の思想的価値をきちんと把握することができなかったのである。これは同時代批評の限界であったと言える[15]。そのため、漱石は桂月の評論を不快に思い、『吾輩は猫である』続巻で桂月をさんざんからかっている。魯迅の紹介は明らかに桂月の好意的批評だけを取り上げており、「機智に富む」「低回趣味」「新江戸芸術」といった言葉には、明らかに魯迅の漱石に対する好意的評価がこめられていたのである。同時に、魯迅が漱石を翻訳紹介する際、日本文壇における漱石評論、特に同時代批評に依拠したことも分かるのである。

異国の文学者、文学作品を翻訳、紹介する場合、その国の研究者によって一般になされている見解を借りることは当然のことであるが、一方、そうした見解から距離を置き、独自の感覚、評価を語ることも必要である。ところが、漱石については、魯迅は前者の立場に止まっている。

しかし、魯迅の小説、特に『阿Q正伝』の風刺嘲笑、滑稽軽快という特徴を見ると、漱石の『吾輩は猫である』がすぐに思い起こされるのである。魯迅が漱石から一体どのぐらい芸術的な滋養を吸収したかに関しては、明言はできないが、周作人の述べているように、「豫才が後日作った小説は漱石の作風に似てはいないけれども、その嘲笑中の軽妙な筆致は実に漱石の影響を相当強く受けているものであ[16]」る。しかも、その「魯迅の小説から明瞭な『吾輩は猫である』の痕跡が見えないにもかかわらず、そこから多少の影響を受けたことを、生前に魯迅自らも認めているのである[17]」。

おわりに

魯迅の蔵書について日本近代文学者の作品を調べてみると、漱石の作品がかなり目立っている。現在確認できるものだけでも、少なくとも十四冊ある。すなわち、岩波文庫の『坊ちゃん』、新潮文庫の『漫画吾輩は猫である』『漫画坊ちゃん』及び昭和十一～十二年岩波書店版の『漱石全集』十八冊中十一冊が見られる。

魯迅の漱石への指向は文学だけではなく、人格、人生そのものにまで及んだと言える。後のことであるが、かつて北京大学で魯迅の講義を受けた文学者孫席珍は次のように回想している。

魯迅が北京大学で『中国小説史』という講義をしたとき、たまたま夏目漱石のことに触れたことがあるのを覚えている。漱石は現在に執着し人生を愛している。そして、人生に対する態度は一貫して厳粛でまじめなものであり、旅先の食事でさえも決していいかげんなことをしない。汽車に乗るときも船に乗るときもたとえテーブルが小さくても、必ず茶碗、箸などをきちんと並べてから食事をするというのだ。(「魯迅と日本文学」、『魯迅研究・五』、中国社会科学出版社、一九八一年十二月。筆者訳)

以上をまとめると、魯迅と漱石との関わりに関する資料はかなり限られているが、魯迅の思想、人格、芸術の面において、一つの影響要素として漱石から何らかの肯定的影響は否定できないと思われる。例えば魯迅の『阿Q正伝』と『吾輩は猫である』、『野草』と『夢十夜』の間の影響関係はしばしば中国と日本の研究者によって取り上げられているとおりである。即ち、自主的に日本の文化・文学を受け入れた魯迅にとって、漱石は最も大きな存在であったのである。

注

（1）許寿裳『亡友魯迅印象記』、人民文学出版社、一九五三年六月、五頁。筆者訳。

（2）富田仁『ジュール・ヴェルヌと日本』（花林書房、一九八四年）参照。

井上勤訳は、明治十三年十一月初めて大阪にある三木書楼によって出版された。しかし、魯迅が底本とした訳本（東京、自由閣、明治十九〈一八八六〉年九月）では、「米国ジュールス・ベルン氏原著、日本井上勤訳述」となっており、魯迅はこれによって、米国、理査徳・培倫と訳したのである。『魯迅全集』第十二巻二一三頁、藤井省三の訳注を参照。

（3）周作人『魯迅的青年時代』。筆者訳。

『進化と倫理学』（Evolution and Ethics, 一八九四）は、進化論の普及と擁護に努めたイギリスの生物学者ハックスリ（一八二五～一八九五）の著作である。魯迅が読んだのは、一八九八年出版された『天演論』を題名とする厳復による中国語訳であった。

（4）「魯迅に関しての二」という回想文の中では、周作人は次のように記している。「島崎藤村などの作品は全然顧みず、自然主義盛行時代にも、田山花袋の『蒲団』と佐藤紅緑の『鴨』とを一読したきりで、あまり興味は感じなかったらしい」。周作人著、松枝茂夫訳『瓜豆集』三〇〇頁。

（5）竹内好「魯迅文集・第一巻〈解説〉」、竹内好訳『魯迅文集・第一巻』、四四九頁。

（6）上田正行「『我輩は猫である』試論」、『漱石作品論集成第一巻・我輩は猫である』、桜楓社、一九九一年三月、一二三頁。

（7）荒正人『漱石研究年表・漱石文学全集〈別巻〉』、集英社、昭和五十一年十月、二六四頁。

（8）前出『漱石研究年表・漱石文学全集〈別巻〉』によれば、漱石が西片町を離れた理由の一つは、「西片町の家主が最初は二十七円まもなく三十円にし、さらに十月から三十五円に値上げるというので憤慨していた」からという。後に魯迅たちがそこから引越した理由も主に家賃の高いことにあるようである。ただ、家賃の具体的な金額は不明である。「伍舎」の存続はたいへん長いもので、一九八二年冬になってやっと老朽化のため取り壊された。これについて、「魯迅全集・第一号」（昭和五十九年十一月）を参照。

（9）中国の宋代の詩人蘇軾（一〇三七～一一〇一）の「贈劉景文」中の二句である。全詩は以下のとおり。「荷尽已無擎雨蓋、菊残猶有傲霜枝。一年好景色君須記：正是橙黄橘緑時。」『蘇軾詩選』、人民文学出版社、一九五七年十二月、二二三、二二四頁。

（10）周作人『薬堂雑文』九四頁。

（11）明治後半の大衆報道新聞。一八九三年（明治二十六）秋山定輔が創刊したが、経営振るわず、二年足らずで休刊した。しかし、一九〇〇年二月復刊するや、三井財閥攻撃、天狗煙草の岩谷攻撃、向島の労働者懇親会、廃娼問題などセンセーショナルな企画を打ち出し、たちまち都下一、二を争う部数に至ったが、一九〇四年、秋山の露探事件（彼がロシアのスパイだというもの）が起こるころから下降の道を辿り始め、大正政変の時は、桂の同志会側について民衆の襲撃を受けた。たびたび発行禁止を受け、題号も、東京二六――二六新報――二六新聞――世界――二六新報と変わったが三流紙の域を脱せず、四十年（昭和十五）九月十一日廃刊した。『大日本百科事典・第十八巻』（小学館、昭和四十七年七月）参照。

（12）周作人の訳した十九篇は以下のとおり。
国木田独歩「少年の悲哀」「巡査」
鈴木三重吉「金魚」「黄昏」「写真」
武者小路実篤「第二の母」「久米仙人」
長与善郎「亡き姉に」「山の上の観音」
志賀直哉「網走まで」「清兵衛と瓢箪」
千家元麿「深夜のラッパ」「バラの花」
江馬修「小さい一人」
佐藤春夫「私の父と父の鶴の話」「黄昏の人間」「形影問答」「雉のあぶり肉」
加藤武雄「郷愁」

（13）代表的のものとして、平川祐弘「クレイグ先生と藤野先生――漱石と魯迅、その外国体験の明暗――」（『新潮』第七〇巻第二号、昭和四十八年二月）などが挙げられる。

（14）小林愛川『明治大正の文学早分かり』（文章入門叢書二）、新潮社、大正六年六月、九一～九三頁。作者の小林愛川は、当時の新潮社の編集部におり、「文章倶楽部」を主宰し、ひろく日本文壇を文壇的常識を持って見渡していた若い小説家、加藤武夫であった。

（15）石崎等「夏目漱石研究史大概」、『群像　日本の作家一　夏目漱石』、小学館、一九九一年二月、三六七、三六八頁。

（16）前出『瓜豆集』三〇〇頁。

（17）前出『魯迅的青年時代』五八頁。筆者訳。

第六章　中国と日本における「魯迅と漱石」研究の史的考察
――その半世紀の歩みについて

はじめに

魯迅と漱石とを比較対照して研究するという比較文学的テーマは、日本においては、早くも四十年代から中国近代文学研究者、魯迅研究者の手によって取り組み始められた。しかし、七十年代までに得られた成果は限られたものであり、本格的な研究があらわれたのは七十年代以降、特に八十年代に入ってからである。また、研究者についても従来の中国文学分野のみならず、日本文学分野の研究者も加わるようになった。具体的な研究としては影響関係の実証的な考察がほとんどであるが、実際に影響関係があまり見られなくても、作品論・文学論のレベルでのびやかに両方の作品を味わい、作品間の共通点や相違点を対比する研究があらわれた。

一方、中国においては、魯迅と漱石の比較研究は基本的に魯迅と外国文学との関係の一環として取り上げられてきた。その始まりは中国における社会情勢に関連して遅れ、八十年代の初頭になってやっとあらわれた。発表された研究論文としては、魯迅がどのように漱石に関わっているか、どのような面で漱石から思想的文学的な影響を受けたかという問題を中心として概略的に考察したものがほとんどである。日本についての資料不足及び研究者の問題意識や研究方法が日本と異なるため、事実を徹底的に調査、究明する考察と綿密な作品論に基づく構造的比較研究には、すぐれたものがなかなか見られないのが今の現状である。

「魯迅と漱石」に関する研究は、中国と日本という異なった空間でそれぞれの状況の影響の中さまざまな様相を示しながら、いくつかの段階を経、少なくとも半世紀の歴史を持って今日に進んできた。研究史の長さに比べ、その研究の量は決して多くはない。しかしながら、その整理、考察はこれまで一度も行われてはこなかった。本章では「魯迅と漱石」に関する参考文献を網羅的に読解し、今後、どんなレベルでどのような方法を持って魯迅と漱石との比較研究を行うべきなのか、そしてどのように魯迅と漱石との比較を通じて、魯迅研究及び漱石研究に新しい視点を提供できるのかということを考えながら、これまでの日本と中国における「魯迅と漱石」の研究史を振り返り、その研究の変遷発展の軌跡を描き出し、すでに解決したあるいは解決に近い問題や現時点における問題点を明らかにするとともに、今後の研究課題への展望を試みようと思う。

一　残された資料の確認

まず、現在確認の可能な魯迅と漱石の実際の関わりに関する資料から始めよう。

魯迅と漱石の関わりは、主に魯迅の日本留学期（一九〇二～〇九年）の後半（一九〇六～〇九年）に集中している。その頃、魯迅は予備学校に当たる東京弘文学院を経て、仙台医学専門学校に入り、二年足らずで医学を辞め、再び東京に戻り、もっぱら文芸活動に従事するようになっていた。いわゆる彼の文学者としての生涯の開始期である。現時点では、魯迅が文芸活動のスタートから漱石と何らかの関係を有していたことはすでに疑いのないものと言っても良い。

しかしながら、この魯迅と漱石の問題だけでなく、これまでの魯迅の伝記において、一番欠けていたと感じられるのは、まさに彼が一九一七年の文学革命に参加する以前の事跡であり、特に日本における生活、文芸活動がはっきりしていなかった点である。[1] それは弟周作人と比べると、まったく対蹠的である。周作人の場合、自ら日本留学（一九〇六〜一九一一年）について数多くの資料（証言、回想、日記、書簡）を残しているのに対して、魯迅はわずかの「片言隻語」しか書き残していないのである。しかし、幸いにも、弟周作人によって貴重な証言が残されている。

以下、現在確認のできるものを総括的に示す。

（一）魯迅自身の証言

一九三三年三月、「私はどのように小説を創作し始めたか」という文章の中で、魯迅は日本留学時の自分の愛読した外国作家を挙げて、こう語っていた。

当時、もっとも愛読した作者はロシアのゴーゴリ（N.Gogol）とポーランドのシェンキェヴィッチ（H.Sienkiewitz《ママ》）であった。日本のものでは、夏目漱石と森鷗外であった。（吉田富夫訳）

そして、日本から帰国した後の一九二三年六月、魯迅と弟の周作人が共訳した『現代日本小説集』が「世界叢書」の一つとして、上海の商務印書館から出版された。その中には、魯迅の訳した漱石の『懸物』と『クレイグ先生』、そして魯迅の書いた作者漱石の紹介[2]が収められている。それを通じて、少なくとも魯迅の漱石「観」あるいは漱石への対応の仕方の一端が見えてくると思われる。

（二）周作人の証言

魯迅自身の記録より詳しいのは弟の周作人の回想である。一九〇六年七月、母親の意志にしたがって魯迅は一時結婚のため帰国したが、そのわずか数日後、周作人を連れてまた日本に戻ってきた。それから一九〇九年の帰国まで、周作人は魯迅と起居をともにし、魯迅の文学活動の最大の協力者ともなった。後日、魯迅の日本留学期における生活ぶり、文学活動などについて、周作人は最も詳細な証言を残している。例えば、「留学の回想」の中で、こう語っている。

私は初めて東京に行ったとき、魯迅と一緒に住んでいた。私たちの東京での生活は完全に日本化したものであった。（中略）私たちは普通の下宿に住んで、四畳半の一部屋には、本箱の他に一台の文机と二つの座布団しかない。学校に通うとき、学生服を着るが、ふだんは和服に袴をつけてそして下駄を履くばかりである。雨がふる場合、たまに革靴を履くが、後に私も下駄を履くようになってしまった。一日に下宿で二食で、学校のある時は、弁当を持っていく。（中略）要するに、衣食住の各方面で私たちはすべて日本的な生活をしていた。それには不便とかをあまり感じていない、逆になれたら楽しくなるのである。（『薬堂雑文』九四～九五頁。筆者訳）

魯迅と漱石との関わりに関連するものは以下の通りである。

その一、一九三七年十一月、すなわち魯迅が亡くなった一年後、周作人は「魯迅に関しての二」という回想文の中で、二十年前の東京時代の魯迅が漱石文学に接したことについて、次のように記している。

日本文学に対しては、当時は少しも注意せず、森鷗外・上田敏・長谷川二葉亭等、殆どその批評や訳文のみを重んじた。ただ夏目漱石は俳諧小説『吾輩は猫である』を作って有名であったので、豫才（魯迅の字――筆者）はそれが単行本になつて出るごとに買って読み、又『朝日新聞』に連載されていた『虞美人草』を毎日熱心に読んでいた。しかし島崎藤村等の作品は全然顧みず、自然主義盛行時代にも田山花袋の『蒲団』と佐藤紅緑の『鴨』とを一読したきりで、あまり興味は感じなかったらしい。豫才が後日作った小説は漱石の作風に似てはいないけれども、その嘲諷中の軽妙な筆致は実に漱石の影響を相当強く受けているもので、その深刻沈重なる処はゴーゴリとシェンキエヴィチから来ている。（前出周作人著、松枝茂夫訳『瓜豆集』三〇〇～三〇一頁）

また、『魯迅の故家』には、より詳しく記されている。（一三五頁の引用を参照）

魯迅の漱石受容に関して、次のような証言もある。「魯迅の小説から明瞭な『吾輩は猫である』の痕跡が見えないにもかかわらず、そこから多少の影響を受けたことを、生前に魯迅自らも認めているのである[3]」。

魯迅の東京における生活に立ち会った人は、周作人の他に、友人の許寿裳、銭玄同（一八八七～一九三九）などがいるが、銭玄同はほとんど回想を残さずして死去し、許寿裳のものは戦後二三出版されたが、いずれも断片的で、まとまったものとしては、さきの周作人の回想文及び『魯迅の故家』、『魯迅小説中の人物』及び『魯迅の青年時代』三冊中のエッセイ数編しかない。もちろん、東京における二年あまりの間、兄弟として、周作人はずっと魯迅と一緒に住んで、一緒に文学活動もしていた。彼は魯迅を一番よく知っていた。これについて、周作人自身も自慢している。「魯迅の学問と芸術との来源は外の人に知られていないことが多々あり、弟（周建人）は当時まだ幼くて聞知しなかったし、本人が死んでしまった今日、私の知っている所は既に海内の孤本となり、記録しておくに値すると確信するからである。事は微細であるが虚誕でない、世の識者は必ず取られる所があろうと思う[4]」。しかも、周作人自身も、後に中国新文学の中で重要な位置を占める文学者となり、彼の経歴、温和な性格、そして過去を回想する文章における淡々として穏やかな筆致などによって、彼の回想は信頼性の高いものとされている。この点について、日本の研究者も気づいており、「弟の周作人も一九六七年になくなってしまった以上、あまり信頼できる情報源はもうそうないのかもしれない」（平川祐弘「クレイグ先生と藤野先生――漱石と魯迅、その外国体験の明暗――」、『新潮』第七〇巻第二号、昭和四十八年二月）と述べている。今日魯迅と漱石の実際的な関係を考察する際、魯迅自身の片言隻語を除けば、周作人の証言はほとんど唯一のものとして、不可欠で貴重な資料として取り扱われ、しばしば研究者に引用されるようになった。

（三）他の人による回想

かつて北京大学で魯迅の講義を受けたことがある文学者孫席珍は一九八一年に書いた「魯迅と日本文学」の中で次のように回想している。

魯迅が北京大学で『中国小説史』という講義をしたとき、夏目に触れたことがあることを覚えている。漱石は現在に執着し人生を愛している。そして、人生に対する態度が一貫してまじめなものであり、旅先の食事さえも決していいかげんなことをしない。汽車に乗るときでも船に乗るときでもテーブルが小さいにもかかわらず、必ず茶碗、箸などをきちんと並べて食事をしたという。（筆者訳）(5)

二　戦後日本の魯迅研究ブーム

「魯迅と漱石」というテーマについては、日本人による研究の方が中国より早く始められた。周知のように、日本においては、戦後から五十年代のなかばまで、魯迅が広く読まれ、そしてさかんに論じられ、「魯迅と漱石」の研究もその一つの課題として行われたのである。その理由は、中国文学研究者の丸山昇が指摘しているように、「魯迅への日本の読書界の関心を高めたのが何であったかといえば、中国革命の成功、中華人民共和国の建国によって、日本の進歩的人士の中国への関心が高まった……特に魯迅に限定していえば、やはり竹内の影響が大きかったといわねばならない」[6]。また、竹内好の魯迅論、現代中国論について、氏は次のように述べている。

魯迅は竹内によれば、日本の「近代」とは異質の近代を実現した中国の特徴を体現する文学者・思想家であり、それ自体、日本近代に対する批判であり、鏡なのであった。竹内によるこのような魯迅像が、戦後まもない日本で、大きな影響力を持ったのは、あの戦争をもたらすことになった日本「近代」とは何であったのかをふり返り、またそれを阻止し得なかった側の弱点は何であったのかを真剣に考え、また逆に、あの戦争を通して新中国として再生した中国に対する驚きと敬意をいだいていた日本の人びとの心を、それがとらえたことであったろう。[7]

竹内好の魯迅論における魯迅及び中国文学への傾倒は、単なる紹介者のそれではなく、中国の歴史と文学、とくに魯迅の文学精神と処世を学ぶことによって、日本の文学・思想の根源的改造を希求するという熱烈な志向に貫かれていたと言えよう。そのような時代的雰囲気の中で、魯迅と漱石というテーマが含まれる魯迅研究が数多く出始め、そしてほとんどは魯迅に対する肯定的かつ礼讃的な方向に向かっている。これは後の魯迅研究との大きな相違点とも言える。

魯迅と漱石に関しては、早くも五十年代に「漱石と魯迅」（『日本文学』第三巻第四号、一九五四年四月）というタイトルの論文が出ている。論文はまず漱石と魯迅の間に多くの共通点のあることを注意している。「生い立ち、貧窮の中の学問、留学の結果としての民族的自覚、知的文学の展開、人間存在の尊厳に対する意識、世相批判と人間性分析の眼、文筆稼業に対する割り切った考え方、研究的性格と啓蒙的性格等々――これらの一つ一つに共通するものがある」と強調している。具体的には、「両者の共通点のうち、二人の初期の文学精神において重要な地位を占める寂寞と吶喊について近代精神史研究の立場から考察し、民族形式検討のための一問題を提起」した。また、「日本文学と魯迅」（千田九一、『文学』第二十四巻第十号、一九五六年十月）という論文は直接に「漱石と魯迅」と名付けてはいないが、周作人の回想を手がかりとして、魯迅と日本文学の関係、特に漱石も含む日本文学翻訳、受容について概略的に考察している。そして、竹内好の魯迅論と同じように、魯迅の日本文学受容の仕方に注目している。

かれら（魯迅と周作人――筆者）の日本文学紹介の態度が、いかに真摯で自主的なものであったかがよくわかる。多少なりとも理想を追い求めるもの、理想と現実のくいちがいに苦しく身もだえるもの、暗い現実からの脱出をはかるもの、生きる希望に燃えるもの、人生の矛盾を直視するもの、そして何より、自分たちの民族の前途や社会の改革にとって切実と思われるもの、――そういった性格の作品に対する選択と吸収をかれらはますます強め深めて行ったのである。

著者の把握した魯迅の日本文学受容の重要な特徴は同様に魯迅の漱石受容にも現れている。
また、一九五五年に、つまり山本東作の「『クレイグ先生』と『藤野先生』」と永島靖子の「『阿Q正伝』と『坊ちゃん』」という直接に魯迅と漱石の作品を比較文学的に論じる二本の論文が『魯迅の友会会報』（一九五五年十一月）に掲載されている。

三　六、七十年代の日本での研究

五十年代後半から、日本及び中国の社会、政治、文学の状況がかなり変わったことによって、日本の研究者は次第に中国と日本との現実の差を自覚して、魯迅や中国文学に対する直接的な共感のみに頼っている訳にはいかず、もっと冷静に学問的に魯迅を考えるようになった。「魯迅と漱石」に関する具体的な問題を考察した研究を見ると、魯迅の「藤野先生」と漱石の『クレイグ先生』の関係が長い間研究者たちの関心を呼んでいた。七十年代に入って、それに関するすぐれた研究が日本人研究者によって発表された。それは広い視野にたって夏目漱石とクレイグ先生、魯迅と藤野先生との関係に取り組んだ論文『クレイグ先生と藤野先生——漱石と魯迅、その外国体験の明暗』（『新潮』第七〇巻第三号）である。

論文は一九〇頁に達する長文であり、「夏目漱石とクレイグ先生」「魯迅と藤野先生」「魯迅と漱石先生」の三部で、構成されている。作者自ら述べているように、論文は単なる比較文学研究だけでなく、「後進国の近代化とその心理の一研究として」、さらに「幅の広い比較文化史的な枠組の中で」漱石の英国留学と魯迅の日本留学を再考し、「漱石と魯迅の並行伝を試みてみた」ものである。作者は二人の共通点、例えば「後進国の出身者が先進国へ留学して、そこで覚える人種的・文化的な劣性コンプレクスの問題」、二人のそれぞれの自分の先生に対する「情合」などを論じた上で、さらに魯迅の日本留学についての資料の乏しさを越えるために、「漱石のイギリス体験を一つの参照基準として、魯迅の日本体験を見直した」のである。漱石とクレイグ先生、魯迅と藤野先生について綿密な考察を行った他に、魯迅の「藤野先生」と漱石の『クレイグ先生』の関係に関しても、次のような見解を示している。

魯迅の『藤野先生』は漱石の『クレイグ先生』に刺戟されてできた作品なのではなかろうか、『藤野先生』は『クレイグ先生』の創造的模倣なのではあるまいか、という推定である。

魯迅は『クレイグ先生』から感情の上で刺戟を受けて、同一の枠組みを借りて自分の作品である「藤野先生」を創ったので、その関係は刺戟伝播といってよい心理現象だろうと思う。

この見解は、後に中国の研究者にも受け入れられるようになった。(8) この論文は種々の意味でさまざまな問題を提起した大作であり、後の魯迅と漱石の比較研究に大きな示唆や影響を与え、これ以降同じ方向で同じ課題を研究する論文、あるいはそこから示唆を受け、提起された問題を具体的に探究する研究が複数あらわれたのである。

七十年代の後期から八十年代の半ばまで、日本の「魯迅と漱石」研究は新しい段階に入った。それは二種類の魯迅と漱石に関する比較研究の専門書が世の中に送り出されたことに示されている。それは檜山久雄の『魯迅と漱石』（第三文明社、一九七七年三月）と藤井省三の『ロシアの影——夏目漱石と魯迅——』（平凡社、一九八五年四月）の二冊である。

『魯迅と漱石』の構想について、著者檜山久雄は次のように説明している。魯迅の思想を見ると、東洋の近代化、すなわち東洋という独自な場での近代の創出という課題が、彼の心の奥にひそんでいると言ってよい。一方、日本の場合、圧倒的な模倣文化に目を曇らせることなく、さらには自分の文学によって自前の近代を創出しようとした文学者はほとんど夏目漱石しかいなかったのである。そのため、「魯迅という中国の文学者をとおして東洋における近代の問題を考えているうちに、東洋的近代の創出という私の問題関心にふれてくる日本の文学者として、夏目漱石が浮かんできた」。そのため、「東洋的近代の創出という自分の仮説に基づいて、課題を共有した二人の営為の跡を検証し」、「同じ課題を彼らがそれぞれにどのように追究し深化させていったかを検証する」ことにした。つまり、著者の意図は、魯迅と夏目漱石の文学の検証を通じて、彼らの東洋的近代化の創出という課題への対応を構造的に解明しようとすることにあったと言える。

著者は具体的にいくつかの問題点を提起している。例えば、魯迅と漱石は「異人種の思想」からではなく、あくまで自分たちの現実から出発して自前の近代を創出しようとした作家であり、その現実を表現するのに「異人種の思想」をそのまま借用しなかったと論じている。そして、日本留学時代の魯迅がなぜ漱石にひかれたかについて、「おそらく魯迅は、そのような漱石の姿勢のなかに、あくまで中国の人生に固執した自分の経験に照らして、ある親近感を覚えたのにちがいない」と推測している。さらに魯迅と漱石の思想的相違について、次のような見解を打ち出している。「魯迅の文学にあって漱石の文学にない最大のものは、革命という発想である。魯迅にとって近代の実現は革命抜きに考えられないのにたいして、漱石における近代の志向には革命という断絶の契機は含まれていない」。この考えは後に反撥をもまねいている。なお、自己解剖について、「魯迅の自己解剖は、あくまでも社会化された自己の分析・解剖であって、その奥にある個人の深層にまではとどかない」と指摘している。

当然ながら、本書の結論についてはなお具体的に検討すべき点があるだろう。しかし、統一的視点の下で、単なる影響関係にこだわらず、構造的な立場から二人の文学者の近代化への対応を本質的に究明しようとしていること自体は魯迅と漱石の比較研究にとって大きな意義があり、他の研究者にも大きな示唆を与えたと思われる。

『ロシアの影――夏目漱石と魯迅――』は、著者藤井省三の説明によれば、次のような基本的認識に基づいたものである。「漱石と魯迅は、ともに日露戦争後の状況において東洋がいかなる近代を創出すべきかという自らの思想的課題を自覚し、これを文学の領域において、もっともラディカルに追求した文学者であった。二人の思想的営為において、個の主体性の確立は大きな問題であったし、また状況に対する深い洞察は二人をして内面世界の孤独に導いたのである。このような漱石と魯迅の視界に捉えられた先駆的営為がアンドレーエフ文学であったのだ[9]」。具体的には、明治日本の文学風土にあって、漱石は早くからアンドレーエフ文学の本質を見抜いていた。それは漱石において「文明の革命」というテーマが一貫していたからである。漱石の日本近代に対する批判的視座が確立されるのは、代表作『それから』においてであるが、この作品こそ最も色濃くアンドレーエフの影響を受けたものなのである。一方、一九〇二年日本に留学して以来、魯迅は中国の社会状況に強い関心を抱き続け、ロマン派詩人論を軸とした独自の文学論を展開しつつ近代的自我の発見へと進む。その過程で遭遇したのが孤独な内面世界を描いたアンドレーエフ文学であった。

また、これまで漱石については則天去私説が、魯迅については革命の聖人といった硬直した評価がなされてきたが、著者はアンドレーエフの受容を中間項として、漱石と魯迅の文学的営為を比較研究するという新しい角度からの接近を試みている。ただ、本書はあくまでも主として直接に漱石と魯迅を比較することではなく、むしろアンドレーエフへの対応を通して、間接的に二人の思想的文学的営為を比較した研究になっていると言えよう。本書に対して、後に反発する見解も出されてきたが、しかし、著者の「漱石と魯迅を覆う神話のヴェールを取り去り」「両者の文学的思想的営為の真相を認識」しようとしたことが学問研究にとっては重要なことだろう。

四　八十年代以降の進展

中国では、魯迅と日本文学との関係についての研究のスタートは非常に遅れたが、しかし日本人による研究には早くから注意を払っていた。例えば、魯迅生前の一九三一年には、中原野昌一郎という人の、魯迅と金子洋文を対比的に扱った内容を含む「中国新興文芸と魯迅」（唐生訳、『山東省立第三師範旅平校友会季刊』創刊号、一九三一年十月十日）がすでに翻訳され、中村光夫（一九一一〜一九八八）の「魯迅と二葉亭」（陳鉄光訳、『西北風』半月刊一九三六年第八・九・十号）も一九三六年に中国に知られ、そして一定の反響を呼んだ。ただ、中国の研究者による魯迅と日本文学についての専門研究はなかなか現われず、八十年代に入って、ようやくこうした状況に変化が生じた。

孫席珍の「魯迅と日本文学」は、はじめて正面から魯迅と漱石の関係問題に触れたものと言える。彼の論文には、魯迅が漱石の『懸物』と『クレイグ先生』を翻訳したことをはじめとして、その経緯、作品の粗筋などが紹介され、後日の「藤野先生」が何らかの形で『クレイグ先生』と関わっているではないかという判断が示されている。特に魯迅はなぜ漱石の「余裕のある小説」という主張に興味を示したかについて、魯迅の見解を引用して、自分なりの理解を提出し、興味深い結論を出している。「魯迅は〝〈余地を留めざる〉空気にとりかこまれては、人々の精神もたぶん小さく押しひしがれてしまうだろう〟と述べ、……〝人々が余裕の心を失うか、無意識のうちに余地を留めぬ心ばかりを持つようになれば、その民族の将来はおそらく憂えるべきものだ〟という結論を下した。ここで、魯迅がこのような高いレベルで〝余裕〟の意義を捉えたことをわれわれはよく吟味しなければならないのである」[10]。確かに、魯迅のこのような考えが漱石に対する共感を生じたきっかけになったかもしれない。しかし、この論文の重点は資料の掘り起こしや詳細な考察と論証になく、自分の思いに即して、感想風な論を進めることで終わっており、厳密な論証はなされていない。

戦前に日本に留学した体験のあった林煥平は「魯迅と夏目漱石」（『魯迅研究』一九八三年第三期）という論文の中で、魯迅と漱石のそれぞれの時代、生活、思想を論じ、はじめて「魯迅と漱石の気質と天分は非常によく似ている」が、「この二人の作家を生んだ社会環境が甚だしくちがっているところから」二人の相違点が形成されたという見解を示している。作品の面で、二人の異なった個性に触れるとともに、「坊っちゃん」の清と「阿長と山海経」の阿長の共通性に注目した。特に『夢十夜』と『野草』の関係の比較問題を提起し、「両者はともに象徴的手法で書かれた散文詩である。そして両者はともに夢幻の世界を描くことに重点をおいている。また両者はすぐれた作品であるがかなりわかりにくい内容を有している。これは共通したところである。両者にえがかれている夢幻の世界は同じではない。これが相違点である。しかし両者の関係を研究するには頗る興味がある」。作者はこうした点について綿密な追究が出来てはいないが、一つの重要な問題の提起をなし、これにより後の研究の端緒が開けたと言える。こうした理由か らか、論文は発表の翌年、日本でもすぐに翻訳がなされたのである。(11)

一九八五年、中国では『魯迅と日本文学』（劉柏青著、吉林大学出版社、一九八五年十二月）をタイトルとした専門研究書がようやく世の中に送り出された。同書では、青年期の魯迅の思想と日本、青年期の魯迅と日本のロマン主義文学、魯迅と白樺派作家、魯迅と厨川白村、魯迅と日本新思潮派作家、魯迅と日本プロレタリア文学など、さまざまな問題について、整理・検討が加えられ、魯迅と日本に関する問題についての総合的な成果が挙げられた。同書の第三章「魯迅と夏目漱石」には、それまでの中国と日本における関連資料や研究成果を網羅的に吸収した上で、魯迅と漱石の関係について整理を試みている。そして、『阿Q正伝』と『吾輩は猫である』、『野草』と『夢十夜』の概略的な比較を通じて、魯迅がどのように漱石から影響を受けたかを明らかにしようとしている。また、魯迅文学と漱石文学の異質性に関しても見解を述べている。しかしながら、限られたスペースの中で、様々な問題に触れたため、より詳しい考察や深い追究に至らなかったのが実情だと言えよう。

九十年代以降、資料発掘がほとんど限界に達した状況の下、若手研究者たちはなんとか研究の沈滞した局面を破って新鮮な風を吹き込もうと新たな探求を始めた。発表された論文から見ると、彼らのアプローチは限られた資料の解説の反復でもなく、単純な影響研究でもなく、より文学理論的な次元で魯迅と漱石の比較を通じてそれぞれの作品を味わい、新説を引き出した上で、自分の主張を発展、昇華させようとする点が顕著な特徴と思われる。

程麻の「夏目漱石の風刺精神と魯迅の能動的文学観――文学における倫理的効能優勢について」（同氏の『溝通と更新――魯迅と日本文学の関係の考察』、中国社会科学出版社、一九九〇年）は、当初、青年魯迅が漱石の『吾輩は猫である』に魅了された内的思想原因は単に漱石の低回かつ俳諧的特徴と風刺的趣味にあるだけではなく、むしろ漱石の文学における倫理的効能を重視する能動的文学観に強い共感を感じたからであるという。さらに著者は魯迅と漱石の文学観に大きな共通点があるとし、次のように語っている。魯迅と漱石はともに文学が社会生活に直面すべきであるという信念を抱いており、「ともに人間の精神と社会生活との間の矛盾を表現しようとし、さらに人間の魂を改造することを通じてその矛盾を解決し、社会の現実を進歩させることを追求した。（中略）文学の倫理的効能を強調することは魯迅と漱石が近代東方で起こした文学観念の変革であり、彼らの文学における関係中最も根本的なものである」。この見解にはある種の新鮮さが感じられるが、如何に漱石の文学観の特質を正しく把握するのかという点で問題がある。著者は魯迅と漱石の文学観に共通点を見出しているが、筆者にとっては、そこにこそ二人の文学認識の重大な相違点が存在しているではないかと感じており、また、このような文学観は初期以後の漱石の作品を考えると、かなり変化

したのではないかと断ぜざるを得ないのである

同じ文学思想の問題であるが、王向遠の「〝余裕〟論から見た魯迅と夏目漱石の文芸観」（『魯迅研究月刊』一九九五年第四期）は、魯迅が〝余裕〟論という点で漱石文学を捉え、さらに漱石から〝余裕〟という用語を借り入れ、自分の文芸観を表す重要な概念として利用したと述べる。魯迅と漱石における〝余裕〟の意味について、「魯迅と漱石にとって、〝余裕がある〟というのは一種の審美的感情、審美的態度であり、つまり主体を自由自在の精神的優位に位置させ、客観的な描写対象に対して、その内部に入りこむことも、外部から客観視することもでき、あせらずあわてず、軽々とその本質を見定め、対象を精緻に描写することである」と述べ、全体的に説得力ある論文だと思われる。

文学思想（文学観）についての研究の他、『野草』と『夢十夜』の比較が依然研究者の関心を呼んでいる。その理由はやはり両作品の間に「夢」という点で類似性があるからだろう。一九九一年、最も権威ある全国誌『文学評論』に「魯迅と漱石の散文詩に関する比較研究」をテーマとした論文が発表されたが、その論点は『夢十夜』と『野草』の異同に集中している。その後、「魯迅の『野草』と夏目漱石の『夢十夜』——散文詩の文体的比較[12]」が、同じ散文詩としての芸術手法の面、例えば夢の語り、仏教文化に関連する象徴、「虚無」の体験、死亡のイメージという点で両作品の共通性を捉えており、最終的に『野草』の力強い文体と『夢十夜』の朦朧さや冷静さに長じた文体がともに東洋的なものだと結論づけている。これらの論考にはいくつかの新鮮な見解が示されているが、具体的な論証はなお不十分ということが一つの問題点だと思われる。

八十年代以降、日本における「魯迅と漱石」の研究（当然在日中国人研究者の日本語による研究も含まれる）は、さらに進み、より多様でかつ柔軟な視角からの研究、例えば翻訳論、表現論、思想論による研究が相次いで出された。「魯迅の『クレイグ先生』——中国語訳に就て——」（林連祥、『比較文学研究』四一、一九八二年四月）は、題名の示すように翻訳論の角度から魯迅の行った日本語から中国語への『クレイグ先生』の翻訳本文に即して、精密に是正と批判を行った。今日の立場から見ると、その魯迅の中国語訳文に対する分析と批判には納得できると思われる部分も存在するが、しかし、言語自体が固定的なものではなく常に流動性変動性を有しており、かつ翻訳はさまざまな文化的な要素にも関わって単なる言葉の置きなおしだけでないことを考えれば、この論文における文化感覚や歴史感覚の不足という問題点を指摘せざるを得ない。その他、在日留学生であった林叢の「中国における漱石の受容―魯迅訳『クレイグ先生』をめぐって―」（『比較文学研究』第四八号、一九八五年）という論文は、おそらく前記の平川弘祐論文から魯迅の『藤野先生』は漱石の『クレイグ先生』の創造的模倣だとする議論を受けて、『クレイグ先生』とその魯迅訳及び『藤野先生』、特に翻訳における具体的な訳語の検討に力を入れて分析したものである。

もう一つ注意すべき動向として構造的なレベルでの比較研究がある。これまでは漱石と魯迅との具体的な作品についての研究は、ほとんど漱石の魯迅への影響という点に集中しており、厳密な意味での構造的なレベルでの比較研究は全く行われてこなかった。八十年代中期になってから、ごくわずかであるが、こうした局面がようやく変わり始める兆しが見えてきた。一九八六年に出版された『近代文学における中国と日本――共同研究・日中文学関係史――』（汲古書院）に収められた「『草枕』と『故郷』――楽園喪失をめぐって（付録：『坊ちゃん』と『阿Q正伝』）」という論文はその一つである。論文の著者が日本近代文学者であるので、その立場や視点から新鮮な見解が示されている。論文は、まず両作品は「それぞれ自然の中の桃源境、故郷という名の楽園を喪失する話である」という論点を明確に提出して、自然と非人情の視点から『草枕』を論じており、また『故郷』と寂寞の問題を中心として、これまでの観点を踏まえた上で独自の捉え方を提示している。例えば魯迅の「寂寞」に対して、「わたしの見る魯迅においては、〈寂寞〉という民衆からの孤絶を自分の内に確認した時、新しい連帯を求めて思想的に歩み出すので、そういう文学者の自覚が〈寂寞〉であった。」そして、「魯迅と漱石を比べると、士大夫的な知識人の文学という点で似ている。楽園喪失に文明批評を展開するところまでは同じだが、漱石では自然に向かって一つの見方を要請するように、またそれがもともと画絹の上にしか存在しないように、はじめから楽園は失われており、那美さんの画像作りに、つまり芸術としての再生に向かっている」、「楽園喪失を同じく確認しながら、一方は全く現実はあきらめて芸術的完成に向き、他方は思想としてはあるが、現実での実現に向いて開かれている。わたしの言いたかった二作品、二作家の相違はこれである」と、著者は述べている。付録の「『坊ちゃん』と『阿Q正伝』」という論文の中において、著者は両作品の間に「影響とか模倣とかはなくとも、比較しておもしろい存在と思われる。共に、革命英雄譚であり、文明批評である。いいかえれば、典型的な人間の造形を通して国民性をえぐり出している」という見解を示している。

他には、『吾輩は猫である』と『阿Q正伝』の比較をテーマとして取り上げたものもある。「『吾輩は猫である』と『阿Q正伝』——両作品の笑いの性質について——」（趙建新、『立命館文学』第五四六号、一九九六年八月）は、「漱石の『吾輩は猫である』の笑いを、魯迅の『阿Q正伝』という作品に現れている笑いと比較する視角で、両作品の笑いの深層まで考察を進めたい」というモチーフを持って、両作品がそれぞれの国の近代文学におけるユーモア小説の代表作であるという共通点を押さえながら、二つの笑いの質及び効果の違いについて考察を加えたもので、両作品の笑いはともに人間社会に対する不平不満及び絶望から生まれたものであるが、しかし魯迅と漱石の反逆の立場と対象は全く違うという結論を引き出している。

また、一九九三年十月に二種類の魯迅と漱石の比較研究専門書が一斉に出版されたことが挙げられる。李国棟の『魯迅と漱石—悲劇性と文化伝統—』（明治書院）と林叢の『漱石と魯迅の比較文学研究』（新典社）である。おもしろいことに、二人の著者は同じ研究対象に対して全く異なった扱い方をしている。李著はスタイルの面で檜山久雄の

『魯迅と漱石』に似ていると感ぜられる。李著は全体として以下の問題を取り扱っている。すなわち、それぞれの時代背景の比較としての魯迅及び漱石の誕生年代と誕生国土の悲劇、西洋近代個人主義と魯迅の悲劇の発生及び漢学と漱石の悲劇の発生、絶望の「確信」と初期魯迅文学及び道徳通念と初期漱石文学、「無」と中期魯迅文学及び「無論理」と中期の漱石文学、「野草」と『夢十夜』、「無」による「擾乱」と晩期魯迅文学及び「自然の論理」と晩期漱石文学という構成になっている。李著の構想は大きく、それを統一する視点もあることは一つの特徴だと言えよう。しかし、構想の大きさの代わりに、具体的な問題についての追求と論証がないがしろにされ、特に作品をめぐる解明がほとんど展開されていないため説得力に欠けると思われる。また、比較文学の視点からどのように両者の接点を絞り込み、どのように単なる両者の論の並列となることを避けるのかということに慎重にならねばならないことが感じられる。

林叢の『漱石と魯迅の比較文学研究』は、より実証的な方向に進んだ研究である。特に翻訳における具体的な訳語の検討に力を入れている。全書の内容は二部構成になっており、第一部「漱石文学と魯迅の受容」、第二部「魯迅文学と日本の受容」と、それぞれ日本から中国、中国から日本という方向で論じられている。第一部では『クレイグ先生』とその魯迅訳、及び『藤野先生』の分析を通して、魯迅は漱石の作品について、作者が表現しようとする主題とそれに関わる人物描写や状況描写に注目し、作品に現れる漱石の文学態度を肯定的に受け止めているという考えを提示している。そして、『夢十夜』の「第七夜」と魯迅の『野草』の「過客」の共通点、相違点をも考察している。第二部では、『藤野先生』の増田渉訳と竹内好訳を二訳者の魯迅観を視野に入れながら検討する。特に増田渉と竹内好がそれぞれどういう点であるいはどういう立場で魯迅の作品に共鳴するようになっていったかについての解明は具体的な作品の翻訳から緻密に分析しており、非常に示唆的である。しかし、この本の実質的内容を考えると、「比較」

の意味はかなり薄いと言えるだろう。つまり、「第七夜」と「過客」の比較を除き、基本的には「魯迅の比較文学的研究」となっているのである。しかし、著者は以上紹介したような研究方法をもって、その研究の範囲を広げながら引き続き魯迅の漱石受容に取り組んでいるようで、「魯迅と白村、漱石」(『比較文学』第三七巻、一九九五年三月)がその後発表された。

おわりに

以上、「魯迅と漱石」の研究は時代の変遷につれ展開をとげ五十年の時が過ぎた。この間、魯迅と漱石の関わり、魯迅の漱石受容などの問題が中日の研究者によって伝記・翻訳史などの角度から究明され、すでにかなりの成果が挙げられた。しかし、例えば、魯迅と漱石の実際の関わりということに関して、魯迅が漱石から相当の影響を受けたことは魯迅自身や周作人の証言によって明らかになったが、その影響・受容の過程、具体的な様相という点になると、より具体的な証拠資料、特に一次資料に乏しく、これまで以上の緻密な証明は容易ではなく、こうした研究には限界性がはっきりと感じられるようになってきている。今後新しい資料が発見できるか、どのように進んでいくかということが注目される。翻訳あるいは翻訳史という面からの研究もその実証的性格によってその比較研究の基礎を築いているところであるが、魯迅の漱石翻訳はただ『クレイグ先生』と『懸物』二篇しかないので、以降、研究の余地がどの程度残っているのかについて疑問を抱かざるを得ない。

今後、精緻な受容・影響関係に関する研究を踏まえ、理論上の新しい問題意識を持って作品論・思想論の次元から構造的に比較を行い、新しい問題を浮き彫りにし、より根本的に二つの文化に属する文学者及びその文学の本質を捉えることがおそらく大きな可能性のある領域だと思われる。これまで例えば檜山久雄、藤井省三、米田利昭らの研究者によって創意に富んだ試みが行われ、この角度からの研究の端緒が開かれた。以降、広い視野をもって実証的に二人の文学者の関係を考察し、さらに比較という方法を通じてそれぞれの文学者の根底にある普遍的な本質を明らかにすることによって、「魯迅と漱石」研究が一層発展していくことが予想される。

注

（1）仙台医学専門学校留学期（一九〇四年九月～一九〇六年三月）の魯迅について、すでに『仙台における魯迅の記録』（仙台における魯迅の記録を調べる会編、平凡社、一九七八年二月）が出版され、数多くの関係資料を集め、価値ある貴重な労作として高く評価されている。
（2）魯迅「『現代日本小説集』　付録・作者に関する説明　夏目漱石」を参照。『魯迅全集』第十二巻二八一～二八二頁。
（3）周作人『魯迅の青年時代』。
（4）周作人「魯迅に関して」、周作人著・松枝茂夫訳『瓜豆集』二六六頁。
（5）『魯迅研究・五』、中国社会科学出版社、一九八一年十二月。
（6）丸山昇「日本における魯迅」、伊藤虎丸他編『近代文学における中国と日本――共同研究・日中文学関係史――』四八八頁。
（7）前出丸山昇「日本における魯迅」。
（8）劉柏青『魯迅と日本文学』八九頁を参照。
（9）藤井省三「檜山久雄氏の〈書評『ロシアの影』を読んで〉を読んで」、『中国研究月報』No.四五一（一九八五年九月号）三五頁。
（10）「ふと思いつく」を参照、『魯迅全集』第四巻二六頁。
（11）林煥平著・鶴田義郎訳「魯迅と夏目漱石」、『熊本短大論集』第三十五巻第一号、昭和五十九年五月。

（12）王向遠「魯迅の『野草』と夏目漱石の『夢十夜』——散文詩の文体的比較」、『魯迅研究月刊』一九九七年第一期四一～四七頁。

付録：「魯迅と漱石」研究参考文献目録（一九二二～一九九七）

★日本語文献

【研究書】

檜山久雄　魯迅と漱石、第三文明社、一九七七年三月。
藤井省三　ロシアの影—夏目漱石と魯迅—（平凡社選書87）、平凡社、一九八五年四月。
李国棟　魯迅と漱石—悲劇性と文化伝統—、明治書院、平成五年十月。
林叢　漱石と魯迅の比較文学研究、新典社、一九九三年十月。

【論文・資料】

竹内好　魯迅と日本文学、『世界評論』第三巻第六号、世界評論社、一九四八年六月。
竹内好　「阿Q正伝」の世界性、『世界小説』一－七、一九四八年九月。
荒木修　漱石と魯迅、『日本文学』第三巻第四号、日本文学協会、一九五四年四月。
山本東作　『クレイグ先生』と『藤野先生』、『魯迅の友会会報』一九五五・十一、魯迅の友会準備会。
永島靖子　『阿Q正伝』と『坊ちゃん』、同右。
千田九一　日本文学と魯迅との関係、『文学』第二四巻第十号第二九～三六頁、岩波書店、一九五六年十月。
平川祐弘　クレイグ先生と藤野先生——漱石と魯迅、その外国体験の明暗、『新潮』第七〇巻第三号、昭和四十八年二月。
檜山久雄　魯迅、漱石序説（上）、『文芸』一九七五年四月号
檜山久雄　魯迅、漱石序説（下）、『文芸』一九七六年四月号
檜山久雄　伝統との対決または奴隷史観、『ユリイカ』一九七六年四月号

檜山久雄　近代の光と影（上）、『第三文明』一九七六年五月号
檜山久雄　近代の光と影（下）、『第三文明』一九七六年六月号
檜山久雄　マルクス主義の魯迅的受容、『第三文明』一九七六年十二月号
桶谷秀昭　檜山久雄の『魯迅と漱石』（書評）、『月刊経済人』一九七七年六月号。
藤森節子　東洋的近代と文学の本体：檜山久雄「魯迅と漱石」（書評）、『社会評論』十一、一九七七年九月。
林連祥　魯迅の『クレイグ先生』――中国語訳に就て――、『比較文学研究』（東大比較文学研究会）第四一号、一九八二年四月。
相浦杲　魯迅の散文詩集『野草』について：比較文学の角度から、『国際関係論の総合的研究』（大阪外国語大学）、一九八三年三月。
林煥平著・鶴田義郎訳　魯迅と夏目漱石、『熊本短大論集』三五巻一号（通巻七二号）、一九八四年五月。
檜山久雄　〈書評〉藤井省三著『ロシアの影――夏目漱石と魯迅』、『中国研究月報』No.四四九（一九八五年七月号）、一九八五年七月。
藤井省三　檜山久雄氏の「書評『ロシアの影』」を読んで、『中国研究月報』No.四五一（一九八五年九月号）、一九八五年九月。
米田利昭　「草枕」と「故郷」――楽園喪失をめぐって（付録：『坊ちゃん』と『阿Q正伝』）、『近代文学における中国と日本――共同研究・日中文学関係史――』、汲古書院、昭和六十一年十月。
平川祐弘　漱石と魯迅―その留学体験の明暗、『国際交流』、昭和六十三年五月。
西原大輔　〔書評〕『漱石と魯迅の比較文学研究』（林叢）、『比較文学研究』六六（東大比較文学研究会）、一九九五年二月。
鳥井正晴　漱石と魯迅（その一）―中国講演の旅（上海篇）――、『相愛国文』第八号、相愛女子短期大学国文研究室、一九九五年三月。
林叢　魯迅と白村、漱石、『比較文学』第三七巻、一九九五年三月。

斉藤順二　夏目漱石図書館資料室　藤井省三『ロシアの影―漱石と魯迅―』、『解釈と鑑賞』（特集　夏目漱石研究のために）、一九九五年四月。
趙建新『吾輩は猫である』と『阿Q正伝』――両作品の笑いの性質について――、『立命館文学』第五四六号、立命館大学人文学会、一九九六年八月。

★中国語文献

【論文・資料】

仲密（周作人）『阿Q正伝』、『晨報副刊』、一九二二年三月十九日。
周作人　関於魯迅、『宇宙風』第二九号、一九三六年十一月。
周作人　関於魯迅之二、『宇宙風』第三〇号、一九三六年十二月。
周遐寿（周作人）伍舍、画譜、『魯迅的故家』三三六～三三七、三七八～三七九頁、上海出版公司、一九五三年五月。
許寿裳　西片町住屋、『亡友魯迅印象記』二八～三〇頁、人民文学出版社、一九五三年六月。
劉致中　魯迅与夏目漱石、『読書』一九八一年第三号。
孫席珍　魯迅与日本文学、『魯迅研究・五』、中国社会科学出版社、一九八一年十二月。
林煥平　魯迅与夏目漱石、『魯迅研究』一九八三年第三期。
劉柏青　魯迅与夏目漱石、劉柏青著『魯迅与日本文学』第七三～九六頁、吉林大学出版社、一九八五年十二月。
藤井省三著・馬蹄疾訳　魯迅心中的夏目漱石、『魯迅研究』一九九一年第二号。
程麻　夏目漱石的諷刺精神与魯迅的能動文学観――関於文学的倫理功能優勢的探討、『溝通与更新―関於魯迅与日本文学関係的考察』九四～一三二頁、中国社会科学出版社、一九九〇年。
劉振瀛　夏目漱石的思想与前期魯迅思想、劉振瀛著『日本文学論集』、北京大学出版社、一九九一年二月。
呉小美・肖同慶　人的期待和探尋、夢的失落与執着――魯迅与夏目漱石散文詩的比較研究、『文学評論』一九九一年第六期。
王向遠　従〝余裕〟論看魯迅与夏目漱石的文芸観、『魯迅研究月刊』一九九五年第四期。

王向遠　魯迅的『野草』与夏目漱石的『十夜夢』——散文詩的文体学的比較、『魯迅研究月刊』一九九七年第一期。

第七章　魯迅と漱石における「個人主義」

——その精神構造の方向について

はじめに

中国においては、文学者魯迅は長い間政治的に特権化され、彼自身も決して予想しなかったほど、神話のヴェールに覆われてきた。[1]魯迅の思想については、二十世紀三十年代から中国共産党を指導し農村革命を起こした毛沢東（一八九三～一九七六）が魯迅を「革命中国の聖人」と称して以降、「個人主義、進化論から集団主義、共産主義思想へ発展した」（何凝〈瞿秋白〉「魯迅雑感選集序言」、『魯迅雑感選集』〈青光書局、一九三三年〉所収）というイデオロギー的な色彩を帯びた「図式」がほとんど魯迅の思想を解釈する公的標準となった。このように、魯迅が現実政治において革命者としての生涯を貫いたことが顕彰されたことで、魯迅の一貫して独立した人格、妥協しない精神及び中国における支配の構造そのものを批判した魯迅思想の本質は隠蔽され、特にその思想の奥底にあって大きな役割を果たした個人主義も完全に無視、否定されることになった。現在、魯迅の個人主義をより客観的に評価しようとする傾向が一般的になってきているが、前期の個人主義が、後期には集団主義に変わったという認識の枠は依然影響力を持っている。実際に、魯迅の生涯におけるすべての言動を対象とすると、たしかに後期になると、個人主義に関する言説は少なくなるが、一方、彼の人格、行動に現れる個人主義に基づいた独立、妥協しない精神は非常に目立ってくる。このような意味で、個人主義は魯迅の人生全体を貫く、彼の思想と人格における重要な構成部分と考えられる。

漱石は、例えば「私の個人主義」などの文章に示されるように、個人主義の原理をよく理解し、そして自分の人生の中における問題を解決するために、自己本位を中心として、独自の「個人主義」を形成し、徹底的に実践した。

本章は、魯迅と漱石における「個人主義」の様相を比較考察し、それぞれの文学者における個人主義意識の構造、実践の特徴を理解し、そうすることによって、近代中国と日本における個人主義の様相の異同を見ようとする試みである。

一　魯迅と漱石における個人主義受容のモチーフ

近代中国においては、個人主義（individualism）、つまり社会と個人の関係如何の問題に対して、自由・独立の個人が集合することによって社会形成が可能と考える立場（社会を個人に優越する、個人の総和以上のものと捉える立場に対する）、さらに一般的には個人の自由意志に基づく行為に最高の価値を置く考え方（キルケゴールやサルトルの実存主義がその一例）、もっと簡単にいうと、個人を社会、国家などの集団に対して対立的に考え、それらよりも個人の方が存在においても先であり、価値においても上だ[2]という思潮が、終始充分には発達しなかった。その要因としては、市民社会の未形成、長期間にわたる政治闘争による動乱といった国家情勢及び後の特定の国家イデオロギーなどが挙げられる。しかし、一方近代以来、先駆的な知識人を中心として、目前の危機から国家、民族を救うために、ヨーロッパから個人主義を取り入れ、それを一種の思想的武器として民衆や社会を改造するという試みがなされてきた。しかし、それは主に一九一七年の「五四運動」以降のことであった。

新文化運動と呼ばれる「五四運動」は中国の歴史上はじめての大規模なヨーロッパ文化摂取運動でもあった。当時、紹介されたヨーロッパの思想学説の中で、個人主義は最も重要なものだったと言える。そのヨーロッパ文化紹介ブームの中で、例えば、アメリカ留学経験者、自由主義知識人代表の胡適は、「イプセン主義」(「易卜生主義」『新青年』第四巻第六期、一九一八年六月)という文章の中で、懸命に個人主義を宣伝しており、「個人の個性をつぶし、彼の自由発展の機会を奪うことは、社会の最大の罪悪である」、「個人の個性を発展させるには、二つの条件を揃えなければならない。第一に、個人に自由な意志を持たせること、第二に、個人にちゃんとした責任を果たさせることである」、「独立した人格を認めない」「社会と国家は改良進歩の希望も決してない[3]」と述べている。一方、はじめてマルクス主義を中国で提唱した知識人李大釗(一八八九～一九二七)も、「五四運動」前の一九一五年に「東西民族根本思想之差異」(『新青年』第一巻第四号、一九一五年十二月)という論文を発表し、西洋民族は個人を本位として、徹底的な個人主義的な民族であるのに対して、東洋民族は家族を本位とする。この制度は様々な弊害を生じており、「それをよくするために、家族本位主義を個人本位主義に変えなければならない[4]」と指摘している。しかし、そのおよそ十年前、魯迅がその個人主義を語る「文化偏至論」を書いたころは、個人主義の紹介や宣伝はまだ少なかったのである。

魯迅の個人主義への接触、特に個人主義意識の確立は日本留学期に行われたものと考えられる。魯迅は当時の日本で流行していた新しい思潮、特にニーチェ哲学などを積極的に摂取し、ニーチェの著作を読んだり翻訳したりすることで、大きな影響を受けた[5]。また、魯迅は先輩の啓蒙思想家梁啓超からも示唆を受けている。一九〇一年、梁啓超は日本で書いた「十種徳性相反相成義」の中で、「中国が独立した国でないことより、今の中国に独立した民衆がいないことの方が特に憂慮すべきことだと思われる。今日では独立ということを議論するより、先に個人の独立を議論しなければならない」、「故に、今日の中国を救う策は独立を提唱することだけである」[6]と述べている。魯迅は、時代を激動させた梁啓超の思想に共鳴し、示唆を受け、早くから人間、精神の問題に関心を払っていた。ちなみに、梁啓超は一八九八年から一九一六年まで日本に滞在し、精力的に思想文化活動を行った。彼の見解は当時の日本から影響を受けたことは明らかであり、この点からも当時の日本における個人主義の思潮が魯迅へと繋がるものであると考えられるのである。[7]

東京留学時代から、魯迅は、自分の国の混乱や危機を憂慮し、しばしば「国民性」という視角から民衆の人間としての有り方を考えた。彼は中国の民衆を長い封建専制的な統治によって「奴隷性」を中心とした悪い根性が養成された存在、まだ独立の「個人」として形成されていない存在として自覚し始めたのである。それ以降、魯迅は民衆の主体性の欠如、国民性における欠陥を厳しく指摘し続けた。「中国人が勇気をもって正視せぬ様々な場面で、ごまかしとだましを使って、奇妙な逃げ道をこしらえ上げ、それを自分では正しい道だと思い込む。ここにこそ、国民性の怯惰と、怠惰と、狡猾が証明されているのである。日々満足しつつ、すなわち日々堕落しつつ」ある（「眼を開けて見ることについて」。北岡正子訳）。このような中国社会と中国の民衆の現実に対する認識から、魯迅は中国人が基本的な主体性を有する「人間」にならなければならない、即ち「人間」を確立させなければならないということを強く主張する。こうした考えは青年時代の魯迅の文章中に頻繁に出現している。

ヨーロッパとアメリカの強国がいずれも物質と多数によって世界に燦然と輝いているその根本は人間にあり、物質や多数は末梢の現象にすぎない。根幹は深くてみえにくく、華麗な花は人目をひきやすいものだ。だから、世界に生存して列国と競争しようとすれば、第一に重要なことは人間にある。人間が確立してしかるのち、どんな事業でもおこすことができる。人間を確立するための方法としては、個性を尊重し精神を発揚することがぜひとも不可欠である。（「文化偏至論」）

翌年の「破悪声論」の中においても、「思うに、言葉が自分自身の心から発せられ、おのれがおのれ自身に立ち帰ったとき、人ははじめて自己を持つ。そして、人おのおのが自己を持ったときこそ、社会の大いなる目覚めのときに近い」（伊藤虎丸訳）と、魯迅は重ねて強調している。

そこで、魯迅は個人主義から必要なものを取り入れ、自分自身の個人主義の「観念世界」を築き上げたわけである。魯迅にとって、ニーチェ哲学をはじめとした個人主義思潮は単なるモダンな理論学説ではなかった。彼は自らの救国救民を中心内容とした啓蒙主義の意識から個人主義に接し、そこに自国の危機を救い、自国の社会問題を解決する機能を見出そうとした。

魯迅の認識をまとめると、次のようなものになる。即ち、民衆がみな主体性、独立性を備えること、一人の個人として成立することは、社会の発展と進歩の不可欠の前提で、近代西欧文明が輝いた根本的な原因はその人間のあり方にある。魯迅は西洋の「人間」に西欧近代の物質文明を産んだ真髄を見、それを「東方の思理（ものの考え、人間の精神を指す——筆者）」に比べると、「水と火のごとく」異質なものであるととらえ、かつそれに「古代を越え、東亜を凌駕する」優越性を認め、「長く通用」する普遍的な価値を認めたのである。(8) こうして、魯迅は中国を強くする第一歩が「個人」の成立にあること、近代西欧文明を作り出した人間たちの「精神」を学ばなければならないということを繰り返し主張することになった。しかしながら、魯迅が確立させようとする「人間」、即ち学ぶ対象としての近代西欧的な人間とは一体どのような人間なのか、そのような人間の特質や特徴は一体いかなるものなのかについては、未だ明確なイメージに到達していなかった。

　魯迅と漱石の生きた時代、国の状況の相違が大きな要因となってはいるが、魯迅の啓蒙的な方向と異なり、漱石の個人主義はまず個人としての自己を出発点としたものであり、その原点は日本のため、人類のためといった功利的なものではなく、思弁的観念的なものでもなかった。それは純粋な個人として自己の生き方を倫理的に懸命に考え、自らの生命の内部から生じた矛盾、悩みを解決し、自ら安心して人生の道を歩む生き方を確立するため、精神的な悪戦苦闘を重ね、身をもって獲得したものであった。かつて、小宮豊隆（一八八四～一九六六）は次のように述べている。漱石は「例へばドイツの哲学者の多くのやうに、自分の思想を抽象と論理との枠にかけて引き伸ばし、それを、全世界を包摂するに足るような、大きな体系に織り上げ、仕立て上げる事に、少しも興味を持つてゐなかつた」（『夏目漱石』、岩波書店、昭和十三年）のである。

　周知のごとく「私の個人主義」（一九一五）において、漱石は、独自の表現である「自己本位」の立場について述べ、ロンドン留学中、いかにしてその立場を確立したかを語っており、それは、また『文学論・序』（一九〇七）にも詳しい。漱石は自らの文学観とは異質に感じられる英文学に対して、大きな不安を抱いていた。ロンドンで、英文学者の使命に燃えて、西洋の英文学書に拠り英文学を研究した彼は、「風俗、人情、習慣」が異なる東洋に育った日本人である自己の感受性と西洋の英文学者との感受性の差を痛感し、不安と煩悶の末、神経衰弱に陥った。この「不安」と「煩悶」を解決するため漱石は、西洋人の眼を借りない自前の文学観を作り上げるほかないと考える。従来のような西洋の英文学書に頼る態度は「イミテーション」（「模倣と独立」、一九一三）にすぎず、「他人本位」である。「独立した一個の日本人」として「自己本位」の立場で「根本的に文学とは如何なるものぞ」という問題を解決せんと決心するのである。後に、漱石は「自己本位」を自らの人生と文学の信念とし、さらにこうした「原理」・信念を拡大応用し、積極的に日本の社会・文化を考察の対象とした。その結果は、近代日本の文明開化への鋭い批判や深い思索に結晶したのである。

漱石の「主体主義」的な自己本位が本来の意味の「個人」を出発点としたのに対し、魯迅の個人主義はまず民衆を啓蒙することを出発点としていた。漱石の「自己本位」という信念は後に、近代日本における開化への見方まで広げられたが、本来人間としての生き方をめぐる著しく倫理的実践的な特質を有している。一方、魯迅の「個人主義」は独立で健全な社会と国民を創るという「政治」的な時代の色彩を帯びており、それは彼特有のものであった。

以上のことから、魯迅と漱石はともに実際の人生あるいは社会の問題及び矛盾に遭遇し、その問題及び矛盾を解決する方策として、それぞれ自分なりの形で個人主義を取り入れ、最終的に彼ら独自の個人主義を形成したことが分かる。魯迅は社会問題の解決及び民衆に対しての精神的啓蒙という目的意識から、個人主義の有効性を見出そうとしていたのに対し、漱石は最初から個人の精神的危機を救い、個人の生きる立脚点を探すために、個人主義の方向へと収斂していった。魯迅の社会→個人主義の図式に対して、漱石は個人→個人主義という経路になるのである。そこには、彼ら個人個人の特徴が示される一方、近代中国と日本という異なった時代背景も大きく関係している。こうした相違があるとはいえ、漱石も魯迅もともにそれぞれのしかたで非ヨーロッパ圏において近代化を不可欠な課題として受け止めた知識人の精神的自立のあり方を典型的に示すものといえるのである。

二　超人による現実の打破と倫理的な個人主義

魯迅と漱石はそれぞれ社会的政治的な角度から又は個人的倫理的な角度から、自らの個人主義の様相を形成した。

魯迅は、如何にして民衆の奴隷性を改め主体性を養成させるかということを懸命に考え、当時日本で流行していたニーチェ哲学から影響を受け、「超人」（魯迅の言葉で言えば、「精神界の戦士」という）によって民衆の覚醒を促す必要があるという結論に至った。

魯迅以前、梁啓超も同じ英雄と民衆の問題に悩んでいたようである。彼はある場合には、「英雄」の力に頼ることに不信感を持ち、「大体一国の進歩は、一、二人の代表的な人物の力を借りながらも、多数の国民によって能動的に推進される場合に、ほとんど成功を収めている。逆に、一、二人の代表的な人を中心として、無理に多数な民衆を追随者にさせる場合、よく失敗した。故に、私の願い、期待しているものは一人で輝く英雄でなく、多くの平凡な英雄である」（「過渡時代論」、『清議報』第八三冊、一九〇一年六月二十六日。筆者訳）と述べている。ところが、別の文章では、「今日の中国における思想発達や文物開化の程度は、四百年前のヨーロッパと同じなので、もしも、非常な人が出て、大刀や大斧を持って草木を切り新天地を開くことがないと、中国はいつまでも長い夜のようだろう」（「文明与英雄之比例」、『飲氷室合集・専集之二』、中華書局、一九三二年。筆者訳）と述べ、新社会を創り出す希望を「英雄」に託している。梁啓超が自らの「理想」と社会現実との間にあって苦悩したことがよく示されている。

魯迅は中国の現実に対して梁啓超に比べると極めて悲観的な認識を抱いており、特に大衆に対しては根本的な絶望感を感じていた。一九二三年、北京での講演の中では、

大衆――とりわけ中国の大衆は、――永遠に芝居の観客であります。犠牲が登場して、悲壮な演技をすれば彼らは悲劇を見たことになり、おどおどと演ずれば彼らは喜劇を見たことになるわけです。

残念ながら、中国では変えるということがきわめて難しい、机一つ動かすにも、ストーヴ一台とりかえるにも、ほとんど血を流さねばなりません。しかも、血を流したところで必ず動かせるとも、とりかえられるともかぎらぬのです。（「ノラは家を出てからどうなったか」。北岡正子訳）

と、大衆の「未開」「沈黙」及び社会の保守を厳しく批判した。こうした認識は実に東京留学時代からずっと抱き続けてきたものである。「文化偏至論」の中で、「今日の中国は、内情はすでに暴露され、四方から近隣諸国が競い群がって圧迫を加え、いまや変革をせざるをえない状況にある。脆弱に安じ、旧習を固守していたのでは、世界に生存を争うことができないのはもちろんである」と、呼びかけている。

こうした状況の中、魯迅は日本でニーチェ哲学に触れ、近代思想としてニーチェの「極端なる個人主義」を理解し受容した。魯迅はニーチェを強固な意志、反抗精神及び行動力を有する英雄として捉えている。

ニーチェという人物は、個人主義のもっともすぐれた闘士だった。彼はただ英雄と天才にのみ希望を託し、愚民を基本とすることを蛇蝎のごとく嫌った。彼はこう考える、政治を多数者にまかせておけば、社会は一朝にして生命力を失ってしまう。それよりは、凡庸な民衆を犠牲にして、一、二の天才の出現を求める方がましである。天才が出現すれば、社会の活動もまたはじまる、と。これが超人説とよばれ、かつてヨーロッパの思想界を震撼したものである。（「文化偏至論」）

魯迅は基本的に真っ正面からニーチェの「超人学説」を把握し、ニーチェの俗衆社会に対する批判に共感した。そして「強者」「闘士」の存在価値を重視し、「英雄」「精神界の戦士」によって中国の民衆と社会を改造するという可能性を見出し、自らの処方箋を提出した。彼はほとんどそのままニーチェの見方を認めている。

是非の判断は大衆にゆだねるわけにはいかず、もしゆだねれば、その結果は誤りとなる。政治というものは大衆にゆだねるべきでなく、もしそうすれば、世は治まらない。ただ超人があらわれて、はじめて世は太平となる。それができぬとあれば、英知の人がたのみである。（「文化偏至論」）

彼はこのように民衆に対して強い不信感と嫌悪感を懐いていることを率直に示しており、未来への希望を「大衆に期待できることではなく、一、二の士に望みを託するしかない」（「破悪声論」）と述べている。

では、魯迅のいわゆる「英雄」「精神界の戦士」とは、一体どのようなイメージだろうか。魯迅は「悪魔派[9]」と称される、十九世紀におけるヨーロッパのロマン派詩人たちに、中国にとって必要な「英雄」の品格を見出した。

上述の詩人たちは、民族が違い、環境も多様であるため、その性格、言行、思想は、種々の様相を呈してはいるが、実は同じ流れに結ばれる。いずれも剛毅不撓の精神を持ち、誠真な心をいだき、大衆に媚び旧風俗習に追従することなく、雄々しき歌声をあげて祖国の人々の新生を促し、世界にその国の存在を大いならしめた。（「摩羅詩力説」。北岡正子訳）

魯迅における「超人」は、否定すべき中国社会と戦う反抗者、戦士として想定されている。つまり、無自覚な因習的社会に断固として反逆する、強固な意志や強い個性を持つ強者が、魯迅においては「超人」なのである。魯迅は中国を救う希望をこうした「英雄」に託し、その出現によって、民衆を覚醒させ、国家を一新させることを強く期待している。

　だから聡明な人物が世界の大勢を洞察し、比較検討して偏向したものを捨て、精髄を取り、これを国内に実行すれば、現状とぴったり一致させることができる。外は世界の思潮におくれず、内は固有の伝統を失わず、今を取り古えを復興してあらたに新学派をたて、人生の意義をいっそう深遠なものとすれば、国民は覚醒し、個性は充実し、砂の集まった国は転じて人間の国となる。人間の国が建設されてこそ、空前の威風をそなえ、世界に屹然と独立するだろう。(「文化偏至論」)

結局、魯迅は、真の危機を中国人の内側にあると見、民衆の能動的な覚醒や自己解放に絶望して、「聡明な人物」、即ち「悪魔派」詩人に代表される理想的な人間によって、民衆に対する啓蒙が行われ、個々の個人に主体性を養成させ、最終的に国家を新生させせようとしたのである。魯迅の理想的な個人主義のイメージはむしろ極少数の「英雄」に凝縮している。

　魯迅の「超人」による民衆の主体性の確立から、すすんで国家の確立へと向う、つまり啓蒙から救国へという思索に対して、漱石は主に本体論の意味でいかに個人主義を実行するか、即ち自己を精神危機からいかに救うかという点から、個人主義を深く考えている。「自己本位」という表現は、漱石の「個人主義」の根本的な原則であると同時に、彼の個人主義の具体的な行動様式でもある。当初、漱石は英文学における挫折から自己を守り、英国コンプレックスから自己を救済する唯一の方法として自己本位を考え出した。漱石は「何かに打ち当る迄」自分で掘り当てようと言う。生涯の安心と自信を得るために「此処におれの尻を落ちつける場所」に行きつくまでは勇猛に進まなければならないのである。そこには、最初から理念性と実践的性格が一体的に統一されている。

漱石は英国留学中に自己本位の中心理念を確立して、それによって彼の精神にある種の安定が訪れたのは確実である。しかし、晩年になって「私の個人主義」に示されるように漱石の個人主義思想はさらなる進展が見られるようになった。その中で、漱石は自己本位の権力の主張を唱える反面、それに伴う義務と道義的倫理的責任の必要を説いている。

自分がそれ丈の個性を尊重し得るやうに、社会から許されるならば、他人に対しても其個性を認めて、彼等の傾向を尊重するのが理の当然になつて来るでせう。

「この他の個性を認めて、尊重するという思惟はこの時点までの漱石には見られないものであった。〈自己が主で、他が賓〉という自己中心を本念とする個人主義の概念とは相反する概念である」[10]。これは漱石が新しく辿り着いた境地と言えるものである。

（一）自己の個性の発展を遂げようとするならば、同じに他人の個性も尊重しなければならない、（二）自己の権力を使用しようと思うならば、それに付随している義務を心得ねばならない、（三）自己の金力を示そうと願うなら、それに伴う責任を重んじなければならないと、漱石は、特に倫理的にある程度の修養を積んだ人でなければ個性を発展させる価値もなく、権力を使う価値もなく、また、金力を使う価値もないという「道義上の個人主義」を強調している。

すでに論じたように、魯迅の「個人主義」の構築は、明らかに当時日本に紹介、理解されたニーチェ哲学に関係している。一方、漱石の個人主義における道義倫理への注目については、その頃（二十世紀十年代）倫理的理想主義を主張するドイツの新カント派的哲学思想[11]が日本にさかんに紹介されたことを想起させる。一般的に言えば[12]、明治三十年代にあって、まず進化論が当代の近代的で科学的なものの見方として、広く受け入れられた。それは、単に生物進化論としてではなく、社会進化論として、世事万般についての理解に深い影響を及ぼした。しかし、明治三十年代を通じて、カントなどドイツ観念論哲学の紹介研究とともに、ヘッケルの進化論的哲学に対抗する新カント派的哲学及び同じく進化論的哲学に対抗して人格的唯心論、自我実現説を唱えたイギリスの新理想主義学派の代表的哲学者T・H・グリーン[13]の倫理学が精力的に紹介輸入された。この動向の特質は、その目的が「倫理学」にあり、自我の覚醒につながる「人生」への問い、即ち哲学者朝永三十郎（一八七一～一九五一）のいう「人格本位の実践主義」にあったことである。例えば、一九〇〇年に形成された官民の哲学者が参加した「丁酉倫理会」は人格的理想主義、精神主義を追求し、「道徳の大本は人格の修養に」あることを再三主張した。こうした時代的背景が漱石にどんな影響を与えたかに関しては、ここでは論じないが、漱石の考えがかなりの程度で当時の傾向と重なっていたことは考慮しておくべき問題ではないかと思う。

この点において、魯迅にも近い特徴が見られる。「文化偏至論」という論文は、当時の日本の思想・文化・哲学的材料を利用し、十九世紀末にヨーロッパで勃興した新しい思潮、即ちニーチェ哲学、新カント派的哲学思想を紹介評価したものであるが、その中で、魯迅は、この「十九世紀初葉の観念論の一派」に根源がある「観念論の最新の一派」は、「十九世紀文明を矯正するためにおこった」もので、「基礎はきわめて堅固で、内包する意義はたいへん深い」、

「将来の新思想の萌芽であり、また新生活の先駆でもある」と述べている。魯迅は、この新思潮から中国の現実に重要な意味を持つものとして「個人の尊重」と「物質文明の否定」を取り上げた。個人主義について、魯迅は、「健闘する先覚者」としてシュティルナー、ショーペンハウエル、キルケゴール、ニーチェを紹介し、中国にとって、彼らのような、「独立自強、俗塵をはなれ、世論を排し、世俗の束縛にとらわれない、勇猛無畏の人物がぜひとも必要なのである」と訴えている。非物質主義については、十九世紀後半になって、物質文明だけを尊崇し、文明の精神を失い、「ものごとはすべて物質に還元され、精神は日増しに蝕まれ、文明の方向は卑俗に流れ、人々はただ客観的な物質世界にのみ走り、主観的な内面精神には一顧だにあたえなくなっ」た中、理想主義（主観主義）がまさにそれに対しての反抗として、あらわれた。特にニーチェに代表される「極端的な主観的傾向」によって、「精神現像こそが人類の極致であり、精神の輝きを発揚するのでなければ、人間として生活する価値がないと悟り、個人の人格を大きくすることもまた人生の第一義であると知ったのである」と、魯迅は述べている。ニーチェたちの求める理想的人格がどういうものかというと、「人並みはずれた強靭な意志力をもつことだけであり、意志と情感によって現実の世の中に処し、しかも勇猛と奮闘の才をそなえ、何度倒れても、ついにその理想を実現できるような人」だというのが、魯迅の理解であった。結局、この十九世紀末の観念論の思潮、理想主義に強い共感を感じ、それを「二十世紀の新精神」と考え、「強風怒涛のさなかに立って、意志の力によって活路を切り開くであろう」と、確信し賛美を寄せているのである。

以上考察したように、漱石の「私の個人主義」における個人主義と留学時代の魯迅の個人主義への思索は、大体同じ時期（明治末から大正初頭）に行われており、時代の雰囲気、思想文化の流行傾向などを共有している。魯迅は近代日本の思想文化界から材料を得、観点的にも示唆を受けたので、漱石と近い面が存在していると言えるのである。例えば、人格、倫理の強調は類似している。

しかし、魯迅は中国のきわめて閉塞した局面を打破するという目的意識から、より多くニーチェの「超人」のような人格、即ち偉大な理想、強靭な意志力を持ち、剛毅不屈、外物に影響されることなく、万難を排し、孜々として前進するような人格、一種の極端な個人主義者を求めており、理想主義的でロマンチックな色彩も呈している。漱石の場合、主に倫理道徳の角度から、人間が自分の個性を実現する際、いかにしてその個性の発揮から否定的な利己主義ないし社会、他人を危害する要素を取り除くかに重きを置いており、その答えを個性・義務・責任のバランスをとることとしている。魯迅と比べると、漱石の考えは非常に個人的かつ具体的な特徴を有していると言えよう。

三　人生を貫いた個人主義的な実践

自らの人生において徹底的に個人主義を貫いたことは、漱石と魯迅の大きな共通点だと言え、彼らは個人主義の提唱者としてよりも、個人主義の実践者としての意義が大きい。というのは、近代中国は、十九世紀四十年代のアヘン戦争以来の百年間、真の意味での統一的な近代国家は形成されなかった、即ち、近代西欧市民社会に生じた「精神」「思想」を受け入れ、順調に発達させていく歴史的社会的環境が形成されなかったため、民衆の個人主義意識、優れた個人主義者がなかなか育たなかったのである。こうした状況について、魯迅は日本留学時代から、ずっと悲観的な認識を抱いていた。

中国人は、昔からかなりの尊大さを持っている——ただ残念なのは、それが、すべて「集団的、愛国的尊大」

で、「個人的尊大」はまったくないということだ。これが文化競争に敗れてのち、ふたたび奮起して改進することのできない原因である。

「個人的尊大」とは、つまり自分を、特殊で他人とは異なるとすることであり、俗衆への宣戦である。この種の尊大をもつ人は、精神病学上の誇大妄想狂を除けば、たいていはいくぶんの天才――Nordauらの説によれば、いくぶんの狂気とも言えるだろう――をもっている。彼らはつねに、自分は思想識見において俗衆から抜きんでており、また俗衆に理解されていない、と感じている。そこで、世を憤り俗を憎んで、しだいに厭世家あるいは「民衆の敵」になっていってしまう。しかし、一切の新しい思想は、多くの場合、彼らから出てくるし、政治上、宗教上、道徳上の改革もまた、彼らからはじまる。（「随感録三十八」。伊藤虎丸訳）

こういう状況の下にあっては、個人主義の提唱者は客観的にも主観的にもつねに限界につきあたる。魯迅もその例外ではなかった。近代日本の状況は中国と全く反対であり、いわば政府主導の、上から押し付けられた「文明開化」が急速に進められ、極端に近い形で西欧近代を取り入れ、早くから西欧文明に基づく近代的国家体制に転換した。しかし、戦前に限って言うと、日本の近代化過程において、天皇制絶対主義、国家主義という社会政治体制の下では、ヨーロッパにおけるイデオロギーとしての自由主義と同様に、個人主義は、一時的に流行はしたが、結局、定着しないまま、失敗に終わってしまった。近代思想史学者田中浩の研究によると、近代日本では、明治維新からの最初の十数年の間に、主に英米系自由主義文化を取り入れたが、「一八八二年（明治十五）以降、日本独自の国民国家形成にさいして、英米思想とは対極的地位にあった国家主義的傾向の強いドイツ（プロシア）思想へと急速に接近・傾斜していった」のである。また、このような傾向が「欧米思想を精力的に日本に紹介した福沢諭吉の思想的営為においてすら」見られる。「福沢の諸著作や膨大な論説を通読して感じることは、イギリスのホッブズやロックにおいてみられる、まずは個人の確立があって、それを基礎にして政治社会や国家を組み立てるべし、という確固たる社会契約の思想原理がきわめて希薄であるいや欠如さえしている、ということである」[14]。この点では、程度の差はあれ、中国においても同様であった。ところが、個人の次元においては、漱石も魯迅も、はるかに当時の社会的レベルを超え、個人主義的な人格を完成したのである。

中国においては、毛沢東の魯迅に対する論評賛美が非常に有名になっている。

　魯迅は、この文化の新軍のもっとも偉大な、もっとも勇敢な旗手であった。魯迅は中国の文化革命の主将であり、かれは偉大な文学者であっただけでなく、偉大な思想家、偉大な革命家であった。魯迅の背骨はもっともかたく、かれは奴隷の根性やへつらいの態度がいささかもなかった。これは植民地、半植民地人民のもっとも貴重な性格である。魯迅は文化戦線で全民族の大多数を代表して敵陣に突入した、もっとも正しい、もっとも情熱的な、空前の民族英雄であった。魯迅の方向こそ中華民族の新文化の方向である。（「新民主主義論」〈一九四〇年一月〉、『毛沢東選集』第二巻、外文出版社〈中国〉、一九六九年三月、五一一～五一二頁）

また、魯迅がなくなった二年後、毛沢東は魯迅を追憶した講演の中で、魯迅の精神を政治的将来展望、闘争精神、犠牲的な精神という三点に絞って高く評価している[15]。毛沢東のこうした政治的な発言は、長い間権威的なディスクールとして中国の魯迅理解、魯迅研究を左右した。後に、中国における社会情勢の変化につれて、魯迅研究も大きく変わってきたが、しかし、独自なイデオロギー的空間が形成されたことと、長く続いた魯迅に対する硬直した解釈は、なお様々な形で生きているといえる。例えば、魯迅における個人主義（具体的に言えば、ニーチェ風な個人主義、理想主義）への抵抗、あるいは認識不足は一つの典型的な例である。

魯迅の全生涯を通じての人格的特徴の中で、強烈な「戦闘精神」と強靭な「主体意識」の二つが、最も大きな特徴として人々の注目を引くものであり、中国人だけでなく、日本人もこれについては同様の認識を示している。昭和期に活発な評論活動を行った林達夫（一八九六〜一九八四）は、「魯迅の精神」について次のような理解を示している。

人々が学ばねばならぬ魯迅的精神とは、初念を終始一貫立て通し、どんな不利な情勢にもいささかも動揺せず、どんな強力な圧迫にも譲らず、コツコツと地道にその実現の道を歩んできた彼の大陸的な操守的精神、……である。（「文学の救国性」、『東京朝日新聞』、一九三六年一月十四日）

魯迅の生涯を概観するに、彼は終始自分の「主体性」を堅持しており、自分の感性と理性にしたがって文学者の人生を過ごしている。彼は日本留学時代から、同じ中国人留学生の進取の気象のなさに反感を抱き、警戒心をもちつつ彼らとは終始かなりの距離を保ちながら、国民への思想による啓蒙と科学による啓蒙をめざす留学生活を送っていた。帰国後も、役人、教員をしながらも、自らの思想的信条に忠実であり、独自の批判的視線で当時の社会を観察し、いかなる圧力にも屈することなく、幅広い社会批評、文明批評活動を行った。二十年代後期からは、世界的に新しく興ったプロレタリア文学に内面から共感し、左翼への思想的な変化の兆しを見せながらも、当時流行したプロレタリア意識、プロレタリア文学組織の意志に盲従せず、自らの判断と分析にしたがっていわゆる「革命文学者」「革命文学」の問題点を鋭く批判し、一貫した精神的独立性、批判性を鮮明に示した。これについて、「新文化運動」中にあって魯迅よりもリーダーの役割を果たし活躍した陳独秀は次のような見解を示している。

　この老文学家（魯迅――筆者）は最後まで独立した精神を保ちつつ、他人の意見に軽々しくは附和雷同しなかった。これはわれらが感服するに値するものである。(16)

　魯迅自らが語っているとおり、真の知識人は「社会に対して永久に満足することができないので、感じるものといえば、永遠に苦痛だけ、見るものといえば、永遠に欠点だけなのです」（「知識階級について」。須藤洋一訳）。彼の生涯を見ると、いつも批判的態度で社会の現実、社会の支配的体制及び国民の精神状態を注視し、そしていかなる圧迫にも屈服せず、その欠陥を鋭く批判し、人々を戒めようとした。このような魯迅の強い「戦闘的」意志は、敵を含めて広く敬服されたのである。

　魯迅の「戦闘精神」について、従来の中国における研究はほとんどそれが魯迅の祖国、人民に対する「愛」から発したものとして捉えられ、彼の「愛国主義」を顕彰するものとなっている。それはもちろん魯迅の一側面に違いない。しかし、それが人格的な特徴として形成されるに至ったことは、彼の個人主義とも不可分な関係を有しているのである。魯迅は、日本留学時代からニーチェを中心とした十九世紀末の個人主義を取り入れ、特に「今日、何が貴重であり、何が待望されるかと言えば、衆人の騒がしい議論に追随することなく、ひとりおのれ自身の見識を持して立つ人物があらわれることである」（「破悪声論」）と主張し、「超人」のような個人主義者――「独立自強、俗塵をはなれ、世論を排し、世俗の束縛にとらわれない、勇猛無畏の人物」（「文化偏至論」）――、「こうした人物があらわれてこそ、天日の光をもって暗黒を照らし、国民の内なる光を発揮させることができようか。こうして、ひとりおのれが自己を持ち、世の波に流されることなければ、中国もまたこれによって存立を全うすることができるだろう」（「破悪声論」）と論じている。彼はこうした人物の出現を熱烈に期待するとともに、自らその方向に向かって社会批評と文明批評を以って努力してきた。中国では、「魯迅は階級闘争の実践の中で、経験や教訓を学び、ヨーロッパから受けた個性解放の思想的影響を克服し始めると同時に、労働人民が世界の歴史を創造するという思想を、成長させ、確定した」のであるという(17)ような認識がなお根強く存在しているが、このように個人主義といわゆるマルクス主義を絶対的に対立させる方法的な図式は魯迅思想の解明に逆作用を起こしていると言える。魯迅は自分が青年時代に憧れたニーチェ的な人物のように生活し、そして社会批評、文明批評を以って闘争した。彼の「戦闘的」な生涯は、祖国の将来、民衆の運命への強い関心を示すとともに、彼の個人主義という信念の忠実な実践でもあったと言っても良い。

近代中国とは全く異なった近代日本という社会状況のもと、漱石の個人主義はもう一つの方向へと凝結していった。魯迅の個人主義が彼と社会との対抗した緊張関係の中で、主体性に基づく強烈な社会批判で示されたとすれば、漱石の個人主義は主に文学的営為の中で、実現されたものである。前述のように、晩年の漱石が説いた「自己本位」は彼の文学的生涯を貫く基本的な立場である。「私の個人主義」及び『文学論』の序文に示されているように、漱石は英文学に対して深い理解を有しているが、英文学とぴたりとは一つになれず、違和感に苦しんだ。漱石はただ単に研究のための研究を目指していたのではなかった。英文で英国人を驚かすようなものを書きたいと考えていたというから、漱石の心には創作への志向がはやくからあったのである。英文学を自分のものにすることによって、従来の日本及び東洋の文学から抜け出し、世界的な視野に立つ、世界に通用する文学を生み出したいと考えていた。

しかし、そこで、どのように自己及び自己の依存した民族文化と圧倒的に優勢な西欧文化との関係を取り扱うのか、つまり、西欧文化に触れる時、如何にしてそれにのみこまれてしまい自分自身を見失ってしまう危険を避けるのかという問題が直ちに生じてくる。そこに盲目的な西洋崇拝の植民地的文化人が生まれる。しかしどこまでも西洋にのみこまれることを拒否して、しかも保守的な狭苦しい国粋保存主義におちいるまいとすれば、そこに激烈な苦悩が生ずる。漱石は盲目的に西欧文化を崇拝したり、あるいは一方的に拒否するのではなく、西欧文化の優越性をよく知り、そして明確に認めたが、その奴隷となって全面的に従属することを拒否し、西欧に対する自己の異質性に固執しつづけた。

漱石の『文学論』は西洋の文学を標準として文学を考えるのではなく、もっと根本的に、文学とは何かを科学的に明らかにしようとした企てである。西洋の文学を標準として、日本や東洋の文学の価値を一切無視するというのでなく、西洋の文学も東洋の文学もともに含む、文学の普遍的科学的な理論を確立することで、西洋の文学のものまねとならない日本独自の文学を切り開いてゆけることを明らかにしようとしたのである。「私の個人主義」のなかで、漱石はこう述べている。

> 私が独立した一個の日本人であつて、決して英国人の奴婢でない以上はこれ位の見識は国民の一員として具へてゐなければならない以上に、世界に共通な正直といふ徳義を重んずる点から見ても、私は私の意見を曲げてはならないのです。

英国留学中に自己本位という信念を確立して、その自己本位を立証するために、西洋の文学のあとを追いかけるのではなく、科学的な研究や、哲学的な思索に沈潜しはじめたのである。この自己本位という言葉をわが手に握ってから、何も怖くない自信や気概が出てきたと漱石は再三述べている。

漱石はこの自己本位という四字から新たに出発して、文学創作その他の手段でそれを成就するのを自分の生涯の事業にしようと考え、終始自分の文学において自己本位という信念を貫いた。このような意味で、漱石文学は自己本位という理念の結晶とも言える。一方、漱石における自己本位は、西洋に対する日本という問題をその基底にもっており、日本文化の主体的発展を自分自身の課題として担うものである。漱石は自己の問題を日本の問題と切り離して考えることができず、彼の自己本位は個人としての自己と西洋の問題であるとともに、自民族の文化と西洋文化の関係でもあったと考えられる。

魯迅、漱石のそれぞれの思想信念や人生への考察を見ると、彼らは自らの主体性を第一義とし、自分の厳粛な思索に基づく信念を決して安易に犠牲にせず、それを断固として守る姿勢に、かなりの共通性があると言える。一方、社会、時代状況の相違によって、魯迅においては、彼の個人主義はとりわけ自分と社会、伝統との戦いのなかで大きな役割を果たした。漱石にあつては、独自の文学を構築することや、西洋崇拝から抜け出すことに個人主義が大きな威力を持ったのである。

おわりに

魯迅の場合、正面から詳細に個人主義を論じるのは、主に日本留学時代に限られ、そこで彼の個人主義の基本が堅固に形成され、それ以降の人生に多大の影響を与えた。帰国後は、混乱で腐敗した国家情勢の最中、民族の存亡こそ誰もが直面しなければならない最大の課題であるという社会状況や時代的雰囲気の中で、個人主義を唱える余裕がほとんど与えられなかった。そのため、魯迅の個人主義に関する言説はむしろ次第に弱くなっていく傾向が見られ、彼が若い時から熱烈に期待していた「超人」のような「精神界の戦士」の出現に対しても、失望ないし絶望の気持ちが強くなってきた。曹聚仁（一九〇〇～一九七二）の回想によれば、周作人はかつて次のように述べている。

　彼（魯迅）の思想というと、最初、ニーチェからの深い影響を受けた、即ち個人主義を確立して超人の実現を希望していた。しかし、最近虚無主義に変わっていったのである。(18)

　こうした周作人の見解に対して、これまでの中国における研究はたいてい単純な否定に止まり、依然として「個人主義から集団主義まで」という教条的な認識に囚われているようである。ところが、例えば漱石の文学と人生を考察してみると、類似した軌跡が見られるのである。日本人研究者の次の理解はそのまま魯迅に応用できると言えよう。「作家として出発点における漱石と、その生涯の最後の地点における漱石では、同じく死に至るまで戦い続けて、戦いの途上に斃れる覚悟を述べたにしても、そこに大きな差異があることは否定できない。初期の作品に見られるのは、自ら進んで戦場に赴こうとする積極的な精神である。そこには作者自身の興奮があり、言葉の激しさが空回りしている感を免れない。これに対して、『点頭録』の背後には、その後の作家としての戦いの歴史がある。その歴史を踏まえて自己の無力を思い、迫って来る死をまざまざと感じている。自己の生について〈仮像〉であり、〈無〉であるに過ぎぬということを切実に実感しながら、しかも、内部の精神のやみがたい声に促されて、さらに新しい戦いに出発しようとしている」（伊豆利彦『漱石と天皇制』、有精堂、一九八九年九月、五四頁）という。魯迅は晩年になって、若い時からずっと憧れていた超人の力に疑いを抱き始めたが、厳しい社会環境の中にあって、終始一貫して実際的行動――古い伝統、支配的体制、社会におけるすべての欠点に攻撃を加える――をとることで、自らの徹底的な個人主義を世の中に示したのである。

魯迅と異なり、漱石は特に晩年になってから個人主義に関する議論を盛んに行っており、「私の個人主義」「模倣と独立」（一九一三）「批評家の立場」（一九〇五）「戦後文界の趨勢」（一九〇五）など一連の講演や文章の中で、自分の個人主義について、さまざま述べており、新たな進展が見られる。そして、そこには、これまでにない鮮明な社会的色彩も目立つようになった。漱石は自己の良心と真理にのみ忠実であろうとして、一切の権威主義、一切を支配しようとする金力と権力と戦うべきであり、人間の権威、学問の自立、自己の自由・独立・良心のため戦うべきであると主張した。

一言でいえば、それぞれの国の代表的な文学者として、漱石も魯迅もともに徹底して個人主義の真髄、即ち主体性、独立の精神を重視、実践したことは、二人の文学者において最も価値のあるものであり、大きな共通点でもあったと言えよう。

注

（1）　漱石についての、こうしたことを中心とした論文は、例えば絓秀実「漱石像の神話破壊的批評が読みたい」（『リテレール別冊⑤・夏目漱石を読む――私のベスト一』所収、メタローグ、一九九四年二月）などが挙げられ、漱石と魯迅をともに触れているものとして、藤井省三『ロシアの影――夏目漱石と魯迅――』（平凡社、一九八五年四月）における「漱石神話と魯迅神話――その形成とアンドレーエフ」という一節は同じような主旨を述べている。

（2）　個人主義についての定義はさまざまであるが、その基本は特に重大な相違がないと言える。ここで参照しているのは『岩波哲学小辞典』（栗田賢三、古在由重編、岩波書店、一九七九年十一月）及び『社会学事典』（見田宗介他編、弘文堂、平成四年五月）である。また、八十年代に出版されたフランス学者ルイ・デュモンの『個人主義論考――近代イデオロギーについての人類学的展望』（渡辺公三、浅野房一訳、言叢社、一九九三年十一月）の中に、こう定義されている。「⑴全体論との対比で、個人に価値を付与し、社会全体を軽視もしくは従属的な位置に置くイデオロギーを個人主義的と呼ぶ。……⑵この意味での個人主義が、近代イデオロギーを構成する特徴の布置の特徴であることが理解されたので、この布置そのものを個人主義的もしくは〈個人主義イデオロギー〉、個人主義と呼ぶことになった」（四四四頁）。

（3）引用は『胡適文粋』（楊犁編、作家出版社、一九九一年九月）による。

（4）引用は『五四前後東西文化問題論戦文選』（中国社会科学院出版社、一九八五年二月）による。筆者訳。

（5）この問題については、第二章「『魯迅思想』の原型と明治日本——留学期における『日本受容』」で論じており、参照されたい。

（6）「十種徳性相反相成義」、『清議報』第八二、八四冊、一九〇一年六月十六日、七月六日。筆者訳。

（7）この点については、第三章「『国民性の改造』への執着と明治日本——日本からの示唆をめぐって」の中で触れており、参照されたい。

（8）「文化偏至論」を参照。

（9）イギリス詩人サウージ（一七七四～一八四三）は、長篇詩『審判の幻』の序言の中で暗にバイロンを指して「悪魔派」詩人と言い、後にバイロンに答えた一文の中でバイロンを名指して「悪魔派」の首領と非難した。魯迅はこの「悪魔派」の意味で「摩羅」という語を用いている。

（10）大竹雅則『夏目漱石論考』、桜楓社、昭和六十三年五月、二九三頁。

（11）新カント派とは、十九世紀七十年代前後から第一次世界大戦頃まで、ドイツを中心とする有力学派であった。十九世紀の中頃におけるヘーゲル、シェリング流の思弁哲学の衰退及び自然科学的・生理学的な唯物論の登場に伴って、再び観念論の（科学的な）再編成が必要となり、諸方面から「カントへ帰れ！」の声が上がってきた。その代表的な著作は、リープマンの『カントと亜流』（一八六五）及びランゲの『唯物論史』（一八六六）である。その一般的な特色は、認識論を基礎として理想または価値の世界を確保することにある。『岩波哲学小辞典』（岩波書店、一九九六年一月）一一六頁を参照。

（12）宮川透・荒川幾男編『日本近代哲学史』、有斐閣、昭和五十一年一月。
（13）新理想主義とは、ドイツ、イギリス、フランスなどにおける十九世紀初期の理想的な観念論哲学の崩壊後に発展した自然科学や唯物論や自然主義的傾向に対抗するものとして、十九世紀末から二十世紀にかけて現われた理想主義的な観念論哲学の総称。
　グリーン Green, Thomas Hill（一八三六～八二）、イギリスの新ヘーゲル主義者。イギリスの経験論的・功利主義的伝統に対して絶対的精神への同化による自我実現の倫理を説いた。『岩波哲学小辞典』（岩波書店、一九九六年一月）六一、一二〇頁を参照。
（14）田中浩『近代日本と自由主義』、岩波書店、一九九三年八月、六～七頁。
（15）毛沢東「論魯迅」、『七月』（半月刊）、一九三八年三月。
（16）陳独秀「我対於魯迅之認識」、『魯迅新論』、一九三七年十二月。引用は『六十年来魯迅研究論文選・上』（李宗英・張夢陽編、中国社会科学出版社、一九八一年、二一三～二一四頁）による。筆者訳。
（17）林非『魯迅前期思想発展史略』、上海文芸出版社、一九七八年十一月、八六頁。
（18）曹聚仁「魯迅の性格」、『文思』、一九三七年八月。筆者訳。

第八章　魯迅と漱石の文明批評における近代化思想
——自民族の近代化に対する反省からの出発

はじめに

近代日本の文学者の中で、漱石は最も日本の文明開化、即ち近代化に強い関心を示した作家であり、同時にそれに対して極めて鋭くかつ悲観的な認識を有した作家でもあった。一方、中国の魯迅は、明治末期の日本から影響や示唆を受け、積極的に近代化の問題を考え、当時の一般的な中国知識人とは異なった見解を持っていた。近代化という問題に直面し、それに対して深い思索を行った点で漱石と魯迅には一つの共通した姿勢が見られるのである。

しかし、魯迅と漱石のそれぞれ生きた時代情勢、社会状況はほとんどまったく対照的なものであったことを考えると、この二人の近代化思想を並べて論じるのは、いささか突飛に思えるかもしれない。端的に言えば、漱石の時代では、日本は西洋的な近代を目指すという意味で、全力を尽くしてヨーロッパの近代文明を取り入れ、行き過ぎと言えるほどヨーロッパに追いつこうとしていた。そのため、漱石がそうした「全般欧化」を皮相的な傾向として痛烈な嘲笑や断固たる批判を加えたことはすでに周知の事実である。しかし、アジアの「後進国家」の立場から見れば、日本の明治維新は古いものをすべて捨て去り、極めて積極的に西洋的近代を摂取し、いろいろな後遺症を残しはしたが、とりあえず大きな成功を収め、その後の更なる発展に必要な基礎を築き上げたこと。これは、明確な事実であり、大きな意味を持つ[1]。逆に、魯迅の時代の中国は活気がなく極めて寂寞たるものであった。当時、極めて少数の開明的な知識人は近代西洋を学び、改革を図ろうとしていたが、清朝の統治者たちは彼らに対して再三にわたる弾圧を加え、それはついに大きな流れにまで至ることができなかった。一時期、統治者階層の一部の政治家はヨーロッパの物質文明を取り入れることを図ったが、伝統的で封建的な政治制度、社会構造を守ることを絶対的な前提としたため、失敗に終わったのである。このように、中日両国の近代情勢、近代化の間には、ズレと差が存在していたのである。

にもかかわらず、ここで二人を結び付けるのは、どうしても見失いたくないものが存在しているからである。即ち、二人のそれぞれ依存した時代背景、社会状況がかなり異なる中にあって、二人はともに真正面から如何に真の近代化を図るかという問題に立ち向かっていることである。むろん、近代化の問題を強く意識するといっても、魯迅と漱石とでは、例えば、近代化の課題、西洋のもつ意味、各々の主題、枠組が大きく違っている。魯迅は、亡国の危機すら覚えるような、新しい文明にうとい民衆と、西洋の物質的器具技術のみひたすら求める権力者が共存する時代を生き、一方漱石は、日本の研究者の指摘するように、「すでに欧化主義への反動としての東洋や日本が語られる時代を経た後だった。西洋は必ずしも目的一辺倒ではなく、むしろそれを脱したところから、西洋と日本の間に揺れ動く漱石の主題が展開する[2]」ということであろう。

しかし、二人の間には主題、枠組の違いが存在すると言いながらも、近代化についての思索方向ないし結論は重要な共通したあるいは類似した点が見られる。二人が一体どのような近代化を求めていたのか、その追求の背後にはどういう発想が潜んでいたのかは非常に興味深いことである。故に、本章では、魯迅の近代化認識と近代日本との関係に注目し、彼の近代化思想形成の内在的要素と外在的要素を同時に考慮し、漱石の近代化思想との比較考察を行い、二人の共通点及び同時代における独創的側面を考察しようと思う。

一　魯迅の近代化意識と日本の触発

まず、あらためて留学時代の魯迅における近代化認識と明治日本との関係から始めよう。

魯迅の近代化に対する関心や思索は、主に東京留学時代に書かれた論文（「科学史教篇」「摩羅詩力説」「文化偏至論」及び「破悪声論」）の中に現れており、それらの論文を読むと、若い魯迅がいかに祖国における社会、政治、文化動向に対して敏感であったか、強い関心を抱いていたかが強く感じられる。近年、中国の研究者はこの早期に書かれたものを重視し、特にその中に以降の魯迅「思想」及び他の同時代文学者とは異なるものを見出し、それらを若い魯迅の独創として賞賛を惜しまない。

しかし、そうした、魯迅の早期思想みなおしの中にあって、論者に見落とされている点が二つある。第一点は、魯迅が正面から近代化の問題に触れたのは、ほとんど東京留学時代だけのことであって、帰国後、役人、教員そして職業作家としての生活を二十四年間続けたが、じっくりと近代化の問題を考えたことはなかったことである。その理由は主として当時の中国社会が軍閥混戦の混乱状態にあり、近代化という問題を考える余裕や雰囲気が全くなかったことにあると思われる。そのため、魯迅の独創性を考える際、そうした「独創的」思想、発想を生み出した「場」との関連に注意しなければならない。実は、魯迅自身自らの東京留学時代の論文に触れたことが何回かあった。だが、不思議なのはその発言がこれまでほとんど研究者たちに無視されてきたことである。故に、ここで魯迅の発言にもう一度注目する。

魯迅は自ら書いた「魯迅自伝」の中で、若い時に書いた文章について、次のような言い方をしている。

留学していたころ、雑誌ばかりに何篇かロクでもない文章を発表したことがある。（釜屋修訳）

では、魯迅はなぜそれらの文章をつまらないものと自ら言っているのか、魯迅の性格から考えれば、それは単なる謙虚な言い方ではない。さらに調べると、一九二六年に出版された雑文集（随筆集）『墳』の中に、次のような言葉を見出せる。

これらの、まるきり体裁のちがうものを寄せ集めて、一冊の本らしきものを作ったについては、べつにこれといった堂々たる理由があったわけではない。最初は、たまたま、何篇かの、かれこれ二十年もまえに書いたいわゆる文章なるものを眼にする機会があったからである。これが私の書いたものだろうか、と私は思った。読んでみると、どうやら、たしかに私が書いたものらしい。これは『河南』に寄稿したものだ。あの雑誌の編集者先生には妙な癖があって、文章は長いものがいいといって、長ければ長いほど原稿料も多かった。そこで、「摩羅詩力説」のように、まるで、むりに材料をかき集めて枚数を稼いだようなものを書くことにもなった。（「墳・題記」。伊藤虎丸訳）

また、同じ日本留学時代に書いた他の文章に触れた際も、次のように説明している。

考えてみると、少々思い起こすこともある。たとえば、最初の二篇のごときは、私が故意に削ろうとしたものであった。一篇は「ラジウム」を最初に紹介したものであり、一篇は、スパルタの尚武の精神を描写したものである。ただ、当時の私は、化学や歴史の知識が決してそれほど高いとはいえなかったから、おそらく、どこからか無断で失敬してきたにちがいないのだが、後になって、なんとか思い出そうとしても、原作がどうも思い出せないのである。しかも、そのころは、日本語を勉強しはじめたばかりのときで、文法がまだよくわからないままに、いらいらしながら、本を読み、意味がよく理解できていないままに、大急ぎで翻訳していた。そんなわけで、その内容にもたいそう疑わしいところがある。(「集外集・序言」。岩城秀夫訳)

これらを見ると、少なくとも次の二点がよく分かる。第一点は、魯迅は当時自分の書いた論文にあまり満足せず、よい論文と思わなかったようであること。第二点は、その不満足の理由は、論文作成自体が「むりに材料をかき集めて枚数を稼いだようなもの」であることである。ここに言う材料はいうまでもなく当時日本で出版された書物に違いない。しかし、魯迅の文章にはその引用を明記していないため、具体的にどんな「材料」に依存したかということが、現在でも不明のままである。ただ、文芸論文としての「摩羅詩力説」が例外であり、前にも指摘しているが、北岡正子の「摩羅詩力説」の材源についての検証によって、魯迅の依拠したと思われる日本人の著述や研究、いわばタネ本が明らかになった。こうして、魯迅におけるいくつかの問題理解の枠組は日本文学と共有していること、共通の表現やいい回しの存在すること、あるいは共通の時代的雰囲気が濃厚に感じられることが証明された。

同じ理由で、「摩羅詩力説」と同じ頃に書かれた「文化偏至論」「破悪声論」などについても依拠したものが存在することは極めて自然なことと思われる。例えば、近代化における「精神的」文明と物質文明について、魯迅と明治日本の啓蒙思想家たちの間に、かなり類似した認識あるいは表現がよく見られる。例えば、西洋文明における「文明精神」を学ぶという重要性に対する重視がその一つの例である。

具体的には、福沢諭吉は、文明開化の真っ只中の明治八年に『文明論之概略』を刊行した。その第二章「西洋の文明を目的とする事」という題目さえ見れば、西洋文明を拒否する態度を排し、これを積極的に学ぶ主張が十分に窺える。しかし、西洋文明を「目的」とする時、福沢諭吉が強調したのは、「文明の外形」ではなく、「文明の精神」であった。西洋の文明精神について、福沢諭吉が「東洋になきものは、有形に於いて数理学と、無形に於いて独立心と、此二点である」。前者は「外に見はるる事物」であり、後者は「内に存する精神」すなわち「文明の精神」である。[3]そして、その独立心を代表する文明精神を「至大至重」のものとして、その優位を説く。この外的文明と内的文明について、彼は「外の文明はこれを取るに易く、内の文明はこれを求めるに難し。国の文明を謀るには其難を先にして易を後にし、……先づ人心を改革して次で政令に及ぼし、終に有形の物に至る可し」とし、即ち「今余輩が欧羅巴の文明を目的とすると云ふも、此の文明の精神を備へんがため」、「文明の精神が定まれば、衣食住有形の物は自然と来る」[4]と明言している。当時の日本の現状について、『学問のすすめ』第五編「明治七年一月一日の詞」では、「文明の根本は人民独立の気力にあり」、「今、日本の有様を見るに、文明の形は進むに似たれども、文明の精神たる人民の気力は、日に退歩に赴けり」と述べ、西洋文明を目的とすることの第一は、西洋事物の猿まねでない、やはり「文明の精神」の獲得にあり、最も根底的な精神の次元から近代化を始めようと説く。

魯迅は「文化偏至論」において、「ヨーロッパとアメリカの強国がいずれも物質と多数によって世界に燦然と輝いているその根本は人間にあり、物質や多数は末梢の現象にすぎない。根幹は深くて見えにくく、華麗な花は人目をひきやすいものだ。だから、世界に生存して列国と競争しようとすれば、第一に重要なことは人間にある。人間が確立してしかるのち、どんな事業でもおこすことができる」と述べ、同じように西洋文明の背後の人間と精神こそが重要だと強調している。

表現はやや異なるが、魯迅と福沢の強調していること、つまり物質や制度などより「人心の改革」「人間の確立」が最も根本的なものであるという認識は、両者においてかなり類似しているのである。魯迅が自分の文章にどんなものを援用したかについて、明記していなくとも、前記の彼自身の「説明」を考えると、近代日本という思想文化空間において、多くの思想的文化的な材料を利用し、中国の実情にあわせ、選択や吸収を経て、自分なりの思想を創出したことが十分に推測できる。また、これによって、彼と漱石はある種の共通性のある時代的思想的な枠組をある程度持っていたと言えよう。

二　近代化の現実を通した民族精神への透視

漱石と魯迅はともに思想性に富む文学者だと考えられる。すでに指摘されているように、漱石、漱石文学は「明治という一時代の骨骼を体現し」、「日本の近代の構造や矛盾についてもっとも透徹した洞察を示した[5]」といわれる。一方、魯迅も中国の伝統文化や民衆の魂への透徹した視点で人々の注目を集めている。近代化の問題については、魯迅と漱石はともに人間の精神・心の有り様に敏感に対応して、政治・経済・軍事などのレベルでなく、精神、思想、倫理道徳の視角から独自に近代化の問題を取り扱い、独自の結論を提出したのである。

二人の文学者は、自国の近代化問題を見る際、厳しい批判的視線を以って、自国の近代化を凝視し、その問題点から自民族の精神構造の深層における「欠陥」までみとおし、情容赦のない暴露や批判を行った。

アジアの各国から見れば、近代日本の明治維新は明らかに大きな成功を収め、それによって近代日本はアジア諸国の中で一早く封建社会から近代社会への転換を完成させ、世界的強国の列に入ることができたわけである。しかし、「現代の日本の開化」（一九一一）に示されているように、漱石はそうした文明開化の歴史の中にあって、文明開化の鮮やかな物的成果に陶酔することなく、そこに生じた行きすぎた全般西欧化という現象の本質を看破し、そこに現れる日本人の精神構造に存在する「欠陥」を見出し、痛烈な攻撃を加えた。その批判の激しさや鋭さは世間によく知られているものである。

漱石の文明開化批判には二つレベルのものがあると思われる。一つは文明開化の「外発」性というものであり、もう一つは、ヨーロッパ近代文明の「限界」に関する意識である。明治から大正へかけての比較的長い啓蒙の時代は、なお自覚的に近代の限界という主題を取り上げる時代ではなかった。それは当時の文明論にも投影しており、例えば、福沢諭吉の場合、西洋を絶対化しなかったが、根底には文明そのものへの揺るぎない信頼があった。その信頼に基づいて西洋を「目的」とし開化の波に立ち向かうのに、何のためらいもなかった。しかし、漱石の場合は、多様で敏感な知性は時折無意識に問題の急所に触れ、根底においてすでに文明への信頼にかげりを生じ、近代西洋文明に「限界性」を感じ、日本の開化に立ち向かえば立ち向かうほど希望に満ちた旋律から遠ざかってしまうのである。

「文明開化」の外在性、欧米を絶対的な「本位」とし、ひたすら欧米模倣にあけくれる日本に対して、漱石は最も自覚的であった。彼はかつてヨーロッパ文明の発祥の地――ロンドンに留学し、爛熟した西欧文明の現実、即ち西欧の近代化そのものをよく知ったため、視点を変え日本を外から眺めて、「色々な事を見たり聞たりするにつけて日本の将来と云ふ問題がしきりに頭の中に起る」（「倫敦消息」、『ホトトギス』明治三十四年五〜六月）という視点に立ち得たのである。

余が現在の頭を支配し余が将来の仕事に影響するものは残念ながら、我が祖先のもたらした過去でなくつて、却て異人種の海の向ふから持つて来てくれた思想である。(『東洋美術図譜』、『東京朝日新聞』明治四十三年一月五日)

何事も西洋を学ばねばならぬ、真似なければならないといふ観念―これが年来、今日まで養成された事実かも知れぬ、否、事実以上の感じが起るのは明らかである。(「戦後文界の趨勢」、『新小説』、明治三十八年八月)

こうした文明開化の問題点について、現在の研究者はその見方が大体一致している。即ち「まったく異質な西欧文化と接触した当初、それと批判的に対決することを怠り、近代的産業及び技術、資本主義、民法、軍隊組織、それに科学的研究方法などを矢次早に吸収することに成功した日本の擬近代性は、外観の成功が派手であればあるほど、内発性を失い、自己批判の精神、自己を懐疑し否定する形式や方法までもヨーロッパから借りてこなければならなかったのだ[6]」ということである。明治維新当時、文明開化批判の声がすでに起こり、田口卯吉は文明開化が「幼稚な開化[7]」だと評した。漱石は、「日本ガ萬事ニ於テ西洋ヲ崇拝スルハ愚」(「断片」、明治三十四年)であり、「皮相上滑りの開化」であり、「本当の覚めたるにあらず」(「日記」、明治三十四年三月)と指摘している。彼は、日本の開化は西洋を急激に受容した「外発的」開化だから国民は「空虚の感」や「不満と不安の念」を抱かなければならぬのに、「夫を恰も此開化が内発的でゞもあるかの如き顔をして得意でゐる人のあるのは宜しくない、それは余程ハイカラです、宜しくない、虚偽でもある、軽薄でもある」(「現代日本の開化」)、と批判する口調は非常に激しい。

さらに、漱石は、日本の開化は「内発的」ではない、「外発的」だという、この文明上の事実をはっきり自覚すること、即ち日本人がひたすらヨーロッパの後に追いつこうとしているという点から、単に日本の文明開化の歪みを指摘するだけでなく、その歪みから日本人の精神構造上の問題点を追究し、日本人が主体性を欠如し、「悲酸な国民」として、「奴隷」性を有するということを厳しく指摘している。

西洋ノ理想ニ圧倒セラレテ目ガ眩ム日本人ハアル程度ニ於テ皆奴隷ナリ。（「断片」、明治三十九年）

実際には、明治の啓蒙思想家の中で、国民の「奴隷根性」を指摘した人物はかなりいて、漱石は最初の一人ではなかった。福沢諭吉は一身の独立が一国の独立の前提と説いているが、明治前期の啓蒙学者中村正直は、「奴隷根性の人民」（「人民ノ性質を改造スル説」、『明六雑誌』第三十号、明治八年二月）というような言葉を使って、国民性を改造する必要性を強調した。三宅雪嶺（一八六〇～一九四五）は「奴隷根性と義務心」を題とし、「今は独立心を高め奴隷根性を低減するの必要を感ずるや愈々切、之に関して詔勅もがなとも思はる」[8]と述べている。しかし、それらはあくまでも上から「奴隷性」を一般の国民の悪い根性として捉え、批判しているだけである。ところが、漱石はこの問題を明治国家により行われる上からの近代化ばかりでなく、普通の民衆及び支配階層を含めての日本全体の問題とし、奴隷性という冷酷な表現をもって「他人本位」「自己喪失」という精神構造上の問題を徹底して考察している。そこには、同時代の知識人と比べても、漱石の自民族認識と批判の深みがはっきり見られるのである。

自民族の近代化に対する態度、近代化のあり方から、国民の精神構造上の欠陥を透視するという点において、魯迅は漱石と類似した特徴がある。漱石は日本人の西洋模倣の行き過ぎから、主体性・独立精神の乏しいこと、即ち「奴隷性」という本質を見出したのに対して、魯迅は一見正反対のように見える中国の現実、即ちいかなる改革も図らず、新しいものに抵抗して、頑固に古い倫理道徳、制度事物をあくまで守ろうとする無気力な現実――まさしく漱石の感嘆しているように、支那人は「不幸ニシテ目下不振ノ有様ニ沈淪セル」である（「日記」、明治三十四年三月）――から、進取せず、沈淪し、圧迫されることに甘んじるという形に現れる「奴隷性」を感じとって、その精神面の欠如を中国が世界に遅れた最大の原因として認識し、極めて強い嫌悪と批判を与えているのである。

魯迅の生きた時代の中国は、基本的に近代日本と相反する状態になっており、世界情勢に関心を持ち改革に意欲を持つ一部の知識人を除けば、中国社会の支配階級である清朝から一般の民衆までが、新しい時代の流れを無視し、古い伝統や現状を維持しようとして、外来文明や自国の改革の必要性に対して、鈍感な態度をとったり無関心ないし拒否排斥するという状態にとどまっていた。しばしば中華思想という名で語られるように、清朝の支配層及び文人士大夫たちは、中国文明こそおよそ文明の名に値する唯一の文明であり、「中華的」生活様式が全人類に及ぶべきことを確信しており、どのような情況下でも、あくまでも三綱五常[9]を保持すべきであり、伝統的な君臣関係や親子関係に抵触するものは絶対に排斥すべきであるということがかなり普遍的な信念となっていた。それに対して、当時の啓蒙思想家康有為は、「現在の病弊は旧法を大事にまもって変革しようとしないことであります[10]」と繰り返し述べている。

日本留学時代の魯迅も近代化の問題を論じ、中国の現実に対して深い憂慮を示している。

中国は自尊自大によって天下に著名であり、悪口の得意な人はこれを頑固とよび、さらに骨董のかけらを大切に抱いたまま滅亡しようとしている、という。……今日の中国は、内情はすでに暴露され、四方から近隣諸国が競い群がって圧迫を加え、いまや変革をせざるをえない状況にある。脆弱に安んじ、旧習を固守していたのでは、世界に生存を争うことができないのはもちろんである。（「文化偏至論」）

日本から帰国後、魯迅は引き続き自分の批判を深化させていった。彼は、今の中国の現状が単に統治階級の政策選択の誤りだけでなく、その奥には、文化伝統、社会心理、民衆の精神構造上における「逃避」「怯惰」などの問題点があり、それこそが根本的な根源だと強調している。

中国人が勇気をもって正視せぬ様々な場面で、ごまかしとだましを使って奇妙な逃げ道をこしらえ上げ、それを自分では正しい道だと思いこむ。ここにこそ、国民性の怯懦と、怠惰と、狡猾が証明されているのである。日々満足しつつ、すなわち日々堕落しつつ、なんと、日々その栄光を見ているると感じているのだ。（「眼を開けて見ることについて」）

そういう悪い根性が存在し、長い間マイナス作用を及ぼしているので、「中国人はこれまで「人」たるの値打ちをかちとったことがない。せいぜいで奴隷であった。現在でもそうだ。ところが、奴隷以下になったことはしばしばあり、珍しくはない」（「灯下漫筆」。北岡正子訳）と、魯迅は終始厳しい見方をしている。
新しい異質文明や改革への拒否と排斥→国民性→奴隷性というのが、魯迅の現実に対する思考に存在する論理的な図式だと言える。魯迅の作品には、奴隷、あるいはそれに近い表現がよく使われている。最も代表的な小説「阿Q正伝」では嫌悪と同情の混在という二重の感情をもって、農村の最底辺を生きる農民「阿Q」の奴隷根性を描き、それを中国の進歩発展、つまり中国の近代化における一つの根本的問題として見つめている。
日本の中国文学者丸尾常喜は魯迅の文学を「民族的自己批評[11]」として捉えているようであるが、この民族的自己批評は文学だけでなく、彼の思想の全体まで浸透しており、今論じている近代化の問題にも鮮明にそれが反映している。

魯迅と漱石はともに「奴隷」という酷薄な言葉を使って、自国の近代化の現実を見つめ、自民族の主体性を問題にしている。漱石は「文明開化」という西洋の移入に追われ続けたあり方から、奴隷性を抽出し、開化そのもの及び日本人の精神性における問題点を厳しく追究した。一方、魯迅は、自民族の堕落不振の原因を精神上の奴隷性にあると考えているのである。漱石は日本の「自己本位」を目指しているが、魯迅は奴隷的な旧人間の打破、「個」的な「新人間」の確立にこそ、自国・自民族の希望が見えてくると信じている。奴隷性というキーワードに示される、徹底的な自民族に対する反省と批判が、魯迅と漱石の重要な共通点なのである。

三　「自己本位」と「人間の確立」の真意

近代化問題を考える際、具体的なレベルの問題よりも、その近代化を進める主体の精神構造の状態を最も重要な問題として、そこから真の近代化を模索しようとした点が、漱石にも魯迅にも見られる特徴だと考えられる。

日本の近代化論の流れにおいては、全面的に近代ヨーロッパ文明を受け入れようとする方向が確かに最初から支配的傾向であった。しかし、思想史家たちが指摘しているように、近代化論の中で、「新しい国家構想を導き出した指標ともういうべき国家の独立と富強というは、同時にそれと見合った人間像の創出を必要とした」という主張[12]も最初からあらわれている。例えば、福沢諭吉、中村正直などの啓蒙思想家の言説の中には、近代化を実現するために、人間の独立の精神を確立させなければならないというような主張が確かに存在した。しかしながら、政府が主導した文明開化実施の過程の中にあっては全般的な欧米模倣こそがやはり基本的な傾向だったのである。

漱石はロンドンの地で、自己本位という個人主義的な信念を確立し、それを自分の精神危機を救い様々な困難を乗り越える最も有力な「武器」とした。ところが、そうした自己本位の理念で西欧本位の近代日本の開化を照射する際、漱石は自分の信念と「外発」で「他人本位」の現実の間にあまりにも大きな差が存在していることに気づき、開化の現実に対して不満と失望を禁じ得なかったのである。

精神界の学問の事は無論として、礼儀、作法、食物、風俗の末に到るまで漸くこれに則るといふやうなことになつた。ツマり風俗人情の異つた西洋が主となつて来た。（「戦後文界の趨勢」）

夫を恰も此開化が内発ででもあるかの如き顔をして得意でゐる人のあるのは宜しくない。……虚偽でもある。軽薄でもある。（「現代日本の開化」）

漱石は、日本が陥った混乱や錯誤を自分たちの現実から遊離してただ「外発」的にヨーロッパの近代を受け入れてきた結果としての必然であると、冷静な立場に立って判断した最も早い人物の一人であった。すでに多くの研究者によって論じられているが、漱石の近代化論は、基本的に「内発的開化」と「外発的開化」という二つの軸を中心に展開したものである。明治日本における開化は西洋の開化にその方向を合わせ、それに追い付くためのものであったことは明らかで、漱石の「自己本位」の信条と全く矛盾する方向にあったのである。漱石の観念的世界において、ある文明の形態、特に精神文化は、その文明の中で、生きる人間の心意現像の反映である。どのような開化の形を選ぶかは人の心のあり方によって決まる。そのため、外的必要が強いる開化の選択が人の心意の自然にふさわしければ問題ないが、心意の自然に反して選択を行わなければならないとき、人はどのように生きたらよいのであろうか。これは避けられない問いであった。換言すれば、内心から発するもの、自分の内部の歴史から発する開化こそ真の開化になるということである。

漱石の「内発的開化」が主に精神文化の面を指すのは、明白なことと言える。一方、漱石は一貫して物質面での「真似」の有効性を認めており、彼の発言も「内発的」開化がよくて、「外発的」開化は悪い、という次元で語っているものではない。いわば「日本の開化の有様をよく見据えた上で、〈外発的〉開化をほとんど不可避とみているのだ。確かに彼は、〈内発的〉と〈外発的〉との区別、すなわち日本の開化の〈外発〉性に無自覚な態度を批判した。が、区別に自覚的でありさえすれば、〈外発的〉も〈已むを得ない〉と認めているのである」[13]。しかし、「人間の内部の歴史になると、又其内部の歴史が外面にあらはれた現象になると、さう簡単には行きません様です」、「西洋人が自己の歴史で幾多の変遷を経て今日に至つた」、ところが、彼らの「最後の到着点」はあくまでも自己の歴史の自然な発展にほかならない。「かならずしも標準にはならない」。つまり、漱石は西洋の開化について、それを日本に適用した場合のすべての領域での有効性通用性を簡単に認めることができなかった。そのため、「西洋人の新が必ずしも日本人に正しいとは申し様がない」(「創作家の創作態度」、明治四十一年四月)と断じるのである。彼は各民族には独自の特性があり、精神・心性の個別性を有し、非一元性が存在するという認識を示し、日本の開化が文化的な多元化原理に反した傾向を有することを明確に指摘し、行き過ぎの「西洋模倣」の存在理由を論理的かつ哲学的に否定したのである。

何でも西洋を真似なければならぬと、一も二もなく西洋を崇拝し、西洋に心酔して居たものが、一朝翻然として自信自覚の途が啓けて来ると、その考も違つて来る。(「戦後文界の趨勢」)

結局、漱石は開化というものがどうしても一民族の特性、その民族の心から切り離せないものであり、しかも無理に押さえることもできないものであることを強く自覚しているのである。

日本と西洋とは凡ての点に於て異つて同じくない、……その異なる国民であれば、一種の文明、一種の歴史といふやうに、日本としての特性を有つて今の世の中に生存して居るので、縦令んばどの位西洋に感服しても、これを国民に紹介するに当つては日本人としての特性を忘れてはならんので、これを判断するのもその通り日本人としての特性を離れてはならぬ。(「戦後文界の趨勢」)

日本には日本固有の特色がある。其特色を発揮することが何よりえらいのだ。同時に自己の特色を発揮するのがえらいのだ。(「批評家の立場」)

明治維新の同時代人としての漱石と違って、魯迅は二つの時代を生きている。一つは清朝(一六四四〜一九一一)の末期、即ち中国近代の最も悲惨であった時代であり、ほぼ魯迅の日本留学時代と重なるものである。今一つは、「辛亥革命」以降の時代である。「辛亥革命」(一九一一)の成功は、王朝の皇帝専制体制をその制度において、最終的に消滅させた。帝国は解体し、皇帝権力は打ち砕かれ共和制の中華民国が姿を現した。しかし、それは新たな共和国の政治的秩序が生み出されたことを意味するものではまったくなかった。実質上、軍閥の割拠、混戦という状態が続いていた。昔と殆ど同型の専制的権力が国の各地域、社会の各地域に微分化されて散乱したため、国家的な近代化の実施は完全に不可能であり、統一的な近代国家は形成されなかった。

そうした時代において、魯迅は今日の悲惨な現状をもたらしたのは、物質文明の遅れ、社会制度の不備よりも、人心の堕落、主体性、精神の喪失こそ最も根本的理由だと認識したのである。魯迅の日本留学時期には、中国国内において、統治階層の「洋務派」といわれるグループがヨーロッパの科学技術、軍事技術を取り入れることによって、「維新」を図ろうとした「洋務運動」[14]が行われていた。魯迅はその精神・文化・制度に一切触れず、ただ物的「道具」だけを取るやり方を本末顚倒と批判して、一九〇八年、東京で発表された「科学史教篇」という文章の中で、明確に問題点を指摘している。

> 他国の強大におどろき、不安にふるえおののいて、しきりと富国強兵の説を唱える者は、うわべはもとよりにわかに覚醒したかのようにみえるが、その実態は眼前のものに目がくらんだにすぎず、いまだものごとの本質を悟っていない。ヨーロッパ人が中国に来て、何よりも人々の目をくらませたのは、まえにあげた富国と強兵だった。しかしこれらはいずれも根本ではなく、枝葉にすぎない。……進歩には順序があり、発展には根源がある。国をあげて枝葉のみを追い求め、その根本を探求しようとする一、二の士すらないことを、憂えるのである。なぜなら、根源のしっかりしたものは末ながく発展するが、末節ばかりを追い求めるものはすぐに滅びてしまうからだ。（「科学史教篇」。伊東昭雄訳）

魯迅は、東京留学時代に集中して書かれた近代化問題に触れた文章の中で、何回も繰り返してヨーロッパの物質文明だけでなく、精神文明も学ばなければならないことを強調しており、「世の中がかたよって、一方に向かってひた走るのを防がないと、精神が次第に失われ、やがて破滅がこれにともなう、ということだ」（同前）と述べている。しかし、魯迅のいった「精神文明」は一般の意味での哲学、思想、学術ではなく、それよりもっと根本的な人間の主体性、独立の精神を指しているのは明らかなことである。このような意味で、物質文明の摂取ないし政治制度の改革よりも、人間の改造、即ち人間自身の主体性の確立というものこそ第一の任務、第一の前提そして最も根本的な問題だということが、魯迅の最終的結論だと言える。

世界に生存して列国と競争しようとすれば、第一に重要なことは人間にある。人間が確立してしかるのち、どんな事業でもおこすことができる。人間を確立するための方法としては、個性を尊重し精神を発揚することがぜひとも不可欠である。（「文化偏至論」）

当然ながら、ヨーロッパ文明の根底にある精神が一体どんなものか、中国では、一体どのようにして「人間」を確立させることができるのかについて、時代の制約もあるが、魯迅は明確な回答や具体的な実行策を提出することができなかった。彼はただ現実に存在している混乱や錯誤を凝視し、その結果、人間が自己を確立することから近代化は出発するという見解を世の中に示したのである。

近代日本の時代状況によって、漱石はある場合には近代化を推進する役割を果たしたが、他の場合には反西欧の役も演じており、他人の言葉を借りると、「明治という時代には、最高の知識人でさえ二重の姿勢をとらざるを得なかった」[15]ということになる。魯迅の生きた時代では、いかに古い伝統を破り、ヨーロッパ文明を積極的に取り入れるかが急務であったため、魯迅は基本的に西欧近代文明輸入の主張者、推進者であり、啓蒙家であった。

また、二人はともに近代化という問題に対して、具体的な解決案を出せなかったという限界を有している。漱石の「現代日本の開化」は、日本の文明開化の現状を如何に切り抜けるかについて、「私には名案も何もない。只出来るだけ神経衰弱に罹らない程度に於て、内発的に変化して行くが好からうといふやうな体裁の好いことを言ふより外に仕方がない」という抑制したような言い方をしている。即ち「内発的」開化といっても、漱石自身具体的なイメージを描けるほどその内部に通暁していたとは言えないであろう。漱石が「外発的」と「内発的」との区別を強調したのは、あくまで日本の「外発」性の自覚を促すためであった。魯迅は、個性尊重を通じて人間を確立させるによって真の近代化の土台をはじめて築き上げることができるという思索を提示したが、結局、具体的な解決案を出せなかった。しかし、近代化における人間の主体性、精神の在り方を問題にし、重要な解決の方向を示したという点で、二人の重なる部分は多い。

四　民族復興の熱望

近代西欧文明に押し流されつつある日本の文明開化という場にあって、如何に西方からの大波を迎えるか、どのようにしたら進歩発展を達成させながら、自己本来の性質を保つことができるのか、漱石が苦しみ懸命に考えたのは正にこうした扱いにくい問題であった。一方、魯迅は中国民族の復興（新生）のために、伝統的価値を否定し、西洋文明を取り入れなければならないという選択をせざるを得なかった。歴史的な任務はかなり異なるが、二人の悩みは同じものであり、自民族の伝統や文化と西洋の間でうまくバランスを取ろうとした点に共通なところがあったのではないかと思われる。

一言でいえば、漱石の主張した「内発的」開化、「自己本位」による開化には、西洋からの圧迫に対する反抗、自己解放の追求などが感じられる。漱石の開化観について、「彼の日本の伝統文化に対する回帰ないし固執が十分に感ぜられる」[16]という見方があるが、しかし、漱石の言葉の表面にこだわりすぎた感がある。漱石は確かに西洋文明の唯一性・優位性・絶対性というものを否定したが、しかしながら、漱石の反西洋認識は、日本の固有文明へとは進まなかったと言える。漱石自身は国粋主義を論じた際、以下のような内容を繰り返し語っている。

国粋保存といふことは昔の日本の事を再び今日に繰返さうといふ精神が基礎であつたと思ふ。然しそれは到底時代の大趨勢には敵すべきものでない。日本と西洋とは無論歴史からも、建国の基礎からも違つて居るが、東西交通の今日に於て昔のまゝをそのまゝに繰返さうといふ国粋保存主義は事情が許さぬ、従つてこの主義もやかましく言つただけの効力が無かつたのである。一時反抗した国粋主義も遂に時代の大趨勢に壓せられてしまつた。

（「戦後文界の趨勢」）

したがって、漱石における西洋への相対化は決して単なる固有伝統への復帰ではない。歴史上の事実として、日本の文明開化は近代西洋を目標・モデル・権威として行われてきたものであった。換言すれば、文明開化の「原理」というものは西洋の近代原理であったということである。漱石は明らかに当時の日本人の近代西洋コンプレックスに反発を感じ、更に福沢諭吉の『文明論之概略』が示した過去の日本を捨てて西洋の新文明につくという決断及び野蛮↓半開↓文明という単一の発展の想定、即ち当時の文明開化の理念から脱して、根本から近代化そのものを深く反省するという立場にあったのである。中でも、とりわけ重要な点は、近代西洋原理による「現代日本の開化」を論じた際、

「開化」に対して独自の定義を下していることである。

開化は人間活力の発現の径路である。

多くの研究に指摘されているように、漱石のこうした独自の開化意識あるいは文明意識は、正に既存の文明開化の倫理に対する根底的な見直しだと言える。即ち、西洋文明だけが文明ではない、それぞれの文明圏に生きる「人間活力の発現の径路」は、それぞれの文明そのものであるということである。このような開化に対する定義に従うと、既存の文明開化の理念が成り立たなくなるのである。同時に開化の単一性の否定、文明の複数性の承認―近代西洋を相対化する視点は、漱石の「自己本位」という信条に堅実な立脚地を与えることになったのである。

確かに漱石の述べているように、西洋近代は、西洋の歴史における一つの可能性の実現、限られた一部分にすぎない。近代西洋文明は「西洋人が自己の歴史で幾多の変遷を経て今日に至つた最後の到着点」であり、従って、すべての国、民族にとっては「必ずしも標準にはならない」。しかしながら、「西洋を手本にしたら間違が少なかろう」（「創作家の態度」）という立場に漱石があるのである。

このような西洋文明の理解に基づいて、漱石は自己を標準として、主体性を持って、西洋文明がどのぐらい正当かどうか判断することが必要であると主張しており、日本人の「自覚自信」を立て、日本人の特性を発揮しなければならないと呼びかけている。

あながちに西洋を模倣するといふのはいけぬ、西洋ばかりが模範ではない、吾々も模範となり得る。彼に勝てぬといふことはない……。（「戦後文界の趨勢」）

ここにおいて、漱石はかなり感情のまじった言葉で、自民族への自信を示している。

漱石の近代西洋と戦おうというような言説は、開化の非単一性、近代化の非西欧性という立場から、明らかに単なる前近代的な「伝統」へ回帰することではなく、むしろ日本の特性・日本の伝統の上に根ざした個性的な「開化」を確立することを通じて、自民族のエネルギーを出し切り、他人に頼るだけの近代化でなく、自分の精神土壌から近代化を育てていこうという熱望の現れでさえあった。そこには、漱石の期待と悩みが並存している。つまり文明開化の軽薄、行き過ぎを批判しつつも、どこか別のところに解決の道があるわけでもなく、現実を好むと好まざるとにかかわらず受け入れ、現在の自己の立たされている足元から出発するしかない、言いかえれば、現実に反発しても現実を容認するしかないという苦しい立場にあるのである。[17]「現代日本の開化」の中で、漱石は近代日本に関して痛切な宿命観を述べている。「向後何年の間か、又は恐らく永久に今日の如く押されて行かなければ日本が日本として存在出来ないのだから外発的といふより外に仕方がない」という。

中国の現実は日本と異なっていたため、魯迅には漱石のような苦しい憂慮はあまりなかった。彼にとって、中国に必要なのは、むしろ明瞭で思いきった西欧文明の輸入と保守という現実の打破ということである。即ち、伝統的なもの、現実の「国民性」に対して徹底した批判否定を加え、次に、近代西洋の思想、とりわけニーチェをはじめとする個人主義を受容し、それによって伝統を掃蕩し、まったく新しい人間を作るべきであると考えたのである。

魯迅の激越な伝統攻撃と西洋近代受容の主張は、一見欧化主義的な近代化の主張であるかのように見えるが、それは単なる「欧化主義者」「西洋モデル主義者」ではない。確かに、魯迅は、近代西洋文明と中国文化とが全く異質のものであり、かつ近代西洋における物質と精神という両面の価値或いは「先進性」が、いわゆる「以前にまさり、東アジアを凌駕している」（「文化偏至論」）ことを明快に認めた。だが、彼は中国人、中国文化が近代西洋に接近すべきこと或いは同化すべきことを主張しているのではない。むしろ、魯迅の伝統批判、中国人批判及び近代西洋受容は、中国人の主体のあり方、精神のあり方を問題にしているのであり、魯迅はこういう方法で、中国人自身の精神が変革されることを願っているのである。言い換えれば、中国人の主体性が呼び覚まされ、中国人は他人になるのではなく、いわばよりよい中国人になることで、自己が回復されることを願っているのである。

魯迅の世界には、彼自身の生きた時代の悲惨な現実、自民族に固有な精神の失墜、進取を願わぬ守旧というあり方などに対する悲観ないし絶望が底流として流れている。

　今日の中国は、濁流滔々として流れ、剛健なる者もみな淪没を免れないのである。美しい祖国の沃野は、荒れ果てて荒野のごとくであり、黄帝の霊は悲しみ嘆き、民族の魂は失われ、心の声も内なる光も二つながら期待すべくもない。（「破悪声論」）

こうした悲しい現実に直面し、どのように変革するかが問題となったとき、魯迅の目の前にあったのは、「民族の魂」が既になくなってしまって、「漢唐（漢の時代と唐の時代）」のような「外来の事物を取り入れる」「気力」をも失ってしまい、残っているのは、ただ活気のない現実と人間しかないという中国の姿であった。そのため、魯迅は既成の価値体系に対して、破壊、反逆するニーチェの個人主義を取り入れ、「独立自強、俗塵をはなれ、世論を排し、世俗の束縛にとらわれない、勇猛無畏の」「超人」によって、腐敗した現実を破り、「人々の内なる光を呼び起こし」、国民の元来の精神、主体性を取り戻そうとしていたのである。[18] 換言すれば、魯迅は、西洋近代受容を通じて、中国自身に自己を正しく認識し直させ、そこから、中国は出直すべきであると考えたのである。

ここで、重要なのは、魯迅における外来文化の受容、開化の希求の裏側には民族の倫理的回復を目指す民族主義があったということである。かつて日本留学時代に魯迅は次のような民族主義的感情に満ちた文章をつづっている。

今日に至り、時代の大勢はまた変化した。新奇な思想や奇異な文物が、しだいに中国に入ってきた。志士たちの多くが危機感を抱き、あいついで欧米に赴き、かの地の文化を吸収し、これを祖国に取り入れようとしている。その触れるものは、すべて最新の空気であり、その接するものはすべて最新の思想であるが、その血管を環流しているものは、依然として、炎帝・黄帝の血である。これまで外気の寒冷にわざわいされて内にひそんでいた美しい花が、いまや、力強く頭をもたげたのだ。（「破悪声論」）

魯迅の目から見ると、外来の新しい事物や思想は全く異質なものであるが、中国、中国人にとっては有益な刺激剤ないし栄養剤であり、その刺激と養分によって、中国の伝統や文化が回復し活発化することは非常に重要なことであった。

しかし、一方、魯迅の西洋近代受容は決して普遍的な西洋近代への単なる同化や接近ではない。彼が挙げた比喩のように、我々が牛肉を食べるのは栄養をとるためであり、絶対に自分を牛にさせるためではないのである。魯迅が追い求めたのは、民族の「回心」、民族の再生、民族がもう一度自己の「主体性」「個性」を自覚的に回復することである。それは、「外は世界の思潮に遅れず、内は固有の伝統を失わず、今を取り、古を復興」する、という魯迅のあこがれに起因する。こうした意味で、魯迅を世界主義に基づく民族主義者であったと言っても、過言ではないであろう。

以上の考察より、漱石と魯迅のヨーロッパ文明への態度にはかなりの相違があると言える。漱石は日本の開化に対して不満を抱き批判的であり、西欧の文明に対しても無意識にしてもその限界性に気がついている。一方、魯迅は、ヨーロッパ文明を高く評価し、それを受容することに力を入れた。しかし、こうした違いはあくまでも両国の時代、社会の相異に基づくもの、実際、根底においては、二人共に自民族の精神・主体性・個性を主として、他者を従とするという点で共通しており、共に自民族の内部からできた西欧文明に劣らない「近代化」の達成を熱く願っているのである。

おわりに

今日から見ても、半世紀以上前、漱石と魯迅が取り組んだ開化（近代化）の問題は、現在の社会にとっても、なお重要な課題である。現代社会においても、伝統と近代化の問題、民族と国際化の問題はなお解決がついていない。世界中でさまざまな形での紛争が今も続いているのである。近代化についての彼らの見解は、我々が今日の世界を考える場合、大いに助けとなるものである。

特に注意すべきは、二人が精神のレベルで提出した近代化の主体の自覚意識あるいは主体意識、即ち漱石の「自己本位」「内発的」な近代化の問題である。周知の通り、二十世紀二十年代からいわゆる「西欧近代原理」が多方面で問いなおされるようになった。西欧特に西欧近代の脱中心化＝相対化は、レヴィ・ストロース、フーコー、デリダのような西欧知識人の自己批判によって、先取りされている。昔のような西洋と東洋という対立図式は大幅に変わったのである。こうした変化は人々がより柔軟に近代化を考えるために、広大な空間を提供している。

こうした意味から言えば、文学者としての漱石と魯迅は、文学史上だけでなく、近代文化史、近代思想史上でも大きな足跡を残しており、現代の我々において、その意味するところは大きい。

注

（1）これについて、比較文学者平川祐弘にも次のような発言がある。「最近は東大にも韓国、中国、台湾など東アジアからの留学生が増えた。その留学生と一緒に『それから』を読み、『三四郎』を読むと、彼等は日本がこれだけ近代化に成功したのになぜ日本のインテリはいつまでも贅沢な不満を言ってるんだ、という反応を呈するのです。つまり、同じ東アジアでも、北京あるいはソウルなどから来た留学生の目から見ると、日本はうまく近代化を成し遂げた国である」。「座談会・漱石における東と西」（『国文学――解釈と教材の研究』、昭和五十八年十一月号）参照。

（2）浅田隆編『漱石――作品の誕生――』、世界思想社、一九九五年十月、一〇八頁。

（3）福沢諭吉『学問のすすめ』、石田雄編『近代日本思想大系2・福沢諭吉集』、筑摩書房、一九七五年二月。

（4）福沢諭吉『文明論之概略』、石田雄編『近代日本思想大系2・福沢諭吉集』、筑摩書房、一九七五年二月。

（5）三好行雄「夏目漱石事典序」、『別冊国文学№39・夏目漱石事典』、学燈社、平成二年七月、六頁。

（6）福田恆存「反近代の思想」、福田恆存編『現代日本思想大系32・反近代の思想』、筑摩書房、一九六五年二月、十二頁。

（7）田口卯吉『日本開化之性質』、松本三之介編『近代日本思想大系30・明治思想集Ⅰ』、筑摩書房、一九七六年三月。

（8）『明治文学全集33・三宅雪嶺集』、筑摩書房、昭和四十二年三月、三四二頁。

（9）「三綱」とは、前漢の董仲舒の用語で、封建社会の主要な道徳関係。君は臣の綱〈おおもと〉、父は子の綱、夫は妻の綱とする。董仲舒は「陽は尊く陰は卑しい」という理論に基づいて、妻・子・臣は夫・父・君の存在に完全に従属するために存在するとし、この封建道徳秩序を天の法則の地位にまで高め、それによって封建支配の合理性と永続性を証明した。二〇〇〇余年来、ながく中国封建社会の精神的支柱となってきた。「五常」とは、儒家の提唱した仁・義・礼・智・信の五つの道徳。三綱と組み合わせされて、支配秩序を維持する重要な道具となった。孟慶遠他編・小島晋治他訳『中国歴史文化事典』（新潮社、一九九八年二月）参照。

（10）康有為「清帝にたてまつる第六の上書」（一八九八年一月二九日）、西順蔵編『原典中国近代思想史』第二冊、岩波書店、一九七七年四月。

（11）丸尾常喜「〈恥辱〉の形象について——民族的自己批評としての魯迅文学」を参照、『北海道大学文学部紀要』第二六巻第二号。

（12）松本三之介「啓蒙的知識人の課題」、『明治思想史——近代国家の創設から個の覚醒まで』、新曜社、一九九六年五月、四五頁。

（13）前出浅田隆編『漱石——作品の誕生——』、世界思想社、一九九五年十月、一二一頁

（14）洋務運動とは、中国において、一八六〇年から九四年の三十五年間、一部有力官僚が推進した軍事中心の近代化運動。自強新政、同光新政ともいう。『アジア歴史事典・第九巻』（平凡社、一九六二年四月）参照。

（15）前出福沢諭吉『文明論之概略』、九頁を参照。

（16）古賀勝次郎等『比較文化のすすめ―異文化理解のめざすもの』、成文堂、昭和五十八年六月。

（17）世界的現実を見ると、現代においては、西欧近代原理をいかに乗り越えるかということがますます大きな問題になってきており、今日でも解決はついていない。その意味で、漱石及び魯迅の精神的苦闘を通じての模索は人類にとっての貴重な経験であり、今日でも注目されるべき内容を有する。

（18）魯迅「文化偏至論」を参照。

第九章　価値顛倒の視点と「文明批判」の様相

――『阿Q正伝』と『吾輩は猫である』を中心に

はじめに

魯迅自身及び周作人の証言によると、一九〇七～一九〇九年の間に、魯迅は漱石に魅了され、『吾輩は猫である』を耽読し、漱石文学に大きな関心を示していたという。中国の研究者の間でも、文学活動の開始期に、魯迅が漱石から影響を受けたことはほぼ異議のないこととして認められている。だが、問題は、若い魯迅が漱石のどのようなところに強い共感を感じたのか、漱石文学にどのようなものを求めていたのか、ということである。

来日五年目の一九〇六年三月、つまり漱石文学に出会う直前、「幻灯事件」を一つのきっかけとして、魯迅は仙台医学専門学校を辞め、医学から文学へと人生の転換を遂げた。その重大な転換の理由は芸術という「象牙の塔」に入ろうとするようなことではなく、文学をもって中国人の主体意識を確立させることによって、危機に満ちた中国社会を救うということを目的とするものであった。それについて、魯迅自ら次のように明言している。

日本に留学していたころ、私たちはある漠然とした希望を持っていた――文学によって人間性を変革し、社会を改革できると思ったのである。（『域外小説集・序』）

我々が最初にやるべきことは、彼ら（国民を指す――筆者）の精神を変えることだ、そして精神を変えるのに有効なものとなれば、私は、当時は当然文芸を推すべきだと考え、こうして文芸運動を提唱しようと思った。（『吶喊・自序』）

魯迅のこうした思想的背景とモチーフは、おそらく彼の漱石受容に決定的な指向を与えたと思われる。漱石の作品、例えば当時魯迅が熱心に読んだ『吾輩は猫である』は内包するものが非常に豊富で、さまざまな意味を読みとれる小説であるが、ただ、魯迅はあくまでも自分の内部の必要に応じ自分なりの形で漱石に接近し、独自の受け止めかたをしたと考えられる。周作人は主にユーモア、笑い、軽妙な諷刺という芸術手法の面で魯迅と漱石の接点を考えており、「私の知るところでは、『阿Q正伝』の筆法は外国の短編小説から来ており、中でもロシアのゴーゴリとポーランドのシェンキェヴィッチの影響が最も著しい。日本の夏目漱石と森鷗外の著作も少なからぬ影響を与えている」[1]と述べているが、それは間違いとは言えない。しかし、当時魯迅が文学に転向した目的、即ち文学を通じて中国人、中国社会を変えるという目的から考えれば、魯迅が『吾輩は猫である』に目を向け、そのとりこになった決定的な理由は、芸術手法というレベルより、むしろ作品の「思想」「精神」そのものといった方がより妥当であろうと思われる。この点、即ち魯迅がどのような角度から日本文学に接したかについて、日本の研究者にも次のような認識がある。魯迅は「多少なりとも理想を追い求めるもの、理想と現実のくいちがいに苦しく身もだえるもの、暗い現実からの脱出をはかるもの、生きる希望に燃えるもの、人生の矛盾を直視するもの、そして何より、自分たちの民族の前途や社会の改

革にとって切実と思われるもの、――そういった性格の作品に対する選択と吸収を」能動的に行ったのである。(2)

本章においては、上述の理解に基づき思想的角度から、『阿Q正伝』と『吾輩は猫である』に対する構造的比較考察を行い、魯迅と漱石の共通点と類似点、特に両者の小説における「文明批評」的社会批判的主題の性質や具体的様相の解明に努め、魯迅の漱石受容の実態を把握することにしたい。

一　顛倒した視線

『阿Q正伝』と『吾輩は猫である』の間には、多数の相違点があるが、共通点も多い。その最も重要なものに、既成の社会通念、通常の価値観を離脱し、新しい顛倒した視線をもって人間、社会とその時代の文明を再発見、再認識しようとした意欲が基本的な要素として両作品の基底に潜んでいるということが挙げられる。

全体的に見ると、『吾輩は猫である』はそのユーモアと笑いの比重においてははるかに『阿Q正伝』を越えているが、一方、その笑いの裏には重みのある厳粛なモチーフが内包されていると言える。周知のように、鏡子夫人の『漱石の思ひ出』（改造社、昭和三年十一月）によれば、イギリスから帰朝後『吾輩は猫である』の発表に至る数年間が漱石にとってまさに物心ともに最も不安、狂気、孤独に満ちた危機的な数年であった。イギリス留学の辛い体験、西洋文化への反発もしくは批判、そして日常生活及び家庭内部の悩み、さらにひどい神経症がそれに混合し、新旧二つの圧力と桎梏は漱石を苦しめていた。そこから脱出して、自由でありたいという強い希求、つまり自分の精神を解放したいという欲望が、常に漱石の心中に燃えさかっており、漱石の小説創作の根源的動機にもなったのである。

これまでの論者たちが強調するように、『吾輩は猫である』には鋭い社会文明批判の性格があり、漱石自身も『吾輩は猫である』の諷刺性を認めている。例えば、漱石はかつて次のように述べている。

東風君苦沙彌君皆勝手な事を申候夫故に太平の逸民に候現実世界にあの主義では如何かと存候御反対御尤に候。漱石先生も反対に候。

彼等の云ふ所は皆真理に候然し只一面の真理に候。決して作者の人生観の全部に無之故其辺は御了知被下度候。あれは総体が諷刺に候現代にあんな諷刺は尤も適切と存じ猫中に収め候。（明治三十九年八月七日付畔柳都太郎氏宛）

これによって、漱石自身は諷刺を意識しながら『吾輩は猫である』を書いたものであることが明瞭である。しかも、その風刺は単に美学的なものでなく、現代社会の病弊を批判し矯正しようとする、積極的な意志によって裏付けられていたことが推察できる。文学創作を始める前の明治三十五年三月十五日に、漱石は留学先のロンドンから岳父中根重一に宛て、自らの構想する文学論について、「世界を如何に観るべきやと云ふ論より始め夫より人生を如何に解釈すべきやの問題に移り夫より人生の意義目的及び其活力の変化を論じ次に開化の如何なる者なるやを論じ開化を構造する諸元素を解剖し其聯合して発展する方向よりして文芸の開化に及す影響及其何物なるかを論ず」と書き送った。そこには、作家以前の漱石の文学観には経世意識という初発の志がすでに背骨として伏在していることが明らかである。また、専門作家として立つ直前の鈴木三重吉（一八八二～一九三六）宛書簡に「僕は一面に於て俳諧的文学に出入すると同時に一面に於て死ぬか生きるか、命のやりとりをする様な維新の志士の如き烈しい精神で文学をやつて見たい。それでないと何だか難をすて丶易につき劇を厭ふて閑に走る所謂腰抜文学者の様な気がしてならん」（明治三十九年十月二六日）と記し、そして狩野亨吉（一八六五〜一九四二）に宛て、「どの位自分が社会的分子となつて未来の青年の肉や血となつて生存し得るかをためして見たい」、「天授の生命をある丈利用して自己の正義と思ふ所に一歩でも進まねば天意を空ふする訳である」（明治三十九年十月二三日）とも書き送った。ここには、社会に対する責任感、その「経世済民」の東洋的な道義観というものが見えており、『吾輩は猫である』の社会批判と文明批判を容易に想起させるものがある。

ところが、『吾輩は猫である』は一見真正面から社会文明を批判するのではなく、そこから一定の距離を置いて眺め、側面から諷刺する態度を取ったように見える。そのため、「現実回避的」なものだと捉えられたこともある[3]。しかし、語り手として猫を設定したという芸術形式によって、小説はかえって人間世界全体を自由に根本的に批判する力を獲得するようになったのである。つまり、『吾輩は猫である』は非人間の猫の視点を取ったことによって、通常の社会価値観の統治から完全に離れることが可能になり、完全に自由な視点と立場を獲得し、人間社会と異なった論理で自由自在にあらゆるものに対して批判を行い、人間社会の価値体系を転覆することもできるようになったのである。こうしてすべての滑稽、皮肉、笑いも自然的な形に包まれ、痛快に人間の文明社会に投じることができるようになった。「猫」の登場は、作者を人間社会の価値体系の桎梏から解放するとともに強力な批判的武器を作者に与え、作者を社会文明の再把握に導くものであった。

漱石の猫の視点による幅広い文明社会への懐疑、皮肉、批判に対して、魯迅の『阿Q正伝』は焦点を一つに集中している。魯迅は、阿Qという最も貧しい農民の精神の有り方に対する描写を通じて、中国人の人間としてのあり方に厳しい問いを発し、その悪い根性を強く否定する。『阿Q正伝』の思想的指向はそのまま魯迅の一貫した思索に反映している。彼は、日本留学期から中国人の国民性、中国人の主体としてのあり方を基軸にして中国社会の病因を考えており、物質の不発達、文化教育や社会政治制度の不健全さよりも、人間の内在的で不健全な主体構造こそがすべての病的な社会現状を形成している「根源」だと判断した[4]。それ以降、彼の思想においては、人間のあり方→社会のあり方という明快かつ直線的な考えの図式が一貫して、重要な位置を占め続けるのである。それについての象徴的な発言は、「文化偏至論」の中ですでに明確に打ち出されている。

世界に生存して列国と競争しようとすれば、第一に重要なことは人間にある。人間が確立してしかるのち、どんな事業でもおこすことができる。人間を確立するための方法としては、個性を尊重し精神を発揚することがぜひとも不可欠である。

魯迅以前に、国民の精神、「国民性」の問題に注目し、国民性における問題点を指摘した人物が存在する。前に論じた近代思想家の梁啓超がその代表的な一人である。しかし、小説の世界においては、魯迅こそがはじめて阿Qという人物像を作り上げ、中国人の国民性の表現に挑んだ人物である。それまでの農民生活を題材とした作品と異なり、魯迅の着目点はまったく農民たちの素朴な田園生活、素朴な人間性あるいは農民の苦しみを離れている。彼は否定的で批判的な意識を持ちながら、いわゆる「沈黙の国民の魂」の表現を狙い、しかも絶望的な「嫌悪」の情を隠さず、従来の文学における農民のイメージ、民衆を表現する図式を一般的な同情から断固たる批判へと大きく変えたのである。

一九二五年、魯迅はロシア人ワシリエフの訳した『阿Q正伝』のために、「序」を書いた。その中で、かなり曲折した形で自分の創作の目的を述べている。

書くには書いてみたものの、わたしがほんとうに、現代のわが国の人々の魂を描くことができたかどうか、結局のところ、自分にはまだ、しかとした自信がない。（中略）このような、もの言わぬ国民の魂を描くのは、中国ではほんとうにむずかしいことである。（中略）わたしは人々の魂を懸命に探し求めるのだが、いつもそこに隔たりがあるのを残念に思う。……わたしも自分の気づいたことによってしばらくは独り寂しくこれらを描き、私の眼に触れたことのある中国の人々の生き方とみなすしかないのである。（「ロシア語訳『阿Q正伝』序及び著者自叙伝略」。筧文生訳）

これは外国語訳本のために書いたものであるため、当然いろいろな配慮の存在を免れないであろう。それゆえ、以下、魯迅が自らの思いを率直に明言している私信を示しておこう。

私の意見は、『阿Q正伝』には、じつは脚本及び映画シナリオに改編しうる要素がないと考えるのです。なぜならば、ひとたび舞台にかけたなら、ただ滑稽さがのこるだけでしょうが、しかるにわたしがこれをかいたのは、実は滑稽や哀憐を目的としてはいないからです。（「王喬南宛　一九三〇年十月十三日」。深澤一幸訳）

『阿Q正伝』発表直後、周作人はこの小説について「主旨が〈憎〉である」[5]と受け止め、従来の作品とは異なった、民衆への否定的価値判断や批判をそこに見出している。

魯迅と漱石は、ともに自己の内的信念に忠実にしたがい、独自の立場に立脚し、新しい視線で社会文明、人間世界を見直すという姿勢を保持した。それによって、人間、社会、時代に対しての新しい思考を提供し、より合理的な価値を模索しようとした。

魯迅と漱石は、同じく世の中の現状をひっくり返すような視線を有していたが、魯迅は単純な社会的目的を有するのに対して、漱石の『吾輩は猫である』はかなり文明批評的である。しかし、それは本来的に文明を批評するためのものではない。『吾輩は猫である』を生み出した根源は漱石自身の心にある。これについて、次のような見解がある。「西欧との戦い、家長としての束縛、この新旧二つの圧力と桎梏が二正面から漱石を苦しめ、それらから自由でありたいという強い希求が漱石の小説創作の根源的動機であった(6)」ということである。『阿Q正伝』と『吾輩は猫である』はともに社会文明批評の色彩で覆われているが、その本質において、魯迅は社会改造を目指しているのに対して、漱石は社会批判や文明批判を通じて個人の精神的解放を求めており、それが自分の文学の出発点となっている。そのため、『吾輩は猫である』と『阿Q正伝』はともに文明批判的面を有しているが、それぞれの出発点は異なる。魯迅は社会功利性を重視し、社会や国民の改造を自分の文学の最大のテーマとし、文学に自らの情熱を注ぎ入れた。一方、個人的内面世界の深層に特有の憂鬱や苦悩、虚無や恐怖、愛と憎というようなものは、ついに彼の文学の中核になることはなかった。この点に関しては、半世紀前、竹内好によって述べられた見解が思い出される。

両者（漱石と魯迅――筆者）とも、作家としての自覚をもたずに出発した。生活人の地盤から出発した。その点は共通である。漱石は、自己の内部の作家へ向かって自覚を深めてゆき、成功した。魯迅は、その成功の可能のない方向へ、道を選んだ。自分で内部の作家を殺した。漱石にとって幸福であったことが、魯迅にとって、不幸であった。（『新編魯迅雑記』、勁草書房、一九七七年八月、九九頁）

また、漱石の筆の下で、猫の目によって、人間世界は何の偏見もなく見直されたり笑われたりしているが、「猫」の目は常に「慈憐」をこめて人々の日常に注がれ、一種の「寛容さ」が見られる。伊豆利彦の言葉を借りると、次のようである。「(『吾輩は猫である』の世界は）人間の愚かさを笑いはしても、人間世界を否定するものではない。人間の様々な弱点や不条理、狂気性はさかんに暴き出されるが、それを笑う笑いはそれを面白がっているのであって、その弱点の故に人間を否定するものではない」(「〈猫〉の誕生――漱石の語り手」、『日本文学』一九八八年一月)。『阿Q正伝』はユーモア、滑稽といった『吾輩は猫である』と同様の特徴を有しているが、主人公阿Qに代表される民衆の魂に対しては、極めて厳しい否定と批判を加えている。

二　社会文明批判の内実

具体的に、『阿Q正伝』と『吾輩は猫である』における諷刺嘲笑に満ちた「文明批判」がどういう方向へ結晶していくのかを見ることで、両作家のそれぞれの思想方向やその鮮明な特徴を知ることができる。

『吾輩は猫である』の露骨な文明批判の性格については早くから論じられてきたが、すでに指摘されているように、その文明「批判の内容にまで踏み込んでいる論考は殆どない」と言って良い。その理由は、「論者自身が文明論を展開できるだけの器量がなければ不可能なことだからか」[7]ということが確かに一つの原因とはなっているが、それは他に『吾輩は猫である』の独自かつ複雑な構成とも関わっていると考えられる。『吾輩は猫である』において、漱石は「鮮やかな効果をあげている東京言葉」[8]で極めて濃密なユーモア、滑稽、諷刺を語っており、小説自身も筋がなく場面とディテイルしかない、さらに猫の視線も焦点が不確定で、人間世界全体の中で自由自在に往来しているため、「文明批判」の中味を正しく条理的に捉えることはそれほど簡単なことではない。

まず考えられるのは、『吾輩は猫である』における「文明批判」の普遍性あるいはその対象の広さである。すでに指摘されているように、漱石が作品の主人公を猫に設定したこと自体がこの物語に荒唐無稽で諧謔的性格を与え、その結果、漱石は猫に人間世界のすべての論理、価値観、規則を無視、そして転倒させ、思う存分人間社会の暗鬱さ、「俗」な様相に懐疑・嘲笑・批判を投じさせることができるようになった。したがって、『吾輩は猫である』の「文明批判」は一般な意味での「同時代文明批判」に止まらず、むしろ人間世界全体を自分（猫）の目で見直し、猫なりに「価値判断」を下し、批判を行うというものになっている。明治四十年、即ち『吾輩は猫である』が出版された直後に、次のような論評がある。

第一諷刺の筆が心ゆくばかり面白いではない、富豪権貴を罵倒してゐるのが痛快に感ぜられて何とも云へぬではないか、猫の銭湯のぞきが馬鹿らしいもののやうで、さて感情が枯れて智識に疲れんとして居る心の目にはゆつたりとした余裕をよぶではないか、迷亭先生の駄洒落でさへ感心したくなり、其言ふ所の学問臭ひ匂ひが、知識欲の旺な青年者流には有難がられる、野狐禅の黴臭ひ態度もまんざら排斥したものではなく、主人苦沙彌が超智識的で而かも智識に束縛され、学問を無視し文明を呪詛しながら、学問文明の中に蠕動して意気地なく、比目魚のやうに世間を背後にして俗だとか高踏だとか云つて悟つたがましい顔を為て居るものの、実は胃病で神経質で箸の上下にも気を揉む小人物、一々時代のパノラマを見るやうな感がして面白い……。（破鐘「何が故に漱石氏の作物は好評を博せしや」、『ホノホ』、明治四十年二月(9)）

猫の目に映っているのはいずれも人間の高慢、独断と偏見、自恍れ、わがまま、自分勝手などで、即ち『吾輩は猫である』の世界を構成するのは人間的弱点が豊富な、滑稽な人間たちなのである。その中心的な存在は言うまでもなく「太平の逸民」である。ただ、例えば寒月の恋愛や「霊の感応」、越智東風の新体詩や寒月のヴァイオリンなどは全部滑稽化され、嘲笑の対象となっている。主人の苦沙弥、美学者の迷亭、哲学者の独仙とともに、彼らはいずれも日常的俗物性を軽蔑し、学問や芸術、高踏的な趣味の世界に生きる人々であるが、猫から「彼等は糸瓜の如く風に吹かれて超然と澄し切つて居る様なもの丶、其実は矢張り娑婆気もあり慾気もある。競争の念、勝たう〳〵の心は彼等が日常の談笑中にもちら〳〵とほのめいて、一歩進めば彼らが平常罵倒して居る俗骨共に一つ穴の動物になるのは猫より見て気の毒の至りである」と批評される。『吾輩は猫である』の世界では人間社会のすべてが完全に猫に観察され、批評されるものとなっていると言える。

ただし、『吾輩は猫である』の一見「パノラマ」のように見える人間社会批評の中には、漱石の一貫して堅持している支配的信条が存在している。それは主体性・独立性を保ち、時勢や他人に追随するばかりでない「自己本位」というものであった。赤井恵子は『吾輩は猫である』の文明批判中で「ひときわ激越なのが「平等」批判である」（「漱石という思想」、『漱石全集第二三巻・月報二二』、一九九六年三月）という見解を示しているが、しかし、ここの「平等」というのはいわゆる社会的差別に対する反対概念でなく、むしろ自己の主体性や独立性を失ってしまった、かえって「人並み」的な「平等」を指しているのである。猫は人間が「猫の社会」も「中々複雑なもので十人十色といふ人間界の語は其儘こ丶にも応用ができる」のに気づいていないことを残念に感じている。もともと「自然は真空を忌む如く、人間は平等を嫌」って、つまり「人間の本性が平等に安」じないのに、何ゆえ人間は例えば服を着るように「平等」を追求するのかと猫は疑問を抱いているのである。その猫の疑問の奥には明白なメッセージが込められている。即ち、人間は本来自主的で独立的でかつ個性的な存在、つまり「不平等」的なものなのであるが、文明の流れの中で、外的なものにしばられ、均質化され、いわゆる「平等」的なものになってしまった。一方、猫は人間や社会の「規則」を破って、勝手きままに物事に判断を下し、すべてを嘲笑するとともに、自分の自由と独立性を獲得したのである。

猫の目という特殊な視点による人間社会、その時代の文明に対する幅広い批判は、後年の作品になっても、しばしば作品中の登場人物の口を通じてより激しくて、単純明快な形であらわれている。この点は『それから』（『朝日新聞』明治四十二年六～十月）及び『行人』（『朝日新聞』大正元年十二月から同二年十一月）によく現われている。『それから』の中で、「高等遊民」ともいえる主人公代助は、時代の中に自らが生きるための一つの「楯」として激しい文明批判の発言をしている。例えば、旧友の平岡常次郎に、「何故働かない」のかと問い詰められた際、代助は、「そりや僕が悪いんぢやない。つまり世の中が悪いのだ。もつと、大袈裟に云ふと、日本対西洋の関係が駄目だから働かないのだ」（六）と返答している。「日本対西洋の関係が駄目」というのは、貧しい日本が豊かな西洋文明の圧力に屈するのはわかっているのに、一等国の仲間入りをしようとする。ところが、西洋に追いつくには時間的余裕がない。だから、ひたすら働き続けねばならないのだが、その結果、国民には「精神の困憊」と「身体の衰弱」、そして「神経衰弱」、さらには「道徳の敗退」も生じてくる。それはまるで「牛と競争をする蛙」が腹を裂くのと同じ自殺行為だ。「其間に立つて僕一人が、何と云つたつて、何を為たつて、仕様がないさ」と、文明開化のもたらした病弊を鋭く非難している。『行人』の場合、熊坂敦子の述べているように、『彼岸過迄』（『朝日新聞』明治四十五年一～四月）における「疑惑と嫉妬のために結ばれない愛」というテーマを発展させ、「結ばれても苦痛や孤独に悩む愛の問題が、考察される」[10]のであるが、しかし、漱石の一貫した日本の近代化に対する批判は絶えずそこここに現われている。この作品の中で知を愛する人物として設定された一郎は、このように文明を批判している。

人間の不安は科学の発展から来る。進んで止まる事を知らない科学は、かつて我々に止まる事を許して呉れた事がない。徒歩から俥、俥から馬車、馬車から汽車、汽車から自動車、それから航空船、それから飛行機と、何処迄行つても休ませて呉れない。何処迄伴れて行かれるか分からない。実に恐ろしい。(「塵労」三十二)

このように、日本の文明開化がもたらす不安に不信や不満を表わしており、「今の日本の社会――ことによつたら西洋も左右かも知れないけれども――皆な上滑りの御上手もの丈が存在し得るやうに出来上がつてゐるんだから仕方がない」(「帰ってから」二十二)とまで言うのである。

こうして、漱石の小説の中では、『吾輩は猫である』に始まり後年まで一貫して同時代文明への明晰な批判が重要な主題でありつづけたのである。

日本留学時代の魯迅は『吾輩は猫である』のユーモアと滑稽たっぷりの形式、特にその「社会文明批判」の精神に引きつけられ、それを耽読し、漱石が好きようになったのである。その十数年後、魯迅が阿Qという人物像を描き、それを通じていわゆる中国人の国民性における悪い「根性」を表現したとき、かつて彼を魅了した漱石とその『吾輩は猫である』がどのように彼の心の中で働いたのかを想像してみることは、実に興味深いことである。

『吾輩は猫である』の多焦点の人間社会への嘲笑や批評と異なり、『阿Q正伝』は焦点を主人公阿Qの性格、精神状態に絞り込んでいる。作者は、その精神構造の特質を「精神的勝利法」あるいは「阿Q主義」というものとして明確にとらえ、自民族の魂の変質、衰退を描いている。

阿Qは一介の貧しい農民で、しかも一般の農民以上の悲惨な境地に落ちており、土地も財産も家庭も一切持たず、「阿Qには家がなく、未荘の土地廟に住んでいた。きまった職もなく、麦刈りなら麦刈り、米つきなら米つき、船こぎなら船こぎと、他人の日雇い仕事をするだけだった。仕事が少し長びくときには、そのときどきの主人の家に住みこむこともあったが、終わればさよならだった。」（「第二章　勝利の記録」）さらにしばしば周りの人々に虐められ、多重の苦しみを背負っていた。しかし、阿Qのこうした重苦しい人生の現実とはまさに反対に、彼自らの精神世界には奇妙なことに現実と乖離した様相があらわれているのである。

阿Qは、人生の現実の面において、徹底的な敗北者であるにもかかわらず、精神上「気位が高く、未荘の村民などまったく彼の眼中になかった。」それればかりでなく、村民の尊敬を集めていた村の趙旦那と銭旦那に対しても、阿Qただ一人は精神的にこれといって崇敬の意を示さない、彼の考えでは、「おれの息子ならもっと偉くならあ、というわけなのである」。阿Qはまったく根拠もなく他人を蔑視し自分を優越視するばかりか、更に進んで自分の欠陥、自分の失敗を意識的かつ完全に逆の面に転換させてしまうようになるのである。こうして、阿Qは低位から優位に変わることができるのだ。頭に疥癬あとの禿が点々とあるので、阿Qは「禿」及び「はげ」に近い音を一切タブーにしている。しかし、相変わらず周りの人に笑われ、「阿Qはしかたなく、やり返すせりふをべつに考え出そうとする。「お前なんか、欲しくたってだめだよ、こんな……」。このときには、彼の頭にあるものが高尚な輝かしい禿であ」るようになる。人に殴られたら、「阿Qはしばらくたたずんで、考える、「おれはまあ、せがれに殴られたようなものだ、いまの世の中まったくなっとらん……」。こうして彼も満足して意気揚々と引きあげる」。「彼は、われこそは、われとわが身を軽蔑できる第一人者だと感ずる、「われとわが身を軽蔑」するということを除けば、残るのは「第一人者」ということだ」。阿Qはいつもこういったさまざまな妙法で怨敵を克服しているのである。

この精神的勝利法のなかには、「健忘」というものもある。小説の言葉を借りると、「「忘却」という祖先伝来の宝物」はいつも効き目をあらわして、阿Qはいくら屈辱を受けてもその「宝物」のおかげでけっこうな機嫌を保つことができるのである。

しかし、こういうほとんど「被害者」の立場ばかりに立っている阿Qであるが、時々自らの受けた侮辱を自分よりもっと弱い人に与えようとする。例えば、阿Qは黙って少しも反抗しようとせずに村の銭旦那の息子「ニセ毛唐」に殴られた後、若い尼さんに出会ったら、「敵愾心」が涌いてきた。「どうして今日は、こう裏目、裏目と出るのかと思ったら、おめえに会ったって寸法か」と考え、彼女のそばまで歩み寄ると、突然手を伸ばして彼女の剃りたての頭をなで、へらへら笑いながら言った。「ツルツル頭、早く帰れ、和尚が待ってるぞ……」と言って、さらに「和尚なら手出ししていいが、おれはいけないってのかい」、彼は尼さんの頬をぐいとつねった。すると、阿Qは大満足を感じた。

最後に、阿Qは意識することもなく「革命」に巻き込まれ、結局政府に逮捕され、死刑に処され、悲劇的生涯を終えた。

小説は阿Qの「沈黙した魂」を描き出そうとしている。阿Qはまったく「主体的意識」がなく、自分の悲惨な境地や社会的位置に対しても自覚せず、いつも変形した「精神的勝利法」で自己を騙している。それによって、彼の主体性の甦りの可能性はすべて抹殺され、永遠に勝利の幻覚の中で生き、そして滅びてゆく。一方、自分より優位なものの前では、内心恐れる気持ちでいっぱいである。小説の最後の場面で、阿Qは「審判」を受け、法廷で上座に座る老人を見たら、「膝の関節が自然にゆるんで、ひざまずいた」、「どうしても立っていられない感じ」であった。結局、「審判官」に「奴隷根性、……」と叱られてしまった（第九章　大団円）。しかし、自分より下位のものに対しては、常に「奴隷主」のような意識を有し、何らかの支配を加えようとする。

『阿Q正伝』が発表されて二年後、魯迅は「眼を開けて見ることについて」という文を書いた。文中には、阿Qにあらわれている「沈黙した魂」に対する理解と解釈に当たる言葉がある。

中国人が勇気をもって、正視せぬ様々な場面で、ごまかしとだましを使って奇妙な逃げ道をこしらえ上げ、それを自分では正しい道だと思いこむ。ここにこそ、国民性の怯懦と、怠惰と、狡猾が証明されているのである。日々満足しつつ、すなわち日々堕落しつつ、なんと、日々その栄光を見ているると感じているのだ。(「ふっと思いつく」)

小説の末尾において、阿Qは何の罪も犯していないのに命を奪われてしまった。しかし、こうした阿Qの死に対して、村民たちの反応は、まるで魯迅の書いた「幻灯事件」という場面の再現で、人々は阿Qの「死」に対して何の「自覚」もなく、完全な「精神的麻痺」、「魂の沈黙」した様相をあらわすのである。

世論はとはいえば、未荘では誰一人異論なく、むろんみな阿Qが悪い、と言った。銃殺されたのが彼が悪い証拠だ。悪くないなら銃殺されるはずがないではないか? 城内の世論も芳しくなかった。彼らは大半が不満だった。銃殺は首斬りほど見映えがしない、それにあれはなんて滑稽な死刑囚なんだ、あんなながいこと町を引きまわされていたのに、芝居の歌一つ歌えないなんて、ついてまわって骨折り損だった、と言うのである。

魯迅の筆の下では、阿Qだけでなく、「未荘」の村民たちも阿Qと同じく、精神の麻痺した「奴隷」にすぎない。

一人の人物像を通じて民族の普遍的な精神的「欠陥」を示すことができ、この小説は魯迅にとって大いに成功したと言える。小説発表途中に文学批評家の茅盾（一八九六〜一九八一）はこう指摘している。

阿Qという人物を、現実社会の中から実際に見つけようとしても、見付けられないだろう。しかし、私はこの小説を読んだ際、なんだか阿Qという人がよく知っている人物であるような気がした。そうだ、彼は中国人の品性の結晶だからだ。[11]

周作人も「阿Qという人は、中国の一切の〈譜〉——新しい言い方で〈伝統〉という——の結晶であり、自己の意志なく、社会的因習という慣例を意志とする人であ」り、「民族的類型」で「中国人の品性の〈混合写真〉である[12]」と述べ、阿Qの共有性を認めている。

魯迅文学を評価しない者も阿Qの性格の「典型性」を認めている。かつて魯迅を非難した「創造社」メンバーである成仿吾（一八九七〜一九八四）は『阿Q正伝』を論じる際、魯迅の小説の目的が「ほとんど様々な典型的な性格をつくり上げることにある」。「世の中の人々が作者の成功を賛美するのは、彼が典型をつくり上げるのに成功したからである[13]」と率直に語っている。

『吾輩は猫である』も、『阿Q正伝』も、ともに作家の時代や社会及び周辺の日常生活に対する憂鬱、苦痛と反抗に基づいた作品である。が、漱石は巧みに猫の目という「形式」を利用し、人間社会への嘲笑を通じて、自分を苦しめ、圧迫する外の構造を解体させ、崩壊させ、自己解放を実現させようとしたのに対して、『阿Q正伝』は批判の光を一つの焦点に集め、自民族の病的心理構造、つまり「奴隷根性」を徹底的に暴露したのである。魯迅は自分の内部における民族精神への憂鬱、苦痛の感受から出発したが、漱石は自己の精神の解放から出発し、その時代の文明、社会現実への嘲笑と批判へという経路を辿ったのである。

三　ユーモアの収斂

両作品の間には、もう一つの類似点が存在している。すなわち、両作品はともに小説の進展につれて、小説のユーモアと笑いが次第に薄くなり、厳粛で沈鬱な雰囲気が濃密になってくるということである。

本来、『吾輩は猫である』のユーモアや笑いの中には渋さや淋しさが込められているということは、素直に当時の読者に受け止められた。明治三十九年十月、『早稲田文学』第十号に載せられた文壇記事「彙報・小説界」の中に、『吾輩は猫である』の「軽快洒脱」について、次のような指摘が見られる。

> 作者の諷刺が、鋭利骨刺す如き趣きを具へながら、尚其の何処かに沖澹にして悠揚迫らざる気品を有し、作者の滑稽が、正に滑稽でありながら、裏に一種の悲哀を蔵し、……。(14)

『吾輩は猫である』の場合、主に文明批評の性格がますます明確になってくる形でそれは現れる。先行研究では、すでに『吾輩は猫である』自体の変化、つまり小説後半、特に終末近くに、苦沙弥などの慨嘆と議論を通して、作品の中心が「現代文明への激しい呪詛、というより、ほとんどその全的否定にある」ようになることが留意されている。漱石自身も「もつとも書き始めた時と、終わる時分とは余程考が違つて居た」(「処女作追懐談」明治四十一年九月)ことを明言している。

本来、『吾輩は猫である』は猫という「主人公」の設定によって全篇の滑稽、ユーモアの基調あるいは性格が規定され、そして首尾にわたって本質的な変化もなく終始しているが、小説の実態を見ると、この小説はそうしたユーモアそれ自体を純粋な目的とするものではなく、さらにユーモアや滑稽自体も前後で変化があり、滑稽・ユーモアが段々収斂してゆき、憂憤と批判が次第に深くなってくるという特徴が見られる。具体的な描写にあたって、前半は、猫の視点によるさまざまな表現が多かったが、後半になると、猫の視点からの描写はだんだん少なくなり、かえって登場人物たちの間に、長い対話が何回も交わされ、それにつれて社会現実と同時代の文明に対する直接の皮肉や批判がますます激しくなってくる。

こうした同一作品内における変化が『阿Q正伝』の中においても、少し異なった形で現れている。魯迅自身の回想によれば、『阿Q正伝』を書くきっかけとして、当時『京報』（一九一八～一九二六）という新聞の「副刊」に「開心話」（きばらし話）と称する欄を毎週一回設けることになって、その副刊を編集した友人が魯迅に何か書けと言ってきたということがあった。すると、「その夜少し書いてみたのが第一章、序である。〈開心話〉という題目に似合うようにと、なくもがなの滑稽をいいかげんにつけ加えた……ところが話がしだいにまともになっていったよう」で、編集者も「それほど〈気ばらし〉にならぬと見て、第二章からは〈新文芸〉欄に移された」（「『阿Q正伝』の成立ち」）という。

全九章の中で、前の三章ではユーモアと滑稽の色彩が頗る濃い。第一章の「序」には、非常に散漫な筆致で小説の題目、主人公阿Qの苗字、名前、出身地について、二千年前の史書から当時文壇での人物、流行まで「傍征博引」をして、非常に「気晴らし」的な話を連ねている。冒頭のことばからしてそうした趣向がよく窺える。

私が阿Qのために正伝を書こうという気になってからいままで、もう一年や二年ではきくまい。しかし、書こうと思いながら、一方ではまた気がひるむ。これをもってしても、私が「不朽の言」を立てる人ではないことがわかるというものだろう。なぜなら、従来から不朽の筆は不朽の人をこそ伝えねばならないのであって、かくて人は文によって伝えられ、文は人によって伝えられる、――となると、いったい誰が誰の力で伝えられるのか、しだいにはっきりしなくなってしまうのだが、それでも結局は、阿Qの伝を書くことに落ち着いた。どうやら、頭の中に何かがとりついてでもいるらしいのである。

第二、三章「優勝記略」「続優勝記略」は、主に阿Qの性格における「精神的勝利法」を中心として書かれており、極めて誇張された漫画的手法を用い、ユーモアにあふれかつ諷刺的な口調で阿Qの変形的心理構造を描いている。地位の卑賤で、貧弱な阿Qは無理に自らを尊び、閉鎖的な自己という「精神世界」の中で世間の一切を蔑視する「勇気」さえある。しかし、悲しいのは、現実の世界で、彼はいつも軽視され、虐められていることである。ただ、彼は自分の「悲惨さ」「失敗」を打ち消す「武器」を持っている。人にたたかれたら、まず「おれはまあ、せがれに殴られたようなものだ、いまの世の中はまったくなっとらん……」と思い込んで、「満足して意気揚々と引き上げる」。さらに人に虐められたら、「彼は、われこそは、われとわが身を軽蔑できる第一人者だと感ずる」、その「第一人者」を気取り、満足するのである。また失敗に遭遇したら、なお新しい「勝利法」を作り出すのである。今度は「右手をあげると、力まかせに自分の頬に二、三回つづけてビンタをくれた。ひりひりと少し痛かった。ビンタをくれ終わると、気持ちがおだやかになり、殴ったのが自分で、殴られたのはもう一人の自分のような気がし、それからほどなく、他の男を殴ったような気持ちになった。」阿Qはいつも自分の失敗、他人から加えられた侮辱に「対応」でき、その変形的な方法で自分で自分を「解放」している。阿Qの失敗と「解放」に現れる病的精神特徴は、うまく漫画的な描写の中に当てはめられ、ユーモアと滑稽の効果が十分に引き出されている。

魯迅はモチーフとしての阿Qの悪い根性に徹底的に否定的な態度を取っているため、前半では阿Qの性格における「精神的勝利法」というものを焦点にし、それを大いに拡大して、滑稽、誇張と漫画的な描写方法で「喜劇」的な色彩を塗りつづけ、笑いの美学的効果を発揮した。例えば、「ひげの王」と虱をとることをめぐる「戦い」が、典型的な「喜劇」的場面と言えよう。阿Qは「ひげの王」が上半身裸になって虱をとっているのを見たら、

阿Qもぼろぼろのあわせの上着を脱ぎ、ひっくり返してひととおり調べてみたが、洗濯したばかりだからか、それとも注意が足りないからか、ながいことかかって、やっと三、四匹しかつかまらない。ひげの王のほうを見ると、これは一匹また一匹、二匹また三匹と、しきりに口の中にほうりこんで、ピチッピチッと嚙みつぶしている。　阿Qはまず失望した。それから、心おだやかでなくなってきた。見られたものじゃない、ひげの王でさえあんなに多いのに、自分のほうはこれっぽっちだ。これではなんともや、面目丸つぶれではないか。彼はなんとかして大きいのを一匹か二匹つかまえようと思ったが、どうしても見あたらない。やっとのことで中くらいのを一匹つかまえ、こんちくしょうとばかり厚い唇の中に押しこんで、力まかせに嚙んだ。ピッと音がしたが、これもまたひげの王ほどいい音ではなかった。

彼の禿はどれも真っ赤になった。服を地べたにかなぐり捨て、ペッとつばを吐いて言った。……

こうしたとんでもない場面が滑稽に描かれ、作家の「嫌悪」の情を語っているとともに、読者の笑いを引き出して

いる。

しかし、第四章になってから、小説の描写の重点は、次第に阿Qの「精神的勝利法」から阿Qの現実生活における「悲劇的」体験に移ると、作家の筆致も少しずつ重くなり、思わず同情を洩らし、小説全体の雰囲気は徐々に沈鬱になる。第四章において、阿Qは「恋愛の悲劇」を経て、ついに生活も大きな破綻をきたしてしまう。村で安住することすらできなくなり、彼は町へ「食を求めに出かける決心をした」のである。そこで、小説にはこれまでのユーモアや滑稽が消えて、重くて憂鬱な感性が染み込んでくる。「彼は道を歩きながら、「食を求め」ようとした。なじみの居酒屋を見た。見なれた饅頭もみた。しかし彼はみな通りすぎた。足をとめなかったばかりか、欲しいとも思わなかった。彼の求めていたのは、そんなものではなかった。求めていたのがどんなものか、自分でもわからなかった」。これまでになかった阿Qの悩み、自分の運命と将来への漠然とした懸念がはじめて出てくるのである。結末において、死の訪れてくる前の瞬間に、いつも滑稽で人を笑わせる阿Qは、強烈な死の恐怖と生への渇望に包まれて、運命の叫びをあげた。

その刹那、またしても彼の思考が頭の中をはせめぐったようであった。四年前、彼は山のふもとで一匹の餓えた狼に出会ったことがあった。彼の肉を食おうと、いつまでも近づきもせず遠のきもせずにあとをぴったりつけてきた。彼はそのときは生きた心地がしなかったが、さいわい手に鉈を一挺持っていたので、それをたよりに気を落ち着けて、なんとか未荘までたどりついた。しかしあの狼の眼は永遠におぼえている。凶悪なくせにびくびくして、二つの鬼火のようにきらきら光り、遠くからでも彼の皮も肉も突き刺すようだった。しかしいままた、彼は今までに見たことのない、もっと恐ろしい眼を見た。鈍いくせに尖った、もう彼の言葉を噛みくだいてしまったばかりでなく、彼の皮や肉以外のものまで噛みくだいてしまおうと、いつまでも遠のきもせず近づきもせず彼のあとをついてくる。

これらの眼が一つに合わさったように思うと、それはもう彼の魂に食いついていた。

「助けてくれ、……」

こうした描写における変化は、実に魯迅自身の矛盾した構造を示している。すなわち「観念」的な次元で、抽象的な「国民性」を把握するとき、彼はほとんど「悪い根性」しか見出さず、嫌悪、否定、絶望がその基本となっている。しかし一方、彼は農民たちの生活をよく知り、一旦彼らの具体的運命に触れるとき、その不幸、苦しみに同情や感傷が生まれ、こうして、理知と感情の明確な二重性が形成されるのである。

両者を比べて見ると、漱石は猫の視点という形式を巧みに利用して、自らを自由自在に思想と芸術の才能を発揮できる位置に置き、読者の笑いを呼び起こし、一挙に読者をその自由な笑いの世界に連れ込んだ。しかし、同時に作家としての同時代の文明への注視と関心を忘れることができず、次第にその思想が作品の表層にまで浮かんできたのではないかと思われる。漱石の「社会文明批判」の顕在化に対して、魯迅は滑稽や誇張やユーモアを操って「冷酷」に近いほどの態度で民衆の「魂」を描き出したが、感情の次元で無意識のうちにその悲劇的な運命への同情が生まれ、小説の終末に近づくにつれユーモアや笑いが少なくなるのである。言いかえれば、二作家は意識的にユーモアと笑いの世界を目指しながらも、その文学観の根底にある人間世界、社会現実や同時代の文明への責任意識が強く働き、ついには「軽快洒脱」「滑稽」な枠を溢れ出し、厳粛な社会的批判へと凝縮していったのである。

おわりに

二つの作品を比較すると、その一番の共通点はやはり作家の内部に沸騰する激しい批判・戦闘の精神であり、その描写対象に対する忌憚のない否定と嘲弄そのものであることが分かる。魯迅にとっては、『吾輩は猫である』の独特のユーモアや笑いの芸術的技法よりも、その精神、思想の衝撃力の方がはるかに強かったようである。したがって、漱石の創作が後に知識人の内面世界の探求へと転じていったのに対して、魯迅は終始「啓蒙主義」、即ち社会批判の方向を堅持したのである。後に魯迅の近代日本文学への視線が他の文学者（例えば白樺派作家、厨川白村など）に移るようになった理由はおそらくここにあるだろう。

注

（1）仲密（周作人）「『阿Q正伝』」、『晨報副刊』一九二三年三月十九日。筆者訳。

（2）千田九一「日本文学と魯迅の関係」。

（3）松村達雄「夏目漱石集Ⅰ解説」の中で、こうした見解が示されている。詳しくは『夏目漱石集Ⅰ』（日本近代文学大系第二四巻）八頁を参照、角川書店、昭和四十六年四月。

（4）これまで、魯迅の「国民性の改造」という問題はしばしば中国の研究者によって論じられてきたが、そうした思想の成立の契機となる重要な要素としての近代日本との関係については、これまでほとんど触れられてこなかった。この問題については、本書第三章「「国民性の改造」への執着と明治日本」参照。

（5）前出仲密（周作人）「『阿Q正伝』」。

（6）関川夏央「明治三十八年『吾輩は猫である』の成立」、『新文芸読本　夏目漱石』、河出書房新社、一九九〇年六月、一三三頁。
（7）赤井恵子「漱石という思想」、『漱石全集第二三巻・月報二二』、一九九六年三月。
（8）小林信彦「『我輩は猫である』と落語の世界」、『波』一九八四年五月号。
（9）引用は『夏目漱石研究資料集成・第一巻』（平岡敏夫編、日本図書センター、平成三年五月）による。二〇〇～二〇一頁。
（10）熊坂敦子『夏目漱石の世界』、翰林書房、一九九五年八月、一一一頁。
（11）茅盾「通信」、『小説月報』第十三巻第二号、一九二二年二月十日。
（12）前出周作人「『阿Q正伝』」。筆者訳。
（13）成仿吾「『吶喊』的評論」、『創造季刊』一九二四年一月号。筆者訳。
（14）引用は『夏目漱石研究資料集成・第一巻』による。一二一～一二二頁。

第十章　魯迅と漱石の文学における知識人
——『故郷』と『こころ』の「故郷喪失」を中心に

はじめに

周知のごとく、漱石の文学において、知識人という言葉は最も重要なキーワードである。それは、重松泰雄の指摘しているように、「漱石の思想ならび文学をみるうえにおいて、知識人の問題はいうまでもなく最も肝要なテーマの一つである。彼はほとんどの作品の中で、明治・大正期日本のさまざまな知識人像を創出したが、その基底には知的エリートとしての彼自身の内的、外的な切実な体験が脈打っている[1]」ということである。

一方、魯迅の文学は、知識人と農民を題材として描くことによって構築されているが、とりわけ知識人を描写する作品こそが、農民の生活を中心とする作品を超えて重要性を有している。それらの作品は、少なからず自伝的な色彩を有し、作者魯迅の経験、特に心的航跡が現れている。こうした点で、魯迅と漱石の間にはかなりの類似性が存在していると考えられ、本章で取り上げる『故郷』と『こころ』にもこのような特徴が反映している。

『こころ』は、大正三（一九一四）年四月二十日から八月十一日まで、全百十回にわたって、『東京朝日新聞』『大阪朝日新聞』に連載、同年九月、岩波書店より漱石自身の装丁で刊行された。一方、『故郷』は一九二一年五月に雑誌

『新青年』[2]第九巻第一号に掲載された作品で、十五万字に達する長篇『こころ』に比べると、わずか一万字ほどの短篇である。

二つの作品の間には、直接的な影響関係を想定することはできず、かつ、様々な相違点が存在している。ところが、一方、大きな共通点も見られるのである。本章は、二作品における「故郷喪失」という構図を中心として、比較考察を行い、それぞれの作品にあらわれている知識人の「故郷喪失」のあり方を問うものである。

一　中国と日本の近代文学における「故郷喪失」

近代日本文学において、「近代と故郷」「近代と故郷喪失」という問題は一つの大きなテーマであり、例えば『文学における故郷』（佐藤泰正編、笠間書院、昭和五十三年一月）、『現代文学と故郷喪失』（大久保典夫著、高文堂出版、平成四年九月）といった専門研究書を含む数多くの先行研究があり、さかんに研究がなされてきた分野である。

現代語としての「故郷」とは、一般に「（今は住んでいない）自分の生まれた土地」（『新明解国語辞典』、三省堂、一九八一年二月）とされており、中国の辞典でも、「生まれた、あるいは長期に住んでいたところ」（中国社会科学院語言研究所詞典編輯室編『現代漢語詞典』、商務印書館、一九九三年一月）と、ほぼ同じく解釈されている。しかし、近代文学における故郷というのはそうした単純な存在ではなく、より多様な意味を持っていることが、すでに研究者によって指摘されている。例えば、故郷は「〝田舎〟〈〝地方〟〉とか、〝同族の父母兄妹がまっていてくれる所〟とかいう、反都会的なイメージを伴うものである。それが、さらに、もっと文学的形而上的意味において、精神ないし魂の原風景、あるいはその回帰点を象徴するものを指すものもあるが、基本的には右の一義に限定されているようである」[3]。また、

「故郷というものの本性は、時間的に蓄積された伝統をもった一定の地域で」、さらに「〈地方〉対〈東京〉」となっているという見解[4]もある。つまり、「故郷」というものは日本の近代化に緊密に結び付いた、歴史的文化的思想的な問題なのである。

近代日本文学には、故郷の問題に関係した作品が数多く存在している。いわば「故郷を描いた作品は無数にある。また作品の背景に故郷を映しだしている作品は数えきれない。直接・間接の別はともかくとして、およそすべての作品が作者の故郷を書いているといっても過言ではない。遠く田山花袋、島崎藤村、室生犀星、萩原朔太郎、太宰治といった名前を挙げるまでもなく、近年の三浦哲郎、李恢成、清岡卓行といった作家たち、さらに最近の『北帰行』の新人にいたるまで、回想が故郷に向わぬ作家はいないのである」[5]という。

さらに、文学における故郷という問題において、「故郷の喪失」が細分化された、重要なテーマになっている。昭和八年、小林秀雄（一九〇二～一九八三）は「故郷を失った文学」（『文芸春秋』昭和八年五月号）というエッセイを発表、「西洋的なもの東洋的なものとの争ひ」の中で、「西洋文学の伝統的性格を歪曲する事なく理解しはじめた」一方、「私達は生まれた国の性格的なものを失ひ個性的なものを失ひ」、「私達が故郷を失つた文学を抱いた」と述べ、故郷の喪失という問題を明確に指摘したのである。これについて、大久保典夫には次のような見解がある。「日本の近代文学の主調低音は、故郷喪失者の歌といっていいが、この場合、彼らにはもともと〝故郷〟があったので、〝故郷〟があってそれが失われたからこそ、失われた〝故郷〟への嘆き悲しみを歌うことができたのだ」（「故郷についての断想」、『現代文学と故郷喪失』〈高文堂出版社、平成四年九月〉所収、七八頁）。このように、近代人、特に近代の知識人にとっては、故郷及び失われた故郷というものが、重要な問題を形成しており、そのことが近代文学の全体を貫いていると言えよう。

漱石の場合、彼本人の故郷感覚は、いずれも異郷、異邦の地での不自由な生活の中で自覚的になっていったと思われる。松山、熊本というような田舎での生活にあって、漱石は終始田舎に対して好感を持つことができず、その結果、彼の作品や言説の中には地方を揶揄し否定する個所が随所に見られる。後に、漱石はイギリスへ渡り、ヨーロッパの近代文明から強いショックを受け、日本の近代化の様態を否定しながらも、いわゆる「故郷を喪失するというような事態に立ち至ることはなかった」、「日本へ寄せる故郷感覚は変化していない[6]」のである。ただ、漱石の作品の中において、例えば『こころ』ははっきりと「故郷喪失」の問題に触れ、故郷喪失者の、即ち近代人の淋しさを深く描き、そしてそれを近代日本で定着させた。『こころ』のKも先生も、いずれも故郷喪失者で、故郷喪失者であることにおいて結びつきが生まれ、ともに故郷を失った悲しみを味わいながら、孤独の人生を歩んできた人物であると思われる[7]。

一方、近代中国においては、全体的に近代日本のような急速な近代化がなかったことにより、近代と故郷、都会と故郷のような問題はそれほど目立つ存在にはならなかった。文学において、故郷を回想し、幼い頃の故郷での生活を題材にした作品は少なくないが、近代化過程中の人間と故郷との関係の変化、例えば故郷を捨てること、あるいは故郷から疎外され、追放されることをテーマとした作品は決して多くはない。そうした中にあって、魯迅は時代の変化とそれに伴い生じた故郷の問題を捉え、特に故郷を離れた知識人の故郷感覚、即ち故郷喪失感覚を正面から描いている。その代表的な作品が『故郷』である[8]。

二　『こころ』における故郷喪失と「自由と独立」

『こころ』の主人公である「先生」は、明らかに故郷喪失者で、いわば帰るべき場所を持たぬものである。その点

で、Kとひとしい孤独な存在である。この点について、越智治雄は『こころ』について、

先生は叔父の背信ののち永久に故郷を捨てる決心をしていた。彼は、以後父母の墓を見たこともないし、永久に見る機会もこないだろう、という。つまり、先生は墳墓の地を持たぬ人間なのである。そしてKもまた実家から義絶された存在であった。Kの遺骨が雑司ヶ谷の墓地に埋められるのは、もちろんKの遺志でもあり先生の発意によるものでもあるにしても、Kが死後かえるべき場所もけっして故郷ではなかったのだ。先生とK、この宿命的な友人たちは、こうして共に、しかも同じ時期に故郷を喪失している。（『漱石私論』、角川書店、昭和四十六年六月）

と、述べている。確かに、先生も、Kも、単に田舎から都会にやってき、故郷へ回帰できないのではなく、非常に悲劇的な形で自らと故郷の関係を断った人々である。

一般的に言えば、故郷という観念は、生まれ育った土地を離れた後に、幼き時、何の思いもなかった時期と故郷とが結びついて初めて明確化するものである。つまり、時間と空間の隔たりが、故郷を生み出すのである。そのため、故郷はいつも人間の心を慰める、人間の心の傷を癒すという役を演じることになり、心の故郷になってくるのである。『こころ』の先生は、まだ「廿歳にならない時分で」「両親を亡くした」（下・三）。後に、両親の遺産など、すべてのことを叔父に頼んで、「東京へ来て高等学校へ這入りました」（下・四）。東京での一人きりの勉学生活の中で、故郷はいつも「先生」の心に重要な位置を占めていた。

子供らしい私は、故郷を離れても、まだ心の眼で、懐かしげに故郷の家を望んでゐました。固より其所にはまだ自分の帰るべき家があるといふ旅人の心で望んでゐたのです。休みが来れば帰らなくてはならないといふ気分は、いくら東京を恋しがつて出て来た私にも、力強くあつたのです。私は熱心に勉強し、愉快に遊んだ後、休みには帰れると思ふその故郷の家をよく夢に見ました。（下・五）

私は再び其所で故郷の匂を嗅ぎました。其匂は私に取つて依然として懐かしいものでありました。（下・六）

私は何時でも学年試験の済むのを待ちかねて東京を逃げました。私には故郷がそれ程懐かしかつたからです。貴方にも覚があるでせう、生れた所は空気の色が違ひます。土地の匂も格別です、父や母の記憶も濃かに漂つてゐます。一年のうちで、七八の二月を其中に包まれて、穴に入つた蛇の様に凝としてゐるのは、私に取つて何よりも温かい好い心持だつたのです。（下・七）

これらの描写に見られるように、もともと「先生」にとって、故郷は「遊子」の漂泊の魂を慰める場所であり、そこにいると、なぜか人間としての原初までたち返る切実感を感じられる場所なのである。こうしたところから、「先生」の「精神構造の根底に、暖かく包みこみ、抱いてくれる〝故郷〟を恋しくおもう要求が潜んでいたことが確認される」（「〈故郷〉を清算した男と〈故郷〉から追放された男の運命――初出稿『心　先生の遺書』（一～百十）を読む・第三稿」、『国文学・解釈と教材の研究』一九九七年五月号（第四二巻六号）と同時に、自分の中から失われてしまったものへの痛恨をも秘めているのである。

しかし、ずっと「信じてゐた」、「常に感謝の心をもつて」「ありがたいもの、やうに尊敬してゐ」た叔父は、自分の財産を横領し、さらにおそらく「先生」の財産をすべて自分のものにするために、夫婦口を揃えて、先生に従妹（彼らの娘）との結婚を繰り返し勧めた。ところが、それは、「叔父は策略で娘を私に押し付けやうとしたのです。好意的に両家の便宜を計るといふよりも、ずつと下卑た利害心に駆られて、結婚問題を私に向けたのです」（下・九）。「先生」は「何う考へ直しても、此従妹を妻にする気にはなれませんでした」（下・六）ので、当然ながらその結婚の申し込みを断ったのである。すると、叔父一家の「先生」に対する態度は急変し、「元のやう」な「良い顔」が見えなくなった。「彼と彼の家族が、今迄とは丸で別物のやうに私の眼に映つたのです」（下・七）。また、自分が「従妹を愛してゐない如く、従妹も私を愛してゐない事は、私によく知れてゐました」

この両親の死に伴う叔父の裏切り行為のため、「先生」は自分の故郷、親族関係に絶望し、強い人間不信に落ちいってしまった。これは、「先生」から「私」への忠告、即ち「田舎者は都会のものより、却つて悪い位なものです」、普通な人間は「急に悪人に変るんだから恐ろしいのです」という「認識」に、最も反映している。これを契機として、「先生」は叔父のいる故郷と訣別したのである。

私は永く故郷を離れる決心を其時に起したのです。叔父の顔を見まいと心のうちで誓つたのです。

私は国を立つ前に、又父と母の墓へ参りました。私はそれぎり其墓を見たことがありません。もう永久に見る機会も来ないでせう。（下・九）

親族の裏切りから「先生」は自ら故郷との絆を断ち切り、故郷を捨てると同時に、自らの心の寄港地をも失い、都市の漂流者になるほかなかったのである。

「先生」の故郷喪失の直接的な原因は無論叔父の裏切り行為にあるに違いないが、さらに追及すると、そのことは社会の近代化による人間自体の変化、人間関係の変化に関わっていると思われる。「先生」の叔父は事業家であり、県会議員でもあり、「先生」の財産を横領する「策略」（例えば、娘との結婚の勧めなど）に見られるのは、田舎におけるいわば伝統的美徳――素朴、簡素、純粋――ではなく、むしろ近代化の波に洗われて伝統社会が近代社会へ転化していく時期に現れた功利主義、利己主義、ないし貪欲野望のようなものと言えるのである。小森陽一は『『こころ』を生成する心臓』（『文体としての物語』所収、筑摩書房、昭和六十三年四月）の中で、次のように述べている。「明治以後の近代資本主義の論理は、先験化された〈血〉の論理に基づく〈信頼〉関係の幻想を根底からつき崩した。周囲の人間を自分にとっての有用性や使用価値から判断し、人格をモノ化し、人間関係を金銭に換算できる利害の関係に置き換えてしまう近代資本主義の論理は、〈血〉に支えられていた〈信頼〉関係の裏側に、〈下卑た利害心に駆られ〉た〈策略〉（下―九）を露わにするのである。〈先生〉が語る叔父一家との訣別、人間不信の原体験となった、〈血のつづいた親戚のものから欺かれた〉（上―三十）ことは、まさに近代において〈血〉の論理の幻想が崩壊したことの告示にほかならない」のである。一方、「先生」の故郷に対する清算、即ち故郷を捨てること、叔父の結婚の勧めを拒否することも、彼の「自由と独立と己れ」（上・十四）を求めようとした姿勢、即ち一種の近代性を示していると言えるのである。

「先生」の故郷喪失に関して、作者はあまり直接的にその内容に触れていないが、読者が能動的な読みをすることによって、そこに込められている、「善」と「悪」の混在した時代的、社会的な情報を多様に読み取り、理解することは十分に可能なのである。

三　魯迅の〈故郷〉という童話の崩壊

魯迅の『故郷』は、故郷喪失を確認しそれを悲嘆する作品である。『故郷』の冒頭で、「私」は二十年ぶりに故郷に帰ることになる。しかし二十年ぶりの故郷との「再会」は、失望にあふれ、悲しい雰囲気に包まれたものだった。

> 私は厳寒のなかを、二千余里離れた、二十余年ぶりの故郷へ帰って行った。
> 季節は真冬だった。それに、故郷に近づいたころには空も薄暗くなってきて、冷たい風が船の中に吹きこみ、ヒューヒューと鳴った。苫のすき間からそとを眺めると、鈍い色の空の下に、人気のない、さびれた村々が遠く近く横たわっていて、いささかの活気も感じられない。私は寂しさがこみあげてくるのをどうしようもなかった。
> ああ、これが二十年来、絶えず思い起して来た故郷なのだろうか。
> 私がおぼえている故郷は、こんなものではない。私の故郷はもっとずっとよかった。

主人公である「私」の心中は「寂しさ」（原文では「悲涼」、悲しくて寂しいこと）という言葉によって集中的に表現されている。この言葉は厳寒という気候のせいだけではない、また今回の帰郷が「故郷と別れる（家邸を引き渡す）」だからでもない、故郷という輝かしい幻像が失われようとする予兆なのである。

それは、現実の故郷の風景と「私」の心の中に秘められてきた故郷のイメージの間に現れてきた巨大な差そのものである。「私」の記憶の中にあっては、故郷はまず「美しい故郷」であり、「不思議な画面」のようであり、「深い藍色の空に金色の円い月がかかっている。下は海辺の砂地で、見渡すかぎり緑色の西瓜が植わっている」というようなロマンチックな画面であった。しかし、現実に再び「私」の目に映った故郷はただの活気のない、荒涼たる村であった。「私」の少年時代に体験した、ずっと心の中に生きている故郷という美しい境地を再体験することはできなかったのである。記憶と幻像としての故郷は現実の、別様な「故郷」にとって換えられることになったのである。

また、故郷の人間も景色と同様大きく変わっており、かつて「私」と故郷、故郷の人間との心的な絆、かつて共有したものは失われてしまったのである。それは「私」と少年時代の友達である「閏土」との再会によって象徴されている。「私」の記憶の中では、閏土はまだ十二、三歳の少年で、活気に満ちており、彼の「頭にはなんと珍しいことが無尽蔵につまって」おり、それは「私の日ごろの友達が知らないことばかりだ」。「私」はそんな閏土と一緒に少年時代の最も楽しい時間を過ごしたのであり、二人が別れなければならなくなったとき、「私は別れが悲しくて大泣きに泣いた。閏土も台所にかくれて、帰るのがいやだと泣いたが、とうとう父親に連れられて行ってしまった。その後も彼は父親にことづけて貝殻をひと包みきれいな鳥の羽毛を何本か届けてくれた」。そのため、三十年後の現在、「母が彼のことを言い出したことで、子供のころの記憶が、たちまち、いなずまのようにそっくりよみがえり、美しい故郷を目の前に見たような気がした」。しかし、現実は残酷なものである。「私」は不安な気持ちで閏土を待っているうちに、彼は現れた。

来たのは閏土だった。私はひと目見て閏土だと分かったが、それは私の記憶のなかにある閏土ではなかった。

背丈は倍ほどになっている。昔の、日に焼けた丸顔は、すっかり土気色にかわり、しかも深いしわもきざまれている。目も父親と同じように、まわりが真っ赤にはれている。（中略）頭には古ぼけた毛の帽子をかぶり、身にはごく薄手の綿入れを一枚つけているだけで、全身小きざみにふるえている。手には紙包みと長いきせるを持っている。その手も、私のおぼえている赤くまん丸にふくらんだ手ではなく、太く節くれだってひび割れまでできて、松の木の皮のような手だった。

「私」は「やあ、閏さん、——いらっしゃい……」というが、そのあと「何かにつかえているよう」にことばが出てこない。閏土は「立ちどまった。喜びと寂しさの表情が顔に浮かんだ」。そして、「旦那様」といった。この言葉に、「私は身ぶるいが出たような気がした。私はこれで知った、私たちのあいだには、もう悲しむべき厚い壁ができてしまっているのだ。私も何も言えなかった」。私の憧れた、少年時代の二人の間にあった純粋な心の繋がりは時を経て、消えてしまった。この一瞬は、私の夢、幻像、期待に致命的な一撃を与え、過去に存在したすべての美しいものの喪失は決定的となった。

四　他者との断絶と孤独の宿命

魯迅と漱石において、故郷喪失によってもたらされた結果は共通している。即ち人間と人間の連帯に絶望し「孤独」の深淵に押し込まれたということである。

『こころ』の「先生」は、叔父の裏切りによって衝撃を受け、その単純な青年の心が急に変化した。「先生」の言葉を借りると、「私の世界は掌を翻へすやうに変りました」（下・七）ということである。特に人間に対しては、「多くの善人がいざといふ場合に突然悪人になるのだから油断しては不可ない」（下・八）と、深刻な人間不信に落ちいってしまった。それは「上　先生と私」のなかに多く現れている。人間を信用することに対して、「先生」は、「私は私自身さへ信用してゐないのです。つまり自分で自分が信用出来ないから、人も信用できないやうになつてゐるのです」（上・十四）、「私は貴方の知つてゐる通り、殆んど世間と交渉のない孤独な人間です」（下・一）。「先生」の奥さんも「先生は世間が嫌なんでせう。世間といふより近頃では人間が嫌になつてゐるんでせう」（上・十七）と証言している。人間を懐疑し絶望することから、孤独な運命を迎えなければならない。「先生」は何度も「私は淋しい人間です」という「言葉を繰り返した」（上・七）。先生は苦しい孤独に耐えられないため、Kを連れて帰って、「親友の彼を、同じ孤独の境遇に置」いて、他者と孤独を共感しあい、そして共有することによって、少しでも孤独から抜け出そうとしているのである。「先生」は最初から「私は今より一層淋しい未来の私を我慢する代りに、淋しい今の私を我慢したいのです」（上・十四）と明言し、自らの孤独な宿命に覚醒したのである。

こうして、「先生」はもともと「自己と他者、自己と世界との間に、真の意味での「繋がり」」を築き、「自分と共に存在するような他者との出会い」（小森陽一「『こころ』を生成する心臓」、『文体としての物語』、筑摩書房、昭和六十三年四月）を希求しながら、結局、故郷を失うことによって、広義の人間関係であるところの社会に絶望し、一人で淋しさを味わわなければならないようになったのである。

『故郷』の場合、三十年という故郷を離れてからの長い間に、故郷が一つの美しい記憶、あるいは幻想として、「私」の心の中に沈潜していったのである。しかし、帰郷の旅は「私」の頭の中にある詩のような境地を壊してしまった。特に少年時代の友達である「閏土」との再会に象徴されているように、「私」の故郷は一つの空間そのものとしてだけでなく、そこでの人間との心の連帯を含めたものであったが、再会によって過去はよみがえらず、二人の間には溝が感じられ、「私」は故郷と別世界の孤独な人間、即ち故郷を失った漂泊者となる他なかったのである。

これは「私」が故郷を去る場面によく示されている。「家はますます遠ざかった。故郷の山水もしだいに遠く離れた。しかし私は格別、名残惜しさも感じなかった。私はただ周囲に目に見えない高い壁があるような気がした。それが私をまわりから隔てて孤独にし、私の気をふさがせている。あの西瓜畑の首に銀の環をかけた小英雄の姿も、もとは非常にはっきりしていたのに、今は、にわかにぼんやりしてしまって、そのことも私を非常に悲しませた」。「私」が故郷と共有したものはもう存在せず、故郷と別れるまでもないということであろう。このような故郷感覚は当時の中国では特別なもので、故郷を重んじる中国人にとっては、まるで「残酷な」色彩を帯びたものとしてうけとめられたのである。そのためか、同時代批評の中には、次のような指摘がある。

『故郷』を読む前には、その題目から、我らの作者はきっと我々に故郷に関して深い印象を与えてくれると思い、思わず故郷を恋しく思う気持ちが生じたが、意外なことに、我らの作者は故郷を恋しく思っていたのではなく、故郷と訣別する。彼が我々に与えてくれたのは故郷に対する恋しさではなく、故郷を嫌い故郷を捨てるということに伴う感情である。（「読魯迅的『吶喊』（続）」、『時事新報』副刊『学燈』、一九二四年六月十三日。筆者訳）

故郷を嫌うというのは言いすぎであるが、現実の故郷に悲しみを感じ、そしてその故郷と訣別し、自らの孤独な道を歩まなければならないという決意は確かである。

『こころ』と『故郷』は、ともに故郷喪失の悲劇を読者に見せ、主人公の孤独の悲しみや回避しえない宿命感を読者に披瀝している。むろん、漱石文学における故郷が、みな「喪失」を伴う悲劇であるということではなく、その故郷は異なった作品の中で、異なった様相を呈している。『こころ』より早く書かれた『三四郎』（『朝日新聞』、明治四十一年九〜十二月）はその典型な例である。『こころ』の場合、先生は叔父に代表される「故郷」に裏切られたと同時に、自らも故郷を葬って、故郷との断絶を宣告してしまったのである。しかし、『三四郎』の場合、そうした悲劇はない。三四郎は故郷九州の田舎を後にし首都東京へ移って新しい空気に触れる。小説の第四章において、三四郎の広田先生への接近を中心に、登場人物のほとんどが出揃い、三四郎は自分の周囲に三つの世界ができたのを感じる。第一の世界は母の住む故郷、遠くに振り捨てようとした「過去」である。しかし、疲れた三四郎の退避する懐かしい場所でもある。第二の世界は広田先生や野々宮理学士の住む学問の世界であり、図書館の荘重な雰囲気がその象徴となる。第三は美しい女性がいて、電灯が輝き、銀の匙がきらめき、歓声と笑語の湧く世界、燦として春のごとく輝き、勝気で美しい里見美禰子の君臨する世界である。そして、「三四郎は、必ずしもこの三つの世界のいずれかを選ぼうとするのではない。むしろそれらを〈掻きまぜて〉、そこから余りにも夢想的な一つの結論を引き出す[9]」のである。

三四郎にとって故郷は二重の意味がある。彼は田舎の故郷から新しい文明に満ち溢れた大都会東京にやってき、かつて体験したことのない新しい文明の風景が目に入り、「自分が今日迄の生活は現実世界に毫も接触してゐない事」（二）、即ち故郷と東京はまったくの別世界であることを悟った。しかし、一方、三四郎は心の中に田舎の故郷を〈第一の世界〉として保持する人物であった。〈古ぼけた昔〉と呼ぶ故郷を彼は拒否することがなかった。彼は「故郷の香を」（三）覚えており、故郷から手紙が来た時、「此世界に低徊して旧歓を温める」（四）のである。その母親によって代表される故郷は、いざとなれば戻っていく〈立退場〉として、過去として葬ることの出来ない世界でありつづけた。上京した三四郎にとって、故郷の重みは次第に増して行く。美禰子に対する恋の悩みが深まると〈東京はあまり面白い所ではない〉と母親へ返事を書き送り、「偉大なる暗闇」濡衣事件後ではよく眠る三四郎にして、〈国にゐる方が寝易い心持がする〉世界となる。そうして、美禰子との別離が決定的になった直後、彼は母親の電報に従って、帰郷する。故郷は慰藉の地として三四郎に必要であったのである。

『三四郎』以後、漱石は〈立退場〉としての故郷を心にもつ主人公を設定してはいない。故郷をもたない、あるいは奪われた人物たちが東京の近代の中で逃げ場のない苛酷な精神の劇を生きなければならなくなる。それは『こころ』の中に最も鮮明に映っているのである。

五　二作家の故郷喪失の相違点

「故郷喪失」を確認し、それぞれの作品の中で「故郷喪失」そのもの及び故郷喪失の悲しみ、絶望を描き出している点は、魯迅と漱石の共通点である。しかし、同じ故郷喪失と言っても、その具体的な構成要素には、相違点も存在している。

外面的に言うと、「先生」の故郷喪失の直接な原因は叔父との関係にあるが、その叔父との決裂を含め、より根本的な理由はむしろ近代社会における人間、特に知識人の孤独な運命に存在しているというのが、『こころ』から得られる示唆ではないかと思われる。叔父の利己的打算的な行為は、単なる一個人の人格、性格の問題ではなく、一つの時代の特徴を提示している。それは、近代文明開化そのものであり、昔の伝統を失い、新たに自由競争を生みだし、個人の激しい生活欲が膨張するという形で現れるものである。漱石自身が「現代日本の開化」の中で、「開化が進めば進む程競争が益す劇しくなつて生活は愈困難になるやうな気がする」「生存競争から生ずる不安や努力に至つては決して昔より楽になつてゐない」と、指摘している通りである。このような意味で、叔父が「先生」の財産を横領したことは、いわば一種の近代性を呈示していると考えられるのである。

「先生」の孤独感、特に故郷を捨て、都市漂泊者になってから最後の自殺までの淋しい人生は、さらに極端な形で近代人の宿命を示している。その時代に対する意味は、次のような指摘の通りである。

明治の近代文明開化は、それまでの封建社会から人々を解放し、人間一人一人が身分制や所属集団に束縛されることなく一個人として、等しい自由と独立した自己の存在を獲得した時代であった。個人主義時代の到来である。しかし、これは裏を返せば、帰属集団の喪失であって、村・家の崩壊による共同意識の喪失、共通認識の欠如をもたらし、その結果、他者と関わることが困難となり、「われ－なんじ」の関係が失われ、「われ－それ」の関係をしか持ちえぬ近代人のあり方を決定づけるものであった。[10]

この近代がもたらした人間疎外の実態は、「先生」の孤独な状態として描き出されており、まさに漱石自身が「私の個人主義」の中で述べているように、「我は我の行くべき道を勝手に行く丈で、さうして是と同時に、他人の行くべき道を妨げないのだから、ある時ある場合には人間がばら〳〵にならなければなりません。其所が淋しいのです」ということである。

一方、「先生」の故郷喪失には、知識人自身の問題も浮き彫りにされている。これについて、坂本育雄は次のような見解を述べている。「先生」の孤独な悲劇には、「学問や知識が如何に人間の知を肥大させる代わりに、心を喪失させていくか、という日本の近代化に関わる知識人の問題を」示している（『夏目漱石』、永田書房、平成四年十月、一八六頁)。

「先生」と叔父の間の悲劇的な関係を示す故郷喪失の描写は、「現代人が窮極的に〈淋しい人間である〉ことを」読者に語りかけていることは確かであるが、しかし、故郷を失うに至る原因は、叔父のいわば「裏切り行為」の他、「先生」自身にも関わっていると思われる。竹盛天雄の論文には「遺書」の一方的な語り方から「先生」の語りを相対化しようとする跡が見られる。例えば、叔父の横領について、氏は[11]

それは、「中学の同級生であったある友達」(六十二)からの情報を元にした「疑惑」(六十二)であって具体的なデータによって証拠立てられたものではない。親戚が間に入って、「私の所有にかゝる一切のものを纏めて呉れました。それは金額に見積ると、私の予期より遙かに少ないものでした。」(六十三)というわけであるが、遺産相続の「予期」のあてがはずれるものは、「先生」のケースばかりではない、と茶々の一つも入れたくなるぐらいに、「遺書」の語りは、一方的にすすめられている。……孤児になった「先生」の、叔父一家との間の意思疎通が、はなはだしく欠如状態で、相手方が「悪人」呼ばわりされ、この物語のなかで敵役にされたまま、ついに免責にならないのだ。モチーフを純粋化して追究してゆくには、このような一方的な語りの展開は都合がよいが、日常的な現実の人間関係のなかで考えてみると、疑問のでてくるところである。[12]

と、叔父との悲劇的な人間関係における先生の問題点、例えば過敏、思いこみなどを指摘している。さらに、坂本育雄の指摘によれば、「先生」の故郷喪失及び孤独には、「先生」自身の「過誤」もあり、その「過誤」が「先生の囚われた前記〈論理〉や〈観念〉である。叔父に欺されたことが即人類への不信に直結するという思考の短絡性」であり、

「労働をしないで生き得る人間に特有の、抽象的知性の歪みを示している」[13]という。坂本はここで極めて否定的に「先生」の過誤をとらえているが、漱石は「先生」の悪戦苦闘を通じて近代人の必然的な淋しさと近代化過程における知識人の心の問題点を敏感に描き出していると言えよう。

魯迅にあっては、その故郷喪失は『こころ』のように、近代化の過程における人間の現実関係のさまざまな葛藤・矛盾によって、本来自分の有した故郷を捨てたのとは異なる。魯迅の故郷喪失は、少年時代の記憶に故郷を離れた長い歳月に蓄積してきた故郷への憧れ・想像などの要素が混ざった「故郷」の「幻像」「記憶」が現実の故郷へと還元できず、少年の故郷の「夢」が現実に出会うことでこわされ、永遠に破滅したという内容を有する。そこには、記憶や幻想の美しさと現実の荒涼さの落差が大きな要因となっている。特に故郷の人々との間に共感がなかったことは大きな意味を持つ。もと豆腐屋小町いまコンパスのヤンおばあさんに昔なかった「俗物性」を感じ、どうしようもない気持ちを禁じ得ない魯迅がそこにいる。最もショックを受けたのはやはり閏土との再会であった。二人の少年時代に持ち合った親しみ、純真な感情がなくなり、小英雄のような少年が一介の伝統的な農民になってしまったことによって、「私」の頭にあるロマンチックな故郷の世界が崩れたと同時に、その憧れの故郷は徹底的に喪失したのである。そこには、荒廃した故郷への悲哀、苦しい故郷の人間への悲哀や同情と同時に、両者の世界の違いから生じた絶望感や孤独感が感じられる。

また、魯迅の「故郷喪失」には、中国の古典文学における「郷愁」「客愁」というような伝統的「詩情」への傾斜も見られる。唐の詩人賈島（七七九〜八四三）には「渡桑乾」という詩がある。

客舎并州已十霜、帰心日夜憶咸陽。無端更渡桑乾水、却望并州是故郷。

詩には、詩人が長く故郷を離れ、異郷の地で毎日故郷のことを思い出し、故郷に帰ることを思う。しかし、一旦帰る段になると、これまで暮らした異郷の地こそが故郷と感じられてくる、という感情の曲折が語られている。近代小説としての『故郷』にも、近代知識人の故郷喪失を表現するとともに、こうした歴史的文化的に形成された人生の「変化無常」を基盤とする故郷喪失感覚が混合していると考えられる。

わずかであるが、日本の文学者の中で、こうした感触を持っている人もいる。詩人佐藤春夫（一八九二〜一九六四）は「魯迅の『故郷』や『孤独者』を訳したころ」（『魯迅案内』所収、岩波書店、一九五六年十月）の中で、こう語っている。

「故郷」のどこがそんなに面白かつたのであらう。「故郷」は中国古来の詩情（それをわたくしは異常に愛してゐる）が、完全に近代文学になつてゐるやうな気がしたからである。中国古来の文学の伝統がすつかり近代文学として更生してゐるといふのか、近代文学の中へ中国古来の文学の伝統がすつかり溶解されてゐるといふのか、ともかくもさういふ点が、日ごろわが国の近代文学が古来の文学と全く隔絶してゐるかのやうに見えるのを不満としてゐたわたくしに、「故郷」を訳して学ぼうといふ気を起こさせたのであつたと思ふ。

漱石の作品には近代的な人間関係や現実に執着している点が見られるのに対して、魯迅の作品には、士大夫的な知識人の人生に対する感慨や「哲学的」な把握及び自分と大衆との間の距離への無念さが感じられ、あたかも啓蒙者が高いところから民衆を俯瞰するような孤独感、淋しさも見られる。こうした点では、二作家の相違は明らかである。

故郷喪失の感覚を表現したという点では、魯迅の『故郷』は日本近代詩に対しても類似点を有していると言えよう。日本文学研究者米田利昭は魯迅の『故郷』に対して次のような感想を述べている。「かかる魯迅は、啄木的ではなかろうか。例えば都会流入者の田園思慕すべき一切を喪失するがゆえに、この思慕を深めようといい出した啄木に、似ていよう。彼の北海道回顧の歌も、ふるさとの歌も、魯迅の『故郷』の幻の部分に似て、抒情というよりは思想であったのだろう[14]」。

故郷を失い孤独に陥った点は魯迅と漱石の共通点である。しかし、「先生」はそれを近代における知識人の宿命と覚悟しており、即ち「自由と独立と己れとに充ちた現代に生まれた我々は、其犠牲としてみんな此淋しみを味はわなくてはならない」（上・十四）ということを必然的な結末、現代人のあり方の本質として厳しく受け止めた。

魯迅の「私」は、故郷を失い、孤絶した自己を確認したが、そこからこの厳しい現実を直視し、この現実をどのように乗り越えるのか、将来をどのようにすべきなのかを考え始めるのである。

私は横になって、船底をうつ水音を聞いていた。自分は自分の道を歩んでいるのだ、ということがよくわかった。私は思った、私は閏土とかくも隔たったところまで来てしまったが、次の世代はまだ一つだ。宏児は水生をしきりになつかしがっているではないか。彼らはもう私のように、たがいに隔たらないでほしい……しかしまた、彼らにいっしょのままでいてほしいからといって、みんなが私のように苦しみにもだえながら生きるようにはならないで欲しい。また、みんなが閏土のように苦労のあまり生気を失って生きるようにはならないで欲しい。また、他人のように、苦労のすえ勝手なふるまいをして生きるようにはならないで欲しい。彼らは新しい生活をもたねばならない。私たちがまだ経験したことのない生活を。

「私」は、故郷喪失による孤独の自覚に苦しむが、それを克服する現実的な道を見つけることができない。「私」は閏土に絶望したが、現実の彼が失われ、否定されることによって、希望を新しい世代や未来に期待しているのである。

漱石と魯迅を比べると、故郷喪失や自分と周囲世界との隔絶を同じく確認しながら、一方はまったく現実をあきらめ、淋しい人生の終末に向きあい、他方は思想としてではあるが、未来の希望、未来でのその実現に向いて、開かれている。ここに二作家の相違が存在する。

おわりに

二作家の文学は、ともに故郷喪失、自己の孤独というテーマを扱っているが、漱石は、日常生活における現実的な人間関係に対する細密な描写によって現代人にとって避けることのできない孤独な運命を描き、魯迅は、人生の短い一場面、「幻想」的な故郷の破滅による淋しさを集中的に表現している。漱石の近代における孤独な宿命に対する絶望と異なり、魯迅は将来に向って、ささやかで朦朧とはしているが、希望の光を見出しており、そこには古典的な詩情もあふれている。漱石は近代人として精神的な悪戦苦闘に終始したが、魯迅は、故郷及び故郷の人間の荒涼たる相貌に絶望や心の痛みを禁じ得ない。漱石には、心理的で、客観的かつ細密な描写的特徴が見られるが、魯迅には感傷的な抒情が濃厚に窺えるのである。

特に、当時の日本における社会状況の投影として、『こころ』はより多く近代と故郷の矛盾、近代的人間と故郷の間に存在する互いに疎隔され、捨てられる現実を物語っており、それによって、近代人の回避しえない孤独の運命が強調されている。一方の『故郷』においても、同じような要素の存在はあるが、主人公の崩れ去った故郷という童話に対する悲しみ、惜しさも非常に目立っており、伝統から受け継いだ家庭を本位とした血縁倫理の観念に繋がる故郷感情がよく感じられる。

注

（1）三好行雄編『夏目漱石事典』一八四頁。

（2）『新青年』（一九一五〜一九二二）、中国の総合雑誌。創刊から七年後の廃刊まで一貫して中国の思想界をリードした。創刊当初は、民主思想・自由精神・人道主義・科学文明など、ヨーロッパ近代文明を理想として、国内の封建的な政治と文化を批判し、特に徹底的な儒教批判と文学革命を中心論題として青年たちの圧倒的支持を得、新文化運動の中心となった。五・四運動（一九一九）以後は次第に社会主義の傾向を強め、マルクス主義・ロシア十月革命を精力的に紹介するようになったが、この政治化の傾向をめぐって同人の間に対立を生じ、二二年新青年社は解散した。魯迅はその主な執筆者の一人であった。

（3）武原弘「源氏物語における望郷の歌——旅と故郷の文芸美——」、佐藤泰正編『文学における故郷』（笠間書院、昭和五十三年一月）所収、四四頁。

（4）磯田光一「近代芸術における故郷」、前出『文学における故郷』所収、六五、七五頁。

（5）武田友寿「〈故郷〉への想像力——大江健三郎の文学・私観」、前出『文学における故郷』所収、一三三〜一三四頁。

（6）首藤基澄「故郷感覚」、前出『夏目漱石事典』所収、一四〇頁。

（7）大久保典夫「日本の近代と故郷」、前出『現代文学と故郷喪失』所収、六七頁。

（8）魯迅文学における「故郷」の問題についても、専門的な研究は多いとは言えないが、近年の研究の中で、いくつか専門的な論究が現われている。例えば、「時時反顧的精神家園：魯迅故郷情結探窺」（皇甫積慶、『江漢論壇』一九九六年第六期、一

九九六年十二月）、王家平「永世流浪和〝過客〟境遇——魯迅対精神探索者的生存方式与悲劇運命的体認」（『魯迅研究月刊』一九九九年第二期）など。

（9）猪野謙二「夏目漱石集Ⅲ解説」、『日本近代文学大系第二六巻・夏目漱石集Ⅲ』（角川書店、昭和四十七年二月）二〇頁。

（10）越智悦子「孤独」、三好行雄編『夏目漱石辞典』所収、一四七頁。

（11）関口安義「『こころ』——現代へのメッセージ——」、『国文学——解釈と鑑賞』、昭和六十三年八月号（第五三巻八号）。

（12）前出「〈故郷〉を清算した男と〈故郷〉から追放された男の運命——初出稿『心　先生の遺書』（一～百十）を読む・第三稿」。なお、高田知波「『こころ』の話法」（『日本の文学・8』、有精堂、一九九〇年十二月）も、この問題について論じており、参照されたい。

（13）前出『夏目漱石』一八三頁。

（14）米田利昭「『草枕』と『故郷』——楽園喪失をめぐって」、伊藤虎丸他編『近代文学における中国と日本』一九六頁。

第十一章　魯迅と漱石の文学における芸術的特徴

——民族文化、美意識との関連を含め

はじめに

作家の文学創作における芸術的特徴は、作者の方法意識、美意識、芸術的個性に関係するものであるとともに、作者の属した民族の諸意識にも直結していると言える。一個人としての作家を考察する際には、その作家を育てた背後にある民族的なものも同時に見えてくるのである。したがって、ここでは、やや巨視的な角度から魯迅と漱石における芸術的特徴の様相を概略的に考察し、それぞれの特徴と自民族の伝統・文化との関連に注意しながら、中日両民族の文化意識の一端を見ていこうと思う。

一　日常的生活からの人間探求

何を書くのか、何を表現するのか、即ちどのようなものを文学創作の題材とするのかということは、文学作品と作家を考察する際に回避しえない基本的な問題の一つであろう。魯迅と漱石の文学を比較考察するにあたっても、彼ら

が無限に豊富な内容を有する世界や人生をそれぞれどのような角度から、どのように表現したかは、非常に興味深い問題となる。

漱石の時代は、ちょうど自然主義が盛んに流行した時期であった。藤村、花袋などに代表される自然主義は、「自伝小説、私生活の告白へと向っていった」、「事実尊重と告白性を特徴とした。そのため、方法的には平面描写など客観主義をとり、無解決・無理想を標榜、人生の真を追求するため性欲の描写に傾いた(1)」とされる文学流派である。同時代の文学者としての漱石と自然主義作家の関係は、文壇の対極として扱われることが従来の定説のようである。実際に、漱石文学と自然主義文学の間には決定的な違いが存在しているのは確かなことである。例えば、次のような見解がその一つである。「漱石というのは近代の作家の中で、自然主義的な文学と並行しながら、非常に虚構的な、近代的な作品を意識的に、方法的に作っていった(2)」。即ち、漱石文学に存在する虚構性、方法性が自然主義との間に明確な一線を引いたと言えよう。

しかし、一方、このような意見もある。「従来の論は、漱石自身の倫理観等に視座を置き、自然主義との差異に着眼するものが多かったが、後年の『道草』(一九一五)が、単に日常の身辺取材という意味だけではなく、自然主義の作風に近くなった部分も見逃すことはできない」、「もともと真実を志向する自然派の目的と一致していたのである(3)」。

一般に、漱石文学と自然主義文学とは、性質の異なった文学であると理解されているが、この二者に対してしばしば類似する、類似しないという議論が行われる。そうした議論が存在するという点から、漱石文学と自然主義文学、広く言えば日本近代文学全体には、少なくとも創作の取材、描写対象の面で、類似した特徴が存在しているのではないかと考えられるのである。それは、創作の取材、描写対象が、日常生活、あるいは日常生活における個人の内面世界に向っているところ、さらには、その日常生活や個人の内面世界が常に作者自身の体験、生活及び心理世界に繋がっているところにあると思われる。つまり、大まかな言い方をすれば、日常性、個人性、自己表現ということが大きな特徴として常に日本近代文学の世界に現われているのである。こうした中にあって、漱石の優れた点とは、むしろその日常的個人的な題材を巧みに処理し、そこから人間の生き方、心の成り行きに関する深い思想性を結晶させ、しかもその「思想性」としての「結論」だけでなく、特にその厳粛で真摯で執拗に人間、人生を問いつづけ、探求し続ける「精神」が人々に多大な感動や示唆を与える力を有していた点にある。

漱石文学における題材の日常性及び人間の内面世界重視という特徴はすでに彼自らの作品によって呈示されているとおりである。処女作の『吾輩は猫である』や「唯美主義」といわれる『虞美人草』のような作品は形式の点で少し異なるかもしれないが、そのほとんどの作品は近代日本の知識人の日常生活、その日常生活中における心の動き、思索に注目したものと言えよう。また、重松泰雄は漱石文学における「知識人」を分析し、「彼はほとんどの作品の中で、明治・大正期日本のさまざまな知識人像を創出したが、その基底には知的エリートとしての彼自身の内的、外的な切実な体験が脈打っている(4)」と指摘している。漱石の作品中には、『道草』のような作品、即ち「自叙伝的取材」をした、自分の「生活をふり返って解剖した自叙伝的意味を含む小説(5)」すらあるのである。

漱石自身は、生涯を通して自己の世界、その生活世界と心理的な世界に終始執着している。真実を描写する立場から、漱石は「ありのままの本当をありのままに書く正直という美徳があれば、それが自然と芸術的にな」る（「文芸と道徳」、明治四十四年十一月、『朝日講演集』）と、作家の誠実な態度の重要さを強調している。そして、「文展と芸術」（大正元年十月、『東京朝日新聞』）の中で、「芸術は自己の表現に始つて、自己の表現に終わるものである。――これは自分の当初に道破した主張で、かねて真正なるすべての芸術家の第一義とする所でなければならないと思ふ」、「徹頭徹尾自己と終始し得ない芸術は自己に取つて空虚な芸術である」と繰り返し述べている。この点に関して、伊豆利彦には次のような指摘がある。

「芸術は自己の表現に始つて自己の表現に終る」とは、漱石の作家的生涯にとっては、既に晩年に当たる「文展と芸術」の言葉である。この同じ主張を、漱石はその生涯のあらゆる時期に繰り返している。(6)

漱石は「自己の表現」から出発したが、その「自己の表現」を通じて単なる個人的な境地を超え、より普遍的な人生や思想問題を浮き彫りにし、高度な社会的メッセージを含んだ文学を創り出したのである。漱石文学におけるこの「作者自身の体験」と「虚構」（思想の昇華）について、次の見解を引用しておきたい。

虚構が単なる〈お話の面白さ〉でなく、近代小説にとって必須の条件となるためには、何らかの形でそれが作者自身の体験（直接的なものにせよ、間接的なものにせよ）と結び付かねばならぬことはいうまでもあるまい。……作者自身の体験と真の虚構とを結び付けるものは何か。私はそれを、虚構を支える作者の精神のあり方にあると考える。虚構を支える精神のあり方とは、自己の体験は一旦自己と切り離すことによって初めて真実な、そして普遍的な意味を持ち得るとする精神なのだ。（三浦泰生「漱石の〈心〉における一つの問題」、『日本文学』第十三巻第五号、一九六四年五月）

この問題に関しては、魯迅には、漱石と似たところがある。中国では、魯迅の小説における社会的政治的な意義を重視するのがこれまでの魯迅文学論の支配的な傾向であった。それは次のような観点によく窺える。

魯迅は革命民主主義の思想で近代中国の社会構造と精神構造に対して形象化という方法を用いて鋭い解剖を行ったが、このような徹底的な反帝国主義反封建主義の時代的精神と自覚的なリアリズム文学運動との結合は、魯迅小説の最も根本的な特徴である。（楊義「魯迅小説におけるリアリズム的な特徴について」〈「魯迅小説的現実主義的本質特徴」〉、『中国社会科学』一九八二年第二期。筆者訳）

『吶喊』と『彷徨』（いずれも魯迅の短篇小説集――筆者[7]）の独特な思想的意義はどこにあるか。それらの作品はまず当時の中国における〈沈黙した国民の魂〉であり、魯迅がこのような魂を改造する方法と道筋を探索した芸術的記録である。もしもそれらの作品が中国革命の鏡だとしたら、何よりも中国の思想革命の鏡であると言わなければならない。（王富仁「中国における反封建的思想革命の鏡――『吶喊』『彷徨』の思想的意義を論ず」〈「中国反封建思想革命的鏡子――論『吶喊』『彷徨』的思想意義」〉、『中国現代文学研究叢刊』一九八三年第一期。筆者訳）

つまり、魯迅小説を極端に政治的に把握しているため、彼の個人的な情緒、体験などの表現が全く無視されているのである。実際には、魯迅の短篇集が出版された直後、同時代の批評の中に、すでに魯迅文学における自己の生活、内面世界の表現に注目したものがあらわれている。成仿吾は、魯迅の前期作品が「自然主義的な作品だと言っても良い。……作者は私より先に日本に留学した。その頃、日本の文芸界にはちょうど自然主義が流行していたため、われわれの作者がその時自然主義からの影響を受けたことは、おそらく疑いないだろう」（「『吶喊』についての評論」〈「『吶喊』的評論」〉、『創造季刊』第二巻第二期、一九二四年一月。筆者訳）と評しており、もう一人の評論者楊邨人（一九〇一～一九五五）も、「彼の作品を読むことで、私たちは様々な文学流派の中にあって彼が自然主義の作者であることを見出せる」（「読魯迅的『吶喊』（続）」、『時事新報』副刊『学燈』、一九二四年六月十四日。筆者訳）と述べている。成仿吾などが魯迅の作品を自然主義としたことはほとんど賛意を得ていないが、少なくとも魯迅の小説に自然主義を想起させる側面が存在していることを示していると思われる。

実際に魯迅の小説を見てみると、歴史小説を除き、一九一八年から一九二五年までに書いた二五篇の小説の中で、処女作の『狂人日記』だけが狂人の心理状態、乱れた意識の流れを描いて、特異な色彩を帯びているのに対し、他の作品はみなごく普通の日常生活に焦点を当て、古くて小さな町での新旧両タイプの知識人、田舎で閉塞した生活を過ごす農民を主人公として、描写している。そこにはロマンチックな伝奇性、雄大な虚構的ストーリーや場面は一切見られず、すべて波瀾の少ない日常生活の風景しかないと言える。作品発表当時、例えば、二人の読者から次のような感想が寄せられている。「魯迅さんは私たちの理想とする偉大な作家ではなく、自分の限界を自認している方のようです。でも、魯迅さんが持っているのは、ちょうど私たちにないもので、即ち私たちに欠けている誠実さそのものなのです」、魯迅の作品には「あふれる情熱や奇異な想像や多方面の経験が欠けている」かも知れないが、「魯迅さんが自分の見た、感じたことを忠実に書き出しているところは私達にとって忘れられないものなのです[8]」。魯迅の作品は「ほとんど赤裸々な写実で、社会の真実な状態をいきいきと描いている[9]」という。魯迅が忠実に平凡な生活を表現したことは読者に率直に受け止められているようである。

自らの小説について、魯迅は、「私の題材は、病的な社会の不幸な人たちから多くとっている」が、「書くことは、少しは見たか聞いたりした、由縁のあるものである。ただ、その事実をそっくり用いることはしない」（「わたしはどのようにして、小説を書き始めたか」）。要するに、彼の小説は、事実をそのまま描いたものではないが、作者の生活、経験、自分の知った周辺世界が多く作品に取り入れられていると言える。そのため、後に周作人は『魯迅の小説における人物』（『魯迅小説裏的人物』）を書いて、彼の小説における人物のモデル、背景、実在することとの関連など、詳細な検証を行ったのである。周作人はその目的をこう説明している。

この小説は作者の文芸創作であるが、この中の何人かにはモデルを見つけられる人物像があり、それがいかなるものかということ。小説における事物には郷土特有のものがあり、土地の風物や方言など、他の地方の人が分かりがたいので、説明の必要があるということ。（一頁。筆者訳）

我々が別に小説の中から事実を見つけ出す目的は、一つ作者がどのように材料を扱っているかを見ることができ、もう一つ少しでも小説に対して説明を行い、注釈をすることにあるだろう。さらに、読者は小説を事実としないとしても、その中から伝記的な資料を探したい人がいるかもしれないから、以上のような「説明」は少しは彼らの助けになり、無理に付会し虚構と事実を混ぜることを回避させられるだろう。これは小説だけでなく、文芸的な自叙伝もそうである。ドイツの文豪ゲーテの自叙伝『詩と真実』という題名がちょうどその作品の中に二種類の性質のものが混在していることを示しているのである。（五五頁。筆者訳）

周作人の考察によって、魯迅の小説のほとんどは彼自身の生活経験及び彼の知っている人物や事件と緊密な関連を持っていることが分かる。例えば、『故郷』という「小説の基幹は故郷から北京への引越しである」（五六頁）。小説の主要人物である閏土親子のモデルは、即ち実在の章福慶、章運水親子であり、小鳥を捕まえる場面、祭祀の情景などがすべて「写実」であることも明らかになった。『酒楼にて』という作品の主人公呂緯甫については、固定的なモデルを明確に指摘することはできないが、周りの友人知人、特に作者自身の影がそこに投じられていることが分かる（一六三頁）。

西洋文学のロマンス、ノベル的伝統に対して、魯迅と漱石の作品においては、題材上における平易な日常性が二作家に共通した、大きな特徴であると思われる。例えば、漱石文学研究史の中で、こうした民族の文化、精神風土的な角度からの見解は早くから見られる。一つの例であるが、明治三十九年五月、『文章世界』第一巻第二号で、「乙賞」を獲得した「夏目漱石を論ず」という懸賞論文が掲載され、署名「西山樵郎」の作者は次のように感想を述べている。

予は漱石を論ずるに先きだち一言日本人の趣味の程度を議せざる可らず。日本人は宗教的情熱を缺くとは世界の定論なるが如し。即ち吾国民は現世的なり実際的なり、瑰奇夸大なる空想と神秘幽玄なる情感とは必無なりといふも過言にあらざるべし。従つて吾国民は哲学的思索に貧しく宗教的冥想に長ぜず、濃厚よりは淡薄を好み煩瑣よりは単純を愛す。……此間の消息に通じ深く国民の趣味を察し一挙して成功の功果を収めしものは即ちわが夏目漱石なりとす。(10)

むろん、このような見方は検討に値する問題でもある。漱石と魯迅になると、彼らの日常生活、実生活に注目する文学、例えば、「生活小説として読める面も大きい」『道草』、ごく日常的な生活場面によって構成される『故郷』のような小説は、亀井俊介の述べているように、「単純に西洋文学と比較すると、心の迷いや戦いの追及なら、ドストエフスキーの作品の方がずっと深く、心理の描写なら、ヘンリー・ジェームズの作品の方がはるかに徹底している」

かもしれない[11]。比較文学者福田陸太郎が日本文学と欧米文学の全体像について、こうした見解を示しており、「精神的な冒険のためにも、日本の風土は温順すぎたことになろう。物凄い意志力や、圧倒するような生死の問題をテーマとするには、日本国はあまりにも高度に洗練された文化をもっていたと言ってもよい[12]」という。また、日本の研究者及びヨーロッパの研究者の中には、中国文学、日本文学にヴェリスム（事実主義）、即ちフィクションと相反するものが存在していると主張する人もいる[13]。こうした指摘がどれほど適切であるかどうかは別にして、欧米文学に対して、中国文学、日本文学には以上のような異なった特徴が存在していることは明確である。欧米文学の視点から見ると、漱石及び魯迅の文学には、大きな複雑な構造、生死にかかる気迫及び複雑なドラマ性が少ないかもしれないが、実に近代日本、近代中国における様々な人生の実相を徹底的に映し出しており、否定しがたいリアリティがあるのである。そこには、たとえ魯迅と漱石の間に様々な相違があるとしても、欧米文学と対照してみれば、やはりある種の「東洋的」な特徴が現れていると言って良いであろう。

二　作者における「求道」的な精神姿勢

しかし、魯迅と漱石の主に日常的な生活に取材した作品世界は、ともにいわゆる「求道的精神」「求道的姿」によって貫かれていることが感じられる。言いかえれば、二作家の間に様々な相違点が存在するが、「芸術のための芸術」ではない、強い責任感、目的意識及び真摯な態度を有している点において、共通しているのである。

漱石の作品には「道」がよく出てくる。その「道」とは、普通「東洋の道徳や芸術で、その中心をつらぬくと考えられてきたもっとも根元的な原則・原理のこと」で、「人間の行為のうえでかならず拠り従うべき基準・原則の意味になったもの」であると解釈される。[14] つまり、人間が世の中で生きる究極的な意味、目標ということと言って良い。漱石は『文芸の哲学的基礎』(『東京朝日新聞』、明治四十年五～六月)の中で、「文芸が世道人心に至大の関係がある」、「文芸は感覚的な或物を通じて、ある理想をあらはすもの」であり、この理想を実現する小説家を、「我々生存の目的を、一層高く且つ大いにした功績のあるもの」であり、「普通な大臣豪族」以上に「人生の大目的に貢献してゐる」と高く位置付けている。明らかに、漱石は文学によって人生、社会、生活をより良い方向、より高いレベルへ進ませるべきであると主張しているのである。そして、自分の文学の向う方向について、明治三十九年十月二六日付鈴木三重吉宛書簡の中で、「僕は一面に於て俳諧的文学に出入すると同時に一面に於て死ぬか生きるか、命のやりとりをする様な維新の志士の如き烈しい精神で文学をやつて見たい。それでないと何だか難をすて、易につき劇を厭ふて閑に走る所謂腰抜文学者の様な気がしてならん」と述べてもいるのである。ここには、社会に対する責任感、いわゆる「経世済民」の東洋的な道義観というものがはっきり見てとれると思われる。例えば、『吾輩は猫である』における苦しい自覚を笑いに包んだ絶妙の諷刺による現代文明への鋭い批判、『虞美人草』の勧善懲悪的な物語要素は、いずれも使命感をもって求道的に文学に取り組む漱石の出発作品にふさわしい特徴となっている。

よく指摘されるように、漱石の作品は、後期になってもその「求道」的な姿勢が変わらなかったが、その「道」の重点は前期の社会的な文明批判からより人間の存在自体、人間の内面世界に傾くようになっていった。この点は漱石自らの言説の中に現れている。先に触れた『文芸の哲学的基礎』において、漱石は文芸家の「理想とは」「如何にして生存するが尤もよきかの問題に対して与へたる答案」であり、即ち「文芸家は世間から此問題を呈出されるからして、色々の方便によつて各自が解釈した答案を呈出者に与へてやる」ものである。要するに、文学者の求める「道」というのは、人間が如何にして生きるべきかという根本的な問いへの答えそのものである。後期作品の中では、色々なタイプの知識人が自己存立の根拠や内実を問い続ける。これについて、重松泰雄の分析を借りると、即ち、『三四郎』の「広田」は「三四郎からさえ「世の中にゐて、世の中を傍観してゐる人」の矛盾を感得させずにはいない「批評家」であり」、『それから』は高等遊民としての代助が「自らの空虚さ――「アンニユイ」に耐えきれず、「自然」に帰らんとして社会と対決し、身をもって文明批評的存在に化す物語ともいえる」。「『門』には日常性による知識人の腐蝕が暗示され」、「『彼岸過迄』『行人』では、過剰な知性のために行為を失い、袋小路に追いつめられた知識人典型の極限的な姿を通して、時代と人間の閉塞状況が鋭く予見される」のである。[15]

当初、漱石は重苦しい精神的な重圧から自分を解放するために、猫の目を借りて、痛快な揶揄や皮肉をもって、同時代文明に対して痛烈な批判を行い、一挙に文学の道に入り込んだ。漱石にとって、文学は圧迫を押し返し、自己を解放する一種の「武器」として、自分を安心立命させる方法として、うまく使用されたと言える。魯迅も最初に文学に従事しようとした時点から、鮮明な目的意識を確立していた。彼自身は生涯にわたって、何度も以下のような内容を述べている。

日本に留学していたころ、私たちはある漠然とした希望を持っていた――文学によって人間性を変革し、社会を改革できると思ったのである。（『域外小説集』序」）

中国においては、小説は文学のうちにはいらず、小説を書く人間は文学家とは呼ばれなかった。それで、誰もこの道において世に出ようとは考えなかった。小説を「文苑」のなかにかつぎこもうというつもりは、わたしにもなかった。その力を利用して、社会を改良しよう、とおもっただけのことである。

（中略）

「なぜ」小説を書くのかについていえば、わたくしはいまだに十余年前の「啓蒙主義」を抱いていて、「人生のために」であるべきであり、かつこの人生を改良しなければならないと考えている。（「わたしはどのようにして、小説を書き始めたか」）

こうして、魯迅は中国人の精神や中国社会を改造するということを目指して、文学活動を始めたのである。故に、魯迅はずっと自分の小説が「芸術」ではないと強調しており、いわゆる「私の小説が芸術からほど遠いものである」（『吶喊』自序」）、その「本意は、これを読者に示していくらかの問題を提起しようと考えたからにすぎず、当時の文学者のいわゆる芸術のためでは決してない」（「英訳本『短篇小説選集』自序」）と述べている。この意味で、魯迅の文学における「道」というのは一種の社会政治的、功利的な目的意識だと言えるのである。

しかし、小説作品の表現を見てみると、魯迅の社会改造を目指すという文学は決して「革命を起こせ」「資産階級を打倒せよ」というプロレタリア文学のようなものではなかった。彼の注目し、自分の文学に取り入れたものは、「病的な社会の不幸な人たち」（「わたしはどのようにして、小説を書き始めたか」）である。それは「もの言わぬ国民の魂」であり、「わたしの眼に触れたことのある中国の人々の生き方」（「ロシア語訳『阿Q正伝』序及び著者自叙伝略」）というものである。即ち彼の作品の中には、いわゆる「図式的」でスローガン式なものは一つもないのである。

いわゆる白話小説の処女作としての『狂人日記』には、漱石の『吾輩は猫である』と近い発想が見られる。漱石は『吾輩は猫である』において、猫の目という特別な視点を借りて、人間社会、同時代の文明のすべてを顛倒させ、通常とまったく異なった価値判断を下したのに対して、魯迅は「狂人」の眼によって、伝統や一般の社会的価値観念に対し真正面から徹底的な批判・否定を行った。小説は狂人の意識の流れを描くことで、伝統的な倫理道徳は実に「喫人」（人間を食う）的なものにすぎず、普通の民衆たちがその伝統により被害を受けながらも、古い道徳を捨てきれず、互いに加害者となっているという本音を伝えている。この小説は、中国近代文学の中で、初めて何千年来人々に信仰されてきた伝統的倫理道徳をひっくり返し、古い道徳が重大な罪を犯していることを宣告したものである。魯迅のこうした厳しい「発見」は大きな反響を呼び、小説発表の翌年、呉虞（一八七二～一九四九）は読後感想の中で、「私は『新青年』に載せる魯迅君の『狂人日記』を読み、我知らず様々な思いが生じてきた。我々中国人の最も得意なのは、人間を食いながら礼教（封建社会の礼儀と道徳――筆者）を講ずることができることである。（中略）私は彼のこの日記は礼教の喫人の実質と仁義道徳という表面をはっきりと見抜いていると思う」（筆者訳）[16]と述べており、雁氷も「中国人のいつも自慢している精神文明は初めて最も「無頼」な攻撃を受けたのである」[17]と、『狂人日記』の思想性を高く評価している。この小説は初めて文学を通じて伝統文化や伝統道徳を批判する道を開いたと言ってよい。後の『阿Q正伝』は農民阿Qの「精神勝利法」を中心として描いており、読者から強い共感を呼んだ。「作者のモチーフはおそらく中華民族の骨髄に潜んでいる不進取の性質――阿Q相を描き出そうとすることにのみあるようである。これこそが『阿Q正伝』の貴重なところで、『阿Q正伝』が広く読まれる主要な原因でもあろう」[18]という読み取りは、後の魯迅自身の語り――「もの言わぬ国民の魂」――とも一致している。『故郷』は人間と人間の隔絶や故郷の喪失を悲嘆すると同時に、濃厚な淋しさ漂わせている。当時の時評の中には、以下のような『故郷』評論がある。「『故郷』の中心的な主旨は人間と人間の間における不理解、隔絶にある。この不理解をもたらした原因は歴史的に遺伝されてきた階級観念そのものである」。「著者の本意は〈人間は本来一つだが、後に隔絶することになった〉という根本的な観念を描き出すことにある[19]」。こうした「覚めた」人の孤独感、自己と他者との交流への期待と絶望の混合というものは魯迅文学の内在的なモチーフの一つになっていると思われる。魯迅自身何度も沈痛なおももちで強調していることに、もう一度注目すべきであろう。

我々は結局、まだ革新を経験していない古い国の人民であるため、相変わらずおたがいの意見が通じあわず、そのうえ、自分の手すら自分の足をほとんど理解できないのだから。わたしは人々の魂を懸命に探し求めるのだが、いつもそこに隔たりがあるのを残念に思う。将来は、高い塀に取り囲まれているすべての民衆が自分からめざめ、外にとび出して口を開くようになるにちがいないのだが、しかし、いまはまだほんの少数である。だから、わたしも自分の気づいたことによってしばらくは独り寂しくこれらを描き、わたしの眼に触れたことのある中国の人々の生き方とみなすしかないのである。（「ロシア語訳『阿Q正伝』序及び著者自叙伝略」）

興味深いのは、魯迅の社会改造、民衆の精神の改造という政治的な目的意識が、まったくいわゆる革命的情熱、革命的宣伝に繋がらず、むしろリアリズムへ結晶していったことである。彼は自ら経験した、聞いた、見た社会の様相、特に民衆の精神における暗い面に執着し、それを客観的に読者に呈示し、同時に自らその中で感じた孤独、絶望、苦しみ、空虚も忠実に読者に示しているのである。この意味で、魯迅の文学に従事する目的意識と実際の作品世界との間にはある種のズレが感じられる。即ち、目的意識の上では強烈な「経世済民」の色彩を有するが、作品世界において作者の描写や表現を支配しているのはやはり客観的なリアリズムそのものなのである。半世紀前、竹内好は魯迅と漱石についてこう語っている。

両者（漱石と魯迅――筆者）とも、作家としての自覚をもたずに出発した。生活人の地盤から出発した。その点は共通である。漱石は、自己の内部の作家へ向かって自覚を深めてゆき、成功した。魯迅は、その成功の可能のない方向へ、道を選んだ。自分で内部の作家を殺した。漱石にとって幸福であったことが、魯迅にとって、不幸であった。[20]

生涯にわたって文学によって社会改造、民衆改造を願う目的意識が変わらなかったという点で、竹内の論は当を得ているが、魯迅の作品には、魯迅自らの感情、心的歴程が実に率直に披瀝されている面も存在することを見逃している。

魯迅の「啓蒙主義」や文学による社会改造への執着は、一つの理由として当時の中国の社会情勢がその背景にあると思われる。つまり、国際政治の面では、各列強に侵略され、国内においては封建的な腐敗した政治統治が続き、清朝は一九一一年に「辛亥革命」によって倒されはしたが、統一的な近代国家の形成に至らず、国家は引き続き軍閥混戦の状態に陥っている。こうした国の危機に直面して、責任感や危機感を抱いた人々は何らかの手段をもって祖国を救うことを懸命に考えた。魯迅もその一人である。いま一つの理由は、古来からの中国の文人における国家政治、社会情勢に対する責任意識、いわゆる「憂国憂民」という伝統に関係している。さらに、魯迅が日本にやってきてからの数年間は、ちょうど梁啓超による「小説救国」という小説理論によって社会を改良しようという時代的雰囲気が最も濃厚な時期であった。この点は次のような言説によく示されていている。

支那のあらゆる腐敗した現象を革新しようとしたら、小説界の幕を開かなければならないのである。（陶曾佑

「論小説之勢力及其影響」、『遊戯世界』一九〇七年第十期。筆者訳）

今日、国を救おうとしたなら、小説から始めなければならない、小説を改良しなければならないのである。

（王鐘麒「論小説与改良社会之関係」、『月月小説』第一巻第九期、一九〇七年九月。筆者訳）(21)

こうして、古来の文人における伝統的な「憂国」感情と中国社会の現実に対する危機感との融合によって、魯迅の文学によって国を救う、民衆を救うという信念が一層強化され、ついに彼の文学観の核心となったのである。

この点から魯迅と漱石を比較考察すると、純粋なる芸術ではなく人生のための文学を求めた点で、二人は類似している。特に『虞美人草』までの漱石文学の前期は、文明批評のモチーフがそのまま作品の展開力として導入されているケースが多く、同時代の文明への激しい批判に魯迅との共通点が見られる。しかし、中期以後、漱石文学は次第に知識人の内面世界に移り、人間の存在の根拠を問い続けるようになる。これに対して、魯迅は終始国民の精神を変えることを目指していた。この点が、二作家の相違点となる。

三　ジャンルの問題と文学意識

魯迅と比べると、漱石の作品は皆長篇であり、漱石はかなりの長さをもって小説における登場人物の生活の様子、特に心理世界の様相を克明に表現することができた。これは、新聞連載小説という「形式」に関わっていると同時に、細かくかつ深く人間の内面世界を追及することと不可分の関係にあったと言える。この点について、小宮豊隆は次のように述べている。

漱石にとつては、自分の心理現象が、言はば自分の全世界であつた。漱石には、解剖しても解剖しても、其所には尚解剖しきれないものが、複雑で細緻で不可思議で神秘で、到底手におへないと思はれるやうなものが、あとからあとからと、続続出て来るのである。漱石には、その究明と検討と整理と指導とが、全生涯を費しても、なほ片づけ切れないほどの、大事業であつた。(「解説」、『漱石全集・第十一巻』、岩波書店、昭和四十一年十月)

要するに、例えば『こころ』のように、最も複雑な人間の心理世界に注目し、そしてそれを徹底的に「追跡」することは当然ながらそれなりの作品としての長さが保証されなければならないのである。

このような漱石作品の特徴と対照してみると、魯迅の小説が頗る短いという特徴が一層鮮明に浮かびあがってくる。魯迅の小説がすべて短篇であることは、かつて注目されたこともある。その理由として、魯迅の時代に、中国社会の情勢が非常に不安定で、じっくりと長篇小説を書く余裕がなかったということが挙げられている。実際には、これはあくまでも外在的な要素の一つにすぎない。最も根本的な原因は魯迅の文学観、芸術観にあると思われる。

それはまず魯迅の「啓蒙的」文学観に関係している。彼自身何回も述べているように、「私はいわゆる上流社会の堕落と下層社会の不幸を、つぎつぎに短篇小説の形式で発表した。その本意は、これを読者に示していくらかの問題を提起しようと考えた」(「英訳本『短篇小説選集』自序」。山田敬三訳)、「わたしの題材は、病的社会の不幸な人たちから多くとっている。病苦をあばきだし、治療して救えと注意をうながす」(「わたしはどのようにして、小説を書き始めたか」)のである。こうした非常に社会的な目的意識の支配下にあって、魯迅は社会における問題点を明らかにし、人々の注意を喚起し、それらを解決させることを自分の文学の最大の使命とし、すべての力を注ぎ込んだ。彼は、『狂人日記』においてはじめて封建的倫理道徳の非人間性を暴露し、その本質が「吃人」（人間を食う）であることを厳しく宣告し、『孔乙己』（『新青年』第六巻第四号、一九一九年四月）において、村の酒場の小僧の目を通して、落ちぶれた読書人の末路を描き、古い科挙制度の病弊をあばきだした。『薬』（『新青年』第六巻第五号、一九一九年五月）は、銃殺された革命家の血をしみこませた人血饅頭を特効薬と信じて、兵隊に賄賂を使って手に入れ肺病の一人息子に食わせるが、結局は効き目がなく息子を死なせてしまう酒場の主人夫婦の話しであり、民衆の無知と未開に沈痛な嘆きを発している。魯迅の小説創作の特徴について、同時代の論者は次のように論じている。

彼は写実主義者であり、忠実な人生の観察者の態度をもって現実の諸現象の内部に潜在している人生の活動を観察した。彼は人道的な教師ではなく、社会生活の指導者でもない。彼は鋭い目を持っており、人々の気づかない様々な人生の活動を捉えている。彼はけわしい顔をして、諷刺的な筆をもってこれらを情容赦なく描き出している。彼は批評もせず説教もせず、ただ人類社会の醜悪さを一つ一つ読者の前に展示することによって、自分の責任を果たそうとしている。（劉大傑「『吶喊』与『彷徨』与『野草』」、『長夜』〈半月刊〉、一九二八年五月十五日。筆者訳）

このように、魯迅は強い社会的な責任感、使命感による重圧を感じながら、一つ一つ自分の体験した社会現象、社会問題を作品化し、これを通じてなんとか人々に自ら身を置いた社会の現実を認識させ、それを変えるための行動を起こさせようと情熱をもって取り組んだ。それゆえ、魯迅の内面においては、簡素で明瞭に自らの認識している問題点を描き出すことがいつも第一義となり、逆に一つの素材を長い時間をかけてじっくりと磨く余裕はほとんどなかったのである。こうして、社会的啓蒙的な文学観に基づき、諸社会問題に目を向けたため、本来の芸術家的作家的な余裕を持つことが出来なかったことが、魯迅が長篇の作品を作れなかった原因の一つだと言えるのである。五十年代中期、日本において、魯迅の思想及び文学をめぐって議論が行われた。当時、日本文学者の荒正人は疑問の形でこの問題に触れている。「(魯迅が) 現実の圧力のすべてを受け止めないで、かんたんな整理を行ってしまうところに疑問がある、といいたい。魯迅が短篇小説や小品文ですぐれた手腕をみせながら、ついに一篇の長篇小説をまとめることができなかったことと結びつくのかもしれぬ」(「魯迅が生きていたならば――或る種の否定面について――」、『文学』〈岩波書店〉一九五六年第十号) のである。ここでは、簡単に整理を行ったかどうかについての議論は行わない。しかし、魯迅の短篇小説というジャンルへの選択は、いわゆる芸術的才能、構想力の問題ではなく、確実に彼の社会的功利的文学観、価値観に関係していることは間違いないのである。[22]

無論、啓蒙的文学観がすべての原因であるわけではない。魯迅が短篇という形式にこだわったことには、彼の美意識、芸術意識の反映がある。魯迅は特に中国の伝統芸術における「白描」という手法に興味を抱いていた。「白描」とは、本来山水画の技法の一つである。墨の描線を主とし、あるいはわずかに淡彩を施し絵を描く。具体的には、筆の穂先を使って墨線に濃淡、肥瘦をつけないのが普通で、特に水墨画のようにぼかしのあるものは、墨一色で描かれていても白描とはいわない。この技法は中国唐代の呉道玄らによって完成され、日本へと仏教図像とともにもたらされ、その描線の美しさ、簡潔な表現をもって平安後期以後盛んに用いられたという。[23] 中国では、白描は絵から次第に小説までその範囲を広げ、広汎な意味での芸術手法になっていった。

魯迅は白描の簡潔さに注目し、「中国の旧式の芝居には背景がなく、新年に子供に買ってやる花紙には、主要な人物が何人か描かれているだけである……わたしの目的にとって、この方法は適当であると深く信じている。したがって、わたしは風月を描かないし、会話も長くしない」（「わたしはどのようにして、小説を書き始めたか」）と述べている。このような「原則」の下、魯迅の小説の中には、背景、道具などに対する細かい描写がほとんど見られないのである。『阿Q正伝』において、阿Qの「家」としての「土谷祠」の具体的様子は何も描かれておらず、『孔乙己』の中でも、主人公の登場の場——「居酒屋」はただの三、四十文字で片付けられている。「魯鎮の居酒屋の造りは、よそとちがっている。きまって、通り側に曲尺形の大きなスタンドがあり、スタンドの内側には、いつでも酒の燗ができるように、湯が用意してある」というのみである。他には、場所にしても、人物にしても、ほとんど細かい描写はなく、作品を読み終わっても、人物の外貌はあまり鮮明に記憶に残らない。

魯迅の小説における「白描」という技法の使用は、彼の作品に簡潔さをもたらした。さらに、魯迅は目を描くという方法を使っている。「誰がいったことが忘れたが、要するに、きわめて筆を節約して一人の人間の特色を描きたいなら、その目を描くことだ、ということである。これはきわめて正しいとおもう。頭髪を全部描くのは、逼真的に細かいとしても、なんの意味もない。わたしはいつも、この方法を学んではいる」と、彼は強調している。しかし、魯迅のいわゆる目を描くということは本当に目を描くのではなく、簡潔な筆触で人物の本質的な特徴を描き出すことを狙っているのである。彼自身の小説もこのことを実践している。『薬』の中で、主人公華老栓が刑場へ「人血饅頭」を買いに行く場面がある。そこで、魯迅は華老栓の目を通して、「看客」としての民衆の姿を描写している。

老栓もそのほうを見たが、黒山になっている男たちの背中しか見えなかった。どの首も長く伸びて、まるで何百ものあひるが目に見えない手に首を握られ、吊り上げられているようだった。（丸山昇訳）

ここで、「処刑」を見る「看客」たちに対して、細かい正面からの描写はまったくされていないが、比喩を使って描いた「看客」たちの首が伸びているという姿は、民衆たちの革命家の処刑に対する無自覚、無関心、愚かさをよく表われている。また『祝福』（『東方雑誌』第二一巻第六号、一九二四年三月）においては、主人公祥林嫂の悲惨な運命が描かれている。夫を失い、ようやく再婚し新しい生活を始めようとしたら、子供が狼に食われてしまった。しかし、周囲の人々は祥林嫂に対して同情するよりも、この不幸が祥林嫂の再婚（不潔）によってもたらされた結果であると議論するのである。ついに、祥林嫂は「不祥」なものと見なされ、冷淡に扱われ、孤立し、心身ともに傷だらけになってしまう。小説のはじめの部分で、「私」はその祥林嫂に会っている。

今回、魯鎮で会った人々の中で、彼女ほど大きく変わっていた者はない。五年まえ半白であった髪が、いまは真っ白になって、とても四十前後には見えない。痩せこけ、黒ずんで血の気の失せた顔は、以前の悲哀の表情さえ消えてしまい、まるで木彫りの面のようだった。ときどき、ぐるりと動く眼玉だけが、わずかに彼女が生き物であることを語っている。片手に、空の欠け碗のはいった竹籃を提げ、もう一方で、背丈以上もある竹をついていた。その先端がひび割れている。すでに正真正銘の乞食であった。（丸山昇訳）

この短い描写は、祥林嫂が「死滅」の谷底に落ち込んでいることをうまく表現している。「以前の悲哀の表情さえ消えてしま」ったことは、彼女の精神上の「死滅」を語っており、「先端がひび割れている」竹は、彼女の物質生活上の末路を暗示している。作者は非常に簡潔な筆致で人物の最も重要な特徴を最大限に描き出し、読者に多くの想像の余地を充分に提供しているのである。

簡潔な表現、主題を明快ではっきりと描き出そうとする芸術意識が、文学によって社会的問題をあばきだし、民衆や社会を変える功利的目的と結び付いたことが、魯迅が結局長篇を書かず短篇に執着した最も重要な原因だと言える。さらに言えば、漱石が長篇の世界を構築することも、魯迅が短篇小説に終始せざるを得ないことも、単なる文学ジャンルの好みによるものでなく、その文学観念、芸術意識に大いに関係していたのである。

おわりに

作品の題材、対象が日常生活、作者自身の体験に傾く点は、魯迅と漱石に共通した姿勢であるが、漱石は「いつでも自分の心理現象の解剖」をしており、「自分の問題から出発[24]」し、それを基点として、人間の内面世界を執拗に探求した。一方、魯迅の場合は、自分の目的意識に忠実に従い、自分の体験した、認識した社会現実における暗い面を鋭く描き出そうとした。

二作家はともに強い社会的責任感、使命感を有しているが、その作品への反映は、それぞれ異なった道をたどった。漱石は、明治維新の志士の壮烈な精神を高く評価したが、その壮烈さは次第に道義感、倫理感、人間としての実在感へと凝縮していった経路が見られる。魯迅は、祖国の存亡に瀕する厳しい現実に直面し、生涯社会的啓蒙を自らの任務とし、特に民衆自身にその精神面における悪い根性を克服させることを自分の奮闘の目標としていた。この意味で、魯迅は文学にとって極めて険しい道を歩んだと言える。

漱石は人間の心の世界に注目し、人間の内たる悪戦苦闘を通じて、人間の生きる「道」を探ろうとした。それは細密な描写に結晶している。魯迅は、社会的問題の解決を目指して、表現対象の本質を最もよく表わす方法、場面構成に注意を払い、きわめて簡潔な手法を用い、短篇というジャンルを選択した。そこには、個人の目的意識、芸術趣味が表われており、伝統的な方法の応用なども見ることができる。

注

(1) 長谷川泉、高橋新太郎編集『文芸用語の基礎知識』(88五訂増補版)、『国文学解釈と鑑賞』、昭和六十三年十一月臨時増刊号、至文堂。
(2) 吉本隆明、佐藤泰正「対談・漱石の主題——他者との関わりの中で」、『国文学——解釈と教材の研究』、昭和五十四年五月号。
(3) 大本泉「自然主義」、三好行雄編『夏目漱石辞典』、学燈社、平成二年七月、一五六、一五七頁。
(4) 重松泰雄「知識人」、前出『夏目漱石辞典』一八四頁。
(5) 岡崎義恵「『道草』」、小森陽一他編『漱石作品論集成第十一巻・道草』(桜楓社、一九九一年六月)所収。
(6) 伊豆利彦『漱石と天皇制』、有精堂、一九八九年九月、三八～三九頁。
(7) 『吶喊』には、一九一八年～一九二三年の作品十四篇と自序が収められ、一九二三年、新潮社から出版される。『彷徨』は一九二四年～一九二五年の作品十一篇を収め、一九二六年に北新書局から出版される。
(8) 張定璜「魯迅先生(下)」、『現代評論』第一巻第八期、一九二五年一月。筆者訳。
(9) Y生「読『吶喊』」、『時事新報』副刊『学燈』、一九二三年十月十六日。筆者訳。
(10) 引用は『夏目漱石研究資料集成・第一巻』(平岡敏夫編、日本図書センター、平成三年五月)による。六九～七〇頁。
(11) 亀井俊介「『道草』を読む」、『国文学』第三一巻第三号、一九八六年三月。
(12) 福田陸太郎「比較文学の諸問題」、『比較文学の諸相』、大修館書店、一九八〇年十一月、六八～六九頁。

(13) 注(12)『比較文学の諸相』九四~九六頁を参照。
(14)『大日本百科事典・第十七巻』(小学館、昭和四十七年七月)一三二頁を参照。
(15) 前出『夏目漱石辞典』一八五頁を参照。
(16) 呉虞「喫人と礼教」、『新青年』第六巻第六号、一九一九年十一月。筆者訳。
(17) 雁氷「読『吶喊』」、『時事新報』副刊『学燈』、一九二三年十月八日。筆者訳。
(18) 前出雁氷「読『吶喊』」。
(19) 郎損「評四五六月的創作」、『小説月報』第十二巻第八期、一九二一年八月。筆者訳。
(20) 竹内好「『阿Q正伝』の世界性」、『新編魯迅雑記』九九頁。
(21) 引用は『二十世紀中国小説理論資料・〈一八九七年—一九一六年〉第一巻』(陳平原・夏暁虹編、北京大学出版社、一九八九年三月)による。
(22) 近年の新しい論文の中には、この問題に触れるものが見える。例えば稂詩曳「従文化視角看魯迅的文学観——読朱暁進『魯迅文学観総論』」(『中国現代文学研究』一九九八年第三期、一九九八年八月)など。
(23)『大日本百科事典・第十四巻』(小学館、昭和四十七年七月)参照。
(24) 前出小宮豊隆「解説」。

終　章

本章においては、これまで論じてきた課題、その主要な問題点と結論をまとめる。

一　魯迅の日本受容と思想の組立て

魯迅と近代日本について。この問題に関して、本論文は基本的に日本留学期の魯迅と明治日本との関係に限って考察を行った。このテーマを選んだ理由は主にこれまでの魯迅研究に対する疑問にある。中国では、もともと留学期の魯迅はあまり重視されなかった。しかし、ここ十数年来の中国におけるさまざまな変化につれて、青年時代の魯迅が次第に研究者の注目を集め、高く評価されるようになった。その最大の理由は若い魯迅の示した見解、その思想的枠組が半世紀来の中国社会の支配的観念と異なるものであったことにある。論者は若い魯迅の思想が当時の中国において先駆的なものであり、非常に高いレベルに達した「先知」的な思想であったと評価し、大いに賞賛を与えるものである。しかし、若い魯迅の思想はどのように形成されたのか、それはなぜ当時の中国社会における通念と異なっていたのか、さらに、中国だけでなく、国際的な視野で見た場合、魯迅の思想は一体どのように位置付けるべきなのかについては、これまでの研究でほとんど触れられてこなかった。これは魯迅思想の解明にとって否定的役割しか持たないものであった。

魯迅は欧米に留学した経験がない。彼は中国社会に絶望し、新しい世界を求め、日本にやってきた。彼の人間形成、特に思想の形成は基本的に日本留学時代にその枠組を築き上げたのである。当時の日本において、彼は如何に新しい思想、思潮に触れたのか、如何に中国の社会的現実に対応して、それらを吸収、処理したかということこそが、彼の思想的到達度、独自性を測る基準になるのである。本論文が対象とした魯迅の早期思想の枠組、彼の国民性の改造という執念と近代日本、そして日本との様々な関わりのうちに形成された日本観などの問題は、いずれもこういう視点から取りあげたものである。彼の思想の基本的な枠組、即ち進化論、個人主義、浪漫主義文学観は、明治日本の思想的文化的思潮あるいは流行と非常に対応性がある。彼は、進化論、主に社会進化論における「生存競争、適者生存」という観点に接し、そこに国民に国家、民族の存亡危機を自覚させるという機能を見出し、同時に、社会進化論によって、人類の進歩発展という趨勢を信じるようになる。さらに、ニーチェをはじめとした個人主義に触れることで、個性、主体性の大切さを理解し、特に「超人」における独立した意志、強靭な戦闘精神を持った「先知者」が中国社会にとって不可欠であるという認識を示し、自らもそれを目指しているのである。また、日本を通じて接することになった近代ヨーロッパ浪漫主義文学の壮烈な反逆精神に対しても強烈な共鳴を示している。この三つの枠組の最終的指向は、結局中国の社会、中国人の精神を徹底的に改造する「啓蒙」に帰すものである。国民性の改造という信念もその全体的な思想の延長にある。このような魯迅の思想において、「精神」を重視する、あるいは「精神」本位とも言うべき思考は、単に「〝中国の実情〟や〝欧米の実情〟に対し洞察を加えることで、本世紀初の人々の西洋近代文明を追求することによって二十世紀の中国の文化を建設するという考えを捨てさり、自らの〝物質を軽んじ〟精神を重んじるという文化建設の構図を確立した」(1)（筆者訳）というようなものではなく、彼自らが日本の影響を真正面から受けとめ形成したものであり、この点で、魯迅の日本観に見られる、日本への高い評価という基本的傾向は、極めて自然なものなのである。

つまり、日本留学時代の魯迅の思想は単に時代を超え、先見的な創造であっただけではなく、明治日本の思想文化の中から中国人の精神の向上、祖国の社会を改造するのに役立つものを積極的な態度を以って取り入れ、自らの思想を組み立て創出したのである。

二　二作家の思想的方向の再確認

魯迅と漱石について。すでに考察したように、日本留学期の魯迅はかつて漱石の文学に熱中した時期があり、帰国後も漱石の作品を翻訳もし、終始漱石に敬意を払っている。しかし、魯迅本人が書き残した資料は少なく、二作家間の具体的な関わりを明らかにすることには限界を感じざるを得ない。魯迅が漱石の処女作『吾輩は猫である』及び『虞美人草』に興味を抱き、耽読したのは、漱石に社会批判、文明批判の力の存在を感じたためである。すなわち、漱石のユーモアや皮肉をもって同時代の文明や人間世界を顛倒的に見る姿勢は魯迅の徹底的な中国社会批判、中国民衆批判という啓蒙的な目的に一致したためである。この視点から見ると、後に魯迅の視線が漱石の文学を離れ、より反逆的戦闘的なものに向ったことはそれなりの論理にそった、自然な行動といえる。

思想と文学の構造の面で、魯迅と漱石は興味深い類似点や相違点が見られ、それらを対比的に見ることは、それぞれの世界を理解し、さらにその背後にあるそれぞれの民族的伝統文化の特性、依存した社会の状況や特性を理解することに大いに役立つ。思想の面で、二作家はともに個人主義の原理と信条を高度に重視し、外部世界や他人に頼らずに、自らの独自な信念に忠実に従い、それぞれに独自な思想や文学を作り上げた。漱石は特に倫理的な個人主義を重視し、それは彼の小説における倫理的な人間の生き方への探索に対応している。魯迅が、「超人」のような闘士を顕彰したことは、自らの社会改造、民衆を啓蒙させる志向とぴったり一致している。この特徴は二人の近代化思想にも投影している。漱石は解決策を呈示することはできなかったが、全面的な西洋化としての文明開化に主体性の欠如という宿命的な問題点を見出し、その民族的な課題を鮮明にした。一方、魯迅は、中国の近代化（あるいは西洋文明の摂取）を本当に進展させるには国民の精神、主体性の確立が絶対的な前提だと主張した。近代中日という相反するといってよい程異なる社会状態において、国民の主体性、民族的な独立意志にこだわった執拗さは二作家に共通した点である。

三　二作家の文学表現の再確認

人格特徴、個性、思想構成の面で、二作家の間には類似点が見られるが、文学の世界になると、相違点の方が顕著であり興味深い。漱石の前期文学には、いわば維新志士の壮烈な精神、即ち強烈な社会責任感、道義感というようなものが目立ち、魯迅文学との共通性が高い。しかし、漱石の『吾輩は猫である』と魯迅の『阿Q正伝』『狂人日記』を比較すると、ともにその社会批判性は強く感じられるが、『吾輩は猫である』にあっては一種の余裕、寛容さのようなものがそこには存在している。それに対して、魯迅は真っ直ぐ表現対象に向って突き進んで、徹底的に否定する厳しさが作品世界全体に浸透しているのである。また、作品中に描かれた知識人としての主人公は、周りの世界、他者という関係の中で非常に孤独な存在であることは同じだが、例えば『こころ』における先生の孤独が近代社会特有な淋しさを示しているに対して、魯迅はいわゆる「庸衆」に囲まれる先駆者の孤独を描き出している。そこには、同じ孤独でありながら、その相違が示されているのである。

全体的な特徴としての題材の日常性、作者の経験の重視は二作家の共有するところであるが、それは特にヨーロッパ小説の波乱万丈で、きわめてドラマ性に富んだ、巨大な虚構の文学と対比すると、一層鮮明に了解される。文学と社会との関わり方について見るならば、漱石は小説の主題を激烈な文明批判から次第に人間の内面世界にある矛盾、苦悩、さらに人間の生き方の探索に変化させ、きわめて細かく人間の心の動きを執拗に追い求めた。魯迅は、強い目的意識のもとで人間本来の感情を表現するという文学の有様を犠牲にしても、社会問題の描写や実際に社会や国民を改造することを最大の使命としており、明らかに「政治的」な色彩を帯びている。しかし、実際に描写対象を選び、表現する段になると、魯迅は自分の経験、自分の感受性に忠実にしたがい、描写は客観的で冷静、非常にリアリティあふれるものとなった。このように目的意識と実際の創作の間に差があることが、魯迅の文学を図式化概念化の陥穽に落ち込むことから救っているのである。魯迅はひたすら自らの体験した社会現象、社会問題を作品化することで、人々の注意を喚起しようとした。そこで採用されたのが白描法的描写であり、簡潔に表現対象を描くことで、できるだけ問題の本質を明確にし、可能なかぎり多くの社会問題を暴き出そうとしたのである。その結果、魯迅は、一つの素材を細やかに処理する心の余裕を持てず、すべての作品は短篇という形になってしまった。この意味で、魯迅は非文学のために代償を払ったと言える。

時代を共有しながらも、一見かなり異なった様相を示す魯迅と漱石の文学は、それぞれ個人の趣味素質及び志向、個人の属した社会の状況、その状況への対応、個人の属した民族文化の特性のひそかな働きとが緊密に絡みあい、総合されて出来あがっている複合体であるため、多様な視点や方法によってその全体像を把握することが不可欠である。

本論は、比較文学的視点をもって魯迅と近代日本、魯迅と漱石の比較考察を行った。こうした方法をとることで、両者の特徴はより鮮明に見えてくるであろう。

注

（1）李徳尭「早期魯迅における精神を重んじる思想の再考察」（「魯迅早期重精神思想之再剖析」）、『魯迅研究月刊』一九九八年十二期。

主要参考文献

『魯迅全集』（中国語、全十六巻）、人民文学出版社、一九八七年。

『魯迅全集』（日本語訳、全二十巻）、学習研究社、昭和五十九年十一月～六十一年八月。

『漱石全集』、岩波書店、昭和四十一年十月～四十二年四月。

渡辺洋『比較文学研究入門』、世界思想社、一九九七年三月。

U・ヴァイスシュタイン著・松村昌家訳『比較文学と文学理論——総括と展望——』、ミネルヴァ書房、一九七七年六月。

松田穣編『比較文学辞典』、東京堂、昭和五十三年一月。

亀井俊介編『現代の比較文学』、講談社、一九九四年二月。

藤井省三『ロシアの影——夏目漱石と魯迅』、平凡社、一九八五年四月。

劉柏青『魯迅と日本文学』、吉林大学出版社、一九八五年十二月。

李国棟『魯迅と漱石——悲劇性と伝統文化』、明治書院、平成五年十月。

林叢『漱石と魯迅の比較文学研究』新典社、平成五年十月。

ルイ・デュモン著、渡辺公三他訳『個人主義論考——近代イデオロギーについての人類学的展望』、言叢社、一九九三年十一月。

八杉竜一『進化論の歴史』、岩波書店、一九七九年六月。

グアハルト・フォルマー著、入江重吉訳『認識の進化論』、新思索社、一九九五年四月。

『ニーチェ全集（別巻）・日本人のニーチェ研究譜』、白水社、一九八二年九月。

高橋幸八郎等編『日本近代史要説』、東京大学出版会、一九九二年四月。

南博『日本人論——明治から今日まで』、岩波書店、一九九五年一月。

長谷川秀記編『明治・大正・昭和の名著・総解説』、自由国民社、一九八一年十月。

木村毅『丸善外史』（非売品）、丸善社史編纂委員会発行、昭和四十四年二月。

宮川透・荒川幾男編『日本近代哲学史』、有斐閣、昭和五十一年一月。

下程勇吉編『日本の近代化と人間形成』、法律文化社、一九八四年六月。

実藤恵秀『増補版・中国人日本留学史』、くろしお出版、一九七〇年十月。

吉野作造等『明治日本文化全集・第十五巻』（思想編）、日本評論社、昭和四年六月。

大久保利謙等『近代資料』、吉川弘文館、昭和五十五年四月。

福田恆存編『現代日本思想体系32・反近代の思想』、筑摩書房、一九六五年二月。

松本三之介編『近代日本思想大系31・明治思想集Ⅱ』、筑摩書房、一九七七年十一月。

松本三之介『明治思想史——近代国家の創設から個の覚醒まで』、新曜社、一九九六年五月。

高坂史朗『近代という躓き』、ナカニシヤ出版、一九九七年六月。

『明治文学全集33・三宅雪嶺集』、筑摩書房、昭和四十二年三月。

藪野祐三『近代化論の方法——現代政治学と歴史認識』、未来社、一九八四年七月。

喜多川忠一『日本人を考える――国民性の伝統と形成』、日本放送出版協会、昭和五十八年十月。

『明治文化全集』、日本評論社、昭和四十四年。

『明治文化史・第三巻　教育・道徳編』、洋々社、昭和三十年六月。

飯田泰三『批判精神の航跡――近代日本精神史の一稜線』、筑摩書房、一九九七年四月。

秋山公男『漱石文学論考――後期作品の方法と構造』、桜楓社、昭和六十二年十一月。

小林愛川『明治大正文学早わかり』、新潮社、大正六年六月。

大久保典夫『現代文学と故郷喪失』、高文堂出版社、平成四年九月。

『新文芸読本・夏目漱石』、河出書房新社、一九九〇年六月。

加賀乙彦等『群像日本の作家一・夏目漱石』、小学館、一九九一年二月。

中村光夫『漱石と白鳥』、筑摩書房、昭和五十四年三月。

中村光夫『日本の近代』、文芸春秋、昭和四十三年四月。

川副国基等『日本近代文学大系57・近代評論集Ⅰ』、角川書店、昭和四十七年九月。

伊藤整等『日本近代文学全集13・明治思想家集』、講談社、昭和五十五年五月。

日本比較文学会編『漱石における東と西』（ＴＯＭＯ選書）、主婦の友社、昭和五十二年十二月。

平岡敏夫編『夏目漱石研究資料集成・第一巻』、日本図書センター、平成三年五月。

浅野洋・太田登編『漱石作品論集成・第一巻』、桜楓社、一九九一年三月。

小森陽一『文体としての物語』、筑摩書房、昭和六十三年四月。

坂本育雄『夏目漱石』、永田書房、平成四年十月。

藤井淑禎編『日本文学研究論文集成26・夏目漱石Ⅰ』、若草書房、一九九八年四月。

小森陽一『〈ゆらぎ〉の日本文学』（ＮＨＫブックス839）、日本放送出版協会、一九九八年九月。

深江浩『漱石の20世紀』、翰林書房、一九九六年十月。

井田輝敏『近代日本の思想像――啓蒙主義から超国家主義まで――』、法律文化社、一九九一年六月
伊豆利彦『漱石と天皇制』、有精堂、一九八九年九月。

佐藤泰正編『文学における故郷』、笠間書院、昭和五十三年一月。

伊藤整『近代日本人の発想の諸形式』（岩波文庫）、岩波書店、一九八一年一月。

石原千秋『反転する漱石』、青土社、一九九七年十一月。

玉井敬之、藤井淑禎編『漱石作品論集成・第十巻・こ、ろ』、桜楓社、一九九一年四月。

浅田隆編『漱石――作品の誕生――』、世界思想社、一九九五年十月。

藤田健治『漱石　その軌跡と系譜――文学の哲学的考察――』、紀伊国屋書店、一九九一年六月。

李宗英・張夢陽編『六十年来魯迅研究論文選』（上・下）、中国社会科学出版社、一九八二年九月。

『一九一三～一九八三　魯迅研究学術論著資料彙編』（一～五）、中国文聯出版公司、一九八五年十月～一九八九年七月。

『梁啓超哲学思想論文選』、北京大学出版社、一九八四年四月。

竹内好『魯迅』（世界文学はんどぶつく）、世界評論社、昭和二十三年十月。

竹内好『新編魯迅雑記』、勁草書房、一九七七年八月。

丸山昇『魯迅――その文学と革命』（東洋文庫47）、平凡社、一九八一年十二月。

伊藤虎丸『魯迅と日本人――アジアの近代と「個」の思想』朝日新聞社、一九八三年四月。

片山智行『魯迅』（中公新書）、中央公論社、一九九六年二月。

山田敬三『魯迅の世界』、大修館書店、一九七七年五月。

藤井省三『魯迅――「故郷」の風景』、平凡社、一九八六年十月。

程麻『魯迅留学日本史』、陝西人民出版社、一九八五年七月。

薛綏之主編『魯迅生平資料彙編・第二輯』、天津人民出版社、一九八二年三月。

魯迅博物館魯迅研究室編『魯迅年譜・第一巻』、人民文学出版社、一九八一年九月。

黄尊三著／さねとうけいしゅう・佐藤三郎訳『清国人日本留学記（一九〇五―一九一二）』、東方書店、一九八六年四月。

周遐寿著／松枝茂夫・今村与志雄訳『魯迅の故家』、筑摩書房、昭和三十年三月。

周作人著／松枝茂夫訳『周作人随筆集』、改造社、昭和十三年六月。

周作人著／松枝茂夫訳『瓜豆集』、創元社、昭和十五年九月。

周作人『薬堂雑文』、新民印書館、一九四五年一月。

『文芸読本・魯迅』、河出書房、昭和五十五年九月。

増田渉『魯迅の印象』（角川選書38）、角川書店、昭和四十五年十二月。

『竹内好研究』（『思想の科学』No.91、一九七八年五月臨時増刊号）。

増田渉編『中国現代文学選集1／清末・五四前夜集』、平凡社、昭和三十八年八月。

魯迅論集編集委員会編『魯迅研究の現在』、汲古書院、一九九二年九月。

厳安生『日本留学精神史――近代中国知識人の軌跡――』、岩波書店、一九九二年十月。

林非『魯迅前期思想発展史略』、上海文芸出版社、一九七八年十一月。

『飲氷室全集』、（台湾）文化図書公司、民国六十三（一九七四）年三月。
耿雲志『胡適年譜』、四川人民出版社、一九八九年十二月。

初出一覧

本書のほとんどは、すでに論文の形で雑誌に発表したものである。以下、その題名・掲載誌名・発表年月を記す。

第一章　魯迅の明治日本留学――若干の史実問題についての再考察

原題：魯迅の明治日本留学について――若干の史実問題の再検討、『COMPARATIO』（九州大学大学院比較社会文化研究科比較文化研究会）Vol.4、二〇〇〇年三月。

同章の一部を中国語に翻訳、「関於魯迅与仙台医学専門学校――〝日本留学期魯迅之実証研究〟之一」として、『魯迅研究月刊』（中国北京・魯迅博物館）二〇〇一年第七期に掲載。また、『復印報刊資料・中国現代、当代文学研究』（月刊、中国北京・中国人民大学書報資料中心）二〇〇一年第十期に転載される。

第二章　「魯迅思想」の原型と明治日本――留学期における「日本受容」

原題：「魯迅思想」の原型と近代日本――留学期における日本受容を中心に、『比較社会文化研究』（九州大学大学院比較社会文化研究科）第七号、二〇〇〇年三月。

同章の内容に増補訂正を加えた上で、中国語に翻訳、「魯迅的思想構築与明治日本思想文化界流行走向的結構関係――関於日本留学期魯迅思想形態形成的考察之一」として、『魯迅研究月刊』二〇〇二年第四期に掲載。

第三章　「国民性の改造」への執着と明治日本――日本からの示唆をめぐって

原題：「国民性の改造」への執着と近代日本――日本からの示唆をめぐって

同章を中国語に翻訳、「関於魯迅的早期論文及改造国民性思想」として、『魯迅研究月刊』二〇〇二年第九期に掲載。

第四章　魯迅の近代日本認識――自民族批判との結びつきをめぐって

原題：魯迅の近代日本認識――自民族批判との結びつきをめぐって、『中国研究月報』（社団法人中国研究所）二〇〇二年十月号。

第五章　魯迅の伝記から見た「魯迅と漱石」――伝記上の関わりをめぐって

原題：魯迅と漱石：魯迅の伝記から見た一考察――魯迅と漱石との比較論のための序章、『COMPARATIO』（九州大学大学院比較社会文化研究科比較文化研究会）Vol.3、一九九九年三月。

第六章　中国と日本における「魯迅と漱石」研究の史的考察――その半世紀の歩みについて

原題：中日における「魯迅と漱石」研究の史的考察――魯迅と漱石の比較論の予備的研究、『比較社会文化研究』（九州大学大学院比較社会文化研究科）第六号、一九九九年十月。

第七章　魯迅と漱石における「個人主義」――その精神構造の方向について

原題：魯迅と漱石における「個人主義」――その精神構造の方向について、『COMPARATIO』（九州大学大学院比較社会文化学府比較文化研究会）Vol.5、二〇〇一年二月。

第八章　魯迅と漱石の文明批評における近代化思想――自民族の近代化に対する反省からの出発

原題：魯迅と漱石の文明論における開化（近代化）論について――「自己本位」と「人間の確立」による近代化思想を中心に、『日本学研究・九』（中国・北京日本学研究中心）、二〇〇〇年十二月。

第九章　価値顛倒の視点と「文明批判」の様相――『阿Q正伝』と『吾輩は猫である』を中心に

原題：価値顛倒の視点と「文明批判」の様相――『阿Q正伝』と『吾輩は猫である』を中心に、『比較社会文化研究』（九州大学大学院比較社会文化学府）第八号、二〇〇〇年十月。

第十一章　魯迅と漱石の文学における芸術的特徴――民族文化、美意識との関連を含め

原題：魯迅と漱石の文学における芸術的特徴――民族文化・美意識との関連を含め、『比較社会文化研究』（九州大学大学院比較社会文化学府）第九号、二〇〇一年三月。

あとがき

本書は、二〇〇〇年十二月に九州大学大学院比較社会文化研究科より博士（比較社会文化）を授与された学位論文「魯迅と近代日本――魯迅と漱石の比較論を中心に――」をもとに、若干の加筆訂正を加え出版するものである。

まず、本書のもととなった博士学位論文作成の経緯を振り返っておきたい。来日前、わたくしは、当時の北京語言学院（現北京語言大学）中国語言文学系で中国近代文学及び比較文学（特に中日の比較文学）を含む教育に八年間携わっていた。その間、個人的に中国近代文学の作家を研究し、特に日本留学期の魯迅に対して興味を持った。そして、この分野の研究成果を渉猟する中に、これまでの研究に対し様々な疑問を感じるようになり、自らこのテーマで研究をしてみようと考えるようになった。しかしながら、資料、主として明治日本に関する資料を入手することの困難さや学術研究というレベルでの自らの日本に対する知識や理解の不充分さを感じ、結局このテーマでの研究はあきらめていた。しかし、来日して四年たち、一九九七年に九州大学の博士課程に入学できたことは、再びこのテーマに挑戦するきっかけとなり、博士課程での研究テーマを魯迅と近代日本及び魯迅と漱石とすることに決めた。それを機に、自らの研究のあり方に反省を加え、次のような方針をたてることとした。近年における魯迅研究の最新の進展を踏まえること、留学期の魯迅と近代日本をめぐっての疑問点及びさらに研究を深めるべき問題についてテーマを絞ること、過剰な「理論的記述」を避けること、客観的な視点をとり歴史的還元を重視することである。こうした基本的立場から魯迅を把握することに心がけ、その成果は主に第一部を構成する四章に反映している。私のこの研究が、この分野の研究に対し何らかの示唆的意味をもつことができればと願っている。

「序章」中でも述べたが、現在、「魯迅と漱石」という問題系はすでに一つの研究領域として形成されつつある。魯迅が如何に漱石文学から影響を受けたかはもちろん、魯迅を通じて漱石を見、また逆に漱石を通じて魯迅を見ることで、普段あまり気付かない、表面には浮かび上がってこない両者の様相特質がより明快に浮かび上がってくる。これが、第二部「魯迅と漱石」を構成する論文の狙いであり、また、比較研究の醍醐味といえるのである。しかしながら、二人の作家、二つの作品の比較という単純な図式的比較を超えて、いかに深く内容ある議論を展開させるか、すなわち比較を通じて、いかに相互の文化の核心をつかむかこそが、比較研究の真価を問うものであり、最も困難な課題でもある。本書を著すにあたって、著者は常にこうした点を意識しながら研究作業を進めてきたが、比較研究という方法の有効性をより高める必要性及び解決しなければならない課題も少なからず残されていると思う。この点に関して、本書には、意に満たない点も多い。しかしながら、本書は私の長期間にわたる日本留学及び研究の一区切となるものであり、今後の研究の新たな出発点として、これまで日本で学んだものと中国で身につけたものを融合させ、それぞれの長所を生かし、より質の高い学術研究へと結晶させることにつなげたい。

最後になるが、数年間の日本におけるわたくしの勉学や研究は周囲の先生方および友人知人にたいへん恵まれたものであった。最初に日本留学を希望するにあたっては、鹿児島大学教授石田忠彦先生からたいへんお世話になり、念願の日本留学が実現した。来日後、石田先生のもとで研究生・修士課程を通じて三年間指導を受け、そこではじめて、日本の国文学研究者の研究そのものに接することができた。石田先生から教えられたこと、直接に受けた指導は、本書を含めそれ以後の私の研究の大切な基礎となっている。

博士課程では、三年あまりの時間を費やし、ようやく論文が完成した。その博士論文審査にあたって、主査である海老井英次教授をはじめ、花田俊典、岩佐昌暲、合山究教授及び西野常夫助教授から数々のご批評、ご教示をいただき、多大な恩恵を受けた。予備審査の段階では、福岡大学教授山田敬三先生から、特に論文中の魯迅に関する部分について、たいへん有益なご指摘ご意見をいただいた。また博士課程への入学以来、学位論文作成に至るまで、直接に指導いただいた世話人教官の海老井英次先生からは論文全体の構成、個々の観点の論証から言葉遣いまで、周到な指導を受け、また数年間のゼミの場で、研究意識・研究方法などについても先生から学んだものは実に多い。花田俊典先生についても同じく、今回の論文に関する指導に限らず、その鋭い見識に触発されることが多かった。諸先生には心から感謝申し上げたい。

鹿児島大学教授高津孝先生からは修士課程博士課程を通じて今日まで、常に友人として貴重な教示や助言をいただき、日本語表現についてのアドバイスを受けた。

論文の作成にあたっては、直接指導いただいた諸先生方はもちろんのこと、参考文献に明示するように、多くの日本近代文学及び中国近代文学の先行研究を利用させていただいた。特に日本留学期における魯迅の研究については、日本の魯迅研究者の研究は多くの独自性を有しており、本書もそうした日本の魯迅研究から多大な啓発を受けた。この点に関し日本の魯迅研究者に対して感謝の念を禁じ得ない。

また、来日後の長い留学期間中、互いに支えあい、ともに困難なときを乗り超えてきた妻の苦労も忘れ難い。本書の出版の喜びは、なにより彼女と分かちあいたいものである。最後に、本書の出版にあたって、お世話になった丸山昇先生、このような本の出版を引き受けて下さった汲古書院の石坂叡志社長及び実際の編集作業にあたっていただいた編集部の小林淳さんなど各位には改めて感謝の意を表したい。

【付記】本書は、平成十四年度日本学術振興会科学研究費補助金「研究成果公開促進費」の交付を受けて出版するものである。

二〇〇二年六月　福岡にて

潘　世　聖

潘　世　聖（はん　せいせい）

1960年12月中国吉林省生まれ。83年東北師範大学中国語言文学系卒業。86年吉林大学大学院修士課程（中国近代文学）修了。北京語言学院中国語言文学系助手、専任講師を経て、94年来日。97年鹿児島大学大学院修士課程（日本近代文学）修了、2000年九州大学大学院博士後期課程（日本社会文化）を修了し、博士（比較社会文化）学位取得。現在、福岡大学等で非常勤講師。

主な論文

「魯迅の近代日本認識——自民族批判との結びつきをめぐって」（『中国研究月報』2002年10月号）、「日本近代文学中的“私小説”簡論」（『日本学刊』2001年第3期）、「魯迅的思想構築与明治日本思想文化界流行走向的結構関係」（『魯迅研究月刊』2002年第4期）。

魯迅・明治日本・漱石
——影響と構造への総合的比較研究——

二〇〇二年一一月二〇日　発行

著　者　潘　世　聖
発行者　石　坂　叡　志
整版印刷　富士リプロ

発行所　汲　古　書　院
〒102-0072 東京都千代田区飯田橋二-五-四
電　話　〇三（三二六五）九七六四
FAX　〇三（三二二二）一八四五

ISBN4-7629-2674-4 C3090

索　引

①本索引は、人名・作品名・研究書名・論文名・事項などを適宜抽出し、五十音順に排列したものである。
②魯迅、漱石は頻出するため、項目を立てない。
③同一項目が同一頁に重出する場合、索引では重出しない。
④同一項目が数頁にわたって連出する場合、当初の頁数のみを示し、以下は省略することがある。
⑤数字は頁数を表わす。

す

せ

そ

た

ち

つ

て

と

な

に

わ